Der Spitzel und Kleingauner Jake »Schnipser« Jablon macht sich eine Menge neuer Feinde, als er die Laufbahn wechselt und von Informant auf Erpresser umsattelt. Früher oder später, vermutet er, wird einer seiner neuen Kunden handgreiflich werden, und wen wird das kümmern?

Er sitzt an einem Tisch mit Matthew Scudder, schnipst einen Silberdollar an und lässt ihn auf dem Tisch kreiseln. Schließlich ist das die Gewohnheit, die ihm seinen Spitznamen eingebracht hat. Dann heuert er Scudder an, einen Mord aufzuklären, der sich noch nicht ereignet hat.

Niemand ist sonderlich überrascht, als Schnipser mit eingeschlagenem Schädel im East River treibend gefunden wird. Noch schlimmer: Es kümmert niemanden – außer Matthew Scudder. Der Ex-Cop und Privatdetektiv ist kein pflichtversessener Racheengel. Aber er ist willig, Leib und Leben zu riskieren, um Schnipsers mörderisch-aggressive Kunden zur Rede zu stellen. Schließlich ist ein Job ein Job – und Scudder wurde bezahlt, einen Mörder zu finden. Bezahlt vom Opfer . . .? im Voraus.

Drei am Haken ist die deutsche Neuübersetzung des zweiten Romans mit Lawrence Blocks charismatischster Figur, Matthew Scudder. Von Daseinsangst geplagt, hat Scudder Frau und Kinder verlassen und den Polizeidienst quittiert. Nun lebt er allein in einem Hotel im New Yorker Stadtteil Hell's Kitchen und ernährt sich von Bourbon und Kaffee in der Kneipe von Jimmy Armstrong um die Ecke. Das Geld, das er zum Leben braucht, verdient er sich als Privatdetektiv ohne Lizenz, indem er, wie er es ausdrückt, »Freunden Gefälligkeiten erweist«.

Schnipser Jablon war nicht unbedingt ein Freund, und es ist zu spät, ihm einen Gefallen zu erweisen. Aber Scudder war schon immer ein Mann, der tut, was getan werden muss . . .

Drei am Haken

LAWRENCE BLOCK

Aus dem Amerikanischen von Stefan Mommertz

A LAWRENCE BLOCK PRODUCTION

Deshalb ist zuerst nur ein einziger Mensch erschaffen worden, um dich zu lehren, dass jener, der eine einzelne Seele zerstört, eine ganze Welt zerstört hat.

– Aus dem Talmud

Kapitel 1

An sieben Freitagen in Folge erhielt ich einen Anruf von ihm. Ich war nicht immer da, um den Anruf entgegenzunehmen. Aber das spielte keine Rolle, denn wir hatten uns nichts zu sagen. Falls ich unterwegs war, wenn er anrief, würde ich bei meiner Rückkehr ins Hotel eine Nachricht in meinem Fach vorfinden. Ich würde einen Blick auf sie werfen, sie wegschmeißen und die Sache vergessen.

Dann, am zweiten Freitag im April, blieb der Anruf aus. Ich verbrachte den Abend um die Ecke im Armstrong's, trank Bourbon und Kaffee und beobachtete, wie ein paar Assistenzärzte beim Versuch scheiterten, Krankenschwestern zu beeindrucken. Das Lokal leerte sich für einen Freitag früh, gegen zwei verabschiedete sich Trina, und Billie sperrte die Tür ab, um die 9th Avenue draußen zu halten. Wir genehmigten uns noch ein paar Drinks und sprachen über die Knicks, darüber, dass alles von Willis Reed abhing. Viertel vor drei nahm ich meinen Mantel vom Haken und ging nach Hause.

Keine Nachricht.

Das musste nichts zu bedeuten haben. Unsere Vereinbarung lautete, dass er jeden Freitag anrief, um mich wissen zu lassen, dass er noch am Leben war. Wenn ich mich auf meinem Zimmer befand und den Anruf entgegennehmen konnte, würden wir Hallo zueinander sagen. Ansonsten würde er eine Nachricht hinterlassen: Ihre Wäsche ist fertig. Aber er konnte es vergessen haben oder betrunken sein oder sonst irgendetwas.

Ich zog mich aus, legte mich auf das Bett, drehte mich auf die Seite und blickte aus dem Fenster. Zehn oder zwölf Blocks Richtung Süden gab es ein Bürogebäude, in dem sie nachts die Lichter brennen ließen. Man konnte den Verschmutzungsgrad der Luft ziemlich genau daran erkennen, wie sehr die Lichter flimmerten. In dieser Nacht flimmerten sie nicht nur unbändig, sie besaßen sogar einen gelben Schimmer.

Ich drehte mich auf den Rücken und schloss die Augen. Ich dachte über den Anruf nach, der ausgeblieben war. Ich entschied, dass er es nicht vergessen hatte und auch nicht betrunken war.

Der Schnipser war tot.

Er wurde Schnipser genannt wegen einer Angewohnheit, die er hatte. Er trug einen alten Silberdollar als Glücksbringer mit sich herum, und er holte ihn immer aus der Hosentasche, um ihn mit Hilfe seines linken Zeigefingers auf einer Tischplatte aufgerichtet zu halten, den rechten Mittelfinger zu krümmen und damit den Rand der Münze anzuschnipsen. Während er mit einem sprach, hielt er die Augen auf den kreiselnden Dollar gerichtet; er schien seine Worte ebenso an die Münze zu richten wie an seinen Gesprächspartner.

Zum letzten Mal hatte ich einer derartigen Vorführung an einem Nachmittag unter der Woche Anfang Februar beigewohnt. Er war stilvoll gekleidet gewesen wie für den Broadway: ein perlgrauer Anzug, der etwas protzig wirkte, ein dunkelgraues, mit Monogramm versehenes Hemd, eine Seidenkrawatte in der gleichen Farbe wie das Hemd, eine mit einer Perle besetzte Krawattennadel. Er trug ein Paar dieser Plateauschuhe, mit denen man zwei oder drei Zentimeter größer wirkt. Sie schraubten seine Körpergröße auf eins achtundsechzig, vielleicht eins siebzig. Der Mantel über seinem Arm war dunkelblau und sah nach Kaschmir aus.

»Matthew Scudder«, sagte er. »Du hast dich nicht verändert. Wie lange ist es her?«

»Ein paar Jahre.«

»Verdammt lange.« Er legte den Mantel auf einem freien Stuhl ab, deponierte einen dünnen Aktenkoffer auf dem Mantel und einen schmalkrempigen grauen Hut auf dem Aktenkoffer. Er setzte sich mir gegenüber auf die andere Seite des Tisches und holte seinen Glücksbringer aus der Tasche. Ich beobachtete ihn dabei, wie er ihn anschnipste. »Viel zu lange, Matt«, sagte er zu der Münze.

»Du siehst gut aus, Schnipser.«

»Hatte eine ziemliche Glückssträhne.«

»Das ist immer gut.«

»Solange sie anhält.«

Trina kam zu uns und ich bestellte eine weitere Tasse Kaffee und ein Glas Bourbon. Schnipser wandte sich ihr zu und legte fragend die Stirn in Falten. »Hmm, ich weiß nicht«, sagte er. »Denken Sie, dass ich ein Glas Milch bekommen könnte?«

Sie antwortete ihm, dass er das könnte, und verschwand, um es zu holen. »Ich darf nicht mehr trinken«, sagte er. »Wegen diesem verdammten Magengeschwür.«

»Man sagt, dass das mit dem Erfolg einhergeht.«

»Es geht mit dem Ärger einher, das tut es. Der Arzt hat mir eine Liste mit dem gegeben, was ich nicht essen darf. Alles, was mir schmeckt, befindet sich darauf. Ich bin echt fein raus, ich kann die besten Restaurants aufsuchen, und dann darf ich mir einen Teller mit verdammtem Hüttenkäse bestellen.«

Er nahm den Dollar und schnipste ihn an.

Ich hatte ihn kennengelernt, als ich noch bei der Polizei war. Er war ungefähr ein Dutzend Mal festgenommen worden, immer wegen kleinerer Vergehen, hatte aber nie eine Haftstrafe verbüßen müssen. Es war ihm immer gelungen, sich freizukaufen, entweder mit Geld oder mit Informationen. Einmal hatte er mir dadurch zu einem guten Fang verholfen, einem Hehler, und bei einer anderen Gelegenheit hatte er uns einen Tipp in einem Mordfall gegeben. Dazwischen hatte er uns Informationen angeboten und das, was er gehört hatte, gegen Zehn- oder Zwanzig-Dollar-Scheine eingetauscht. Er war klein, unscheinbar und kannte die richtigen Kniffe;

eine Menge Leute waren dumm genug, in seiner Gegenwart zu plaudern.

Er sagte: »Matt, ich bin nicht einfach zufällig hier hereinspaziert.«

»Das habe ich mir gedacht.«

»Ja.« Der Dollar fing an zu schwanken und er schnappte danach. Er hatte sehr schnelle Hände. Wir hatten ihn immer für einen Gelegenheitstaschendieb gehalten, aber ich denke nicht, dass er jemals deshalb verhaftet wurde. »Die Sache ist die: Ich habe Probleme.«

»Die gehen mit den Magengeschwüren einher.«

»Darauf kannst du deinen Hintern wetten.« Schnips. »Es ist so: Ich habe etwas, das du für mich aufbewahren sollst.«

»So?«

Er nippte an der Milch. Er stellte das Glas ab und streckte den Arm zur Seite, um mit den Fingern auf dem Aktenkoffer zu trommeln. »Da drin ist ein Umschlag. Ich möchte, dass du ihn für mich aufbewahrst. Ihn an einem sicheren Ort verstaust, wo er nicht zufällig jemand anderem in die Hände fällt, weißt du?«

»Was ist in dem Umschlag?«

Er reagierte mit einem leichten, ungeduldigen Kopfschütteln. »Dazu gehört, dass du nicht wissen musst, was in dem Umschlag ist.«

»Wie lange soll ich ihn aufbewahren?«

»Nun, das ist der Kern der Sache.« Schnips. »Weißt du, es gibt viele Dinge, die einer Person zustoßen können. Ich könnte diese Kneipe verlassen, auf die Straße treten und auf der 9th Avenue von einem Bus überfahren werden. Bei all den Dingen, die einer Person zustoßen können, ich meine, man kann nie wissen.«

»Hat es jemand auf dich abgesehen, Schnipser?«

Er hob die Augen, blickte in meine, dann senkte er sie schnell wieder. »Möglich«, sagte er.

»Weißt du wer?«

»Ich weiß nicht einmal, ob, geschweige denn, wer.« Schwanken, Schnappen. Schnips.

»Der Umschlag ist deine Lebensversicherung.«

»So in der Art.«

Ich trank von meinem Kaffee. Ich sagte: »Ich weiß nicht, ob ich der Richtige für so etwas bin, Schnipser. Normalerweise bringt man so einen Umschlag zu einem Anwalt und trifft mit dem eine Vereinbarung. Er legt ihn in einen Safe und damit hat sich das.«

»Daran habe ich gedacht.«

»Und?«

»Es wäre sinnlos. Die Art von Anwälten, die ich kenne, würde den verdammten Umschlag aufreißen, sobald ich einen Schritt aus der Tür gemacht habe. Ein anständiger Anwalt hingegen würde einen Blick auf mich werfen und den Raum verlassen, um sich die Hände zu waschen.«

»Nicht unbedingt.«

»Da ist noch etwas. Wenn ich von einem Bus überfahren werde, müsste der Anwalt den Umschlag zu dir bringen. Auf diese Weise sparen wir uns den Mittelsmann, nicht wahr?«

»Warum muss der Umschlag bei mir landen?«

»Das wirst du herausfinden, wenn du ihn öffnest. Falls du ihn öffnest.«

»Das ist alles ziemlich umständlich, oder?«

»Es ist alles sehr verzwickt in der letzten Zeit, Matt. Magengeschwüre und Ärger.«

»Und bessere Klamotten, als ich sie je zuvor an dir gesehen habe.«

»Ja, sie können mich verdammt noch mal in ihnen begraben.« Schnips. »Hör zu, alles, was du tun musst, ist, den Umschlag zu nehmen und ihn in ein Bankschließfach zu stecken oder so, irgendwas, irgendwo, das liegt ganz bei dir.«

»Und wenn ich von einem Bus überfahren werde?«

Er dachte darüber nach und wir arbeiteten etwas aus. Der Umschlag würde in meinem Hotelzimmer unter dem Teppich landen. Falls ich plötzlich starb, würde Schnipser vorbeikommen und sein Eigentum wieder an sich nehmen. Er würde keinen Schlüssel benötigen. Er hatte noch nie einen benötigt.

Wir einigten uns auf die Einzelheiten, den wöchentlichen Anruf, die nichtssagende Nachricht, falls ich nicht zu Hause war. Ich bestellte mir einen weiteren Drink. Schnipser hatte noch genug von seiner Milch übrig.

Ich fragte ihn, warum er mich ausgewählt hatte.

»Nun, du warst immer korrekt zu mir, Matt. Seit wann bist du jetzt nicht mehr bei der Polizei? Ein paar Jahre?«

»So ungefähr.«

»Ja, du hast den Dienst quittiert. Ich weiß nicht viel über die Einzelheiten. Du hast ein Kind getötet, oder?«

»Ja. Im Einsatz. Eine Kugel ist unglücklich abgeprallt.«

»Und das hat dir eine Menge Ärger von oben eingebracht?«

Ich blickte meinen Kaffee an und dachte darüber nach. Eine Sommernacht, die Hitze fast sichtbar in der Luft. Die Klimaanlage machte Überstunden im Spectacle, einer Bar in Washington Heights, in der Cops auf Kosten des Hauses trinken durften. Ich war außer Dienst, nur, dass man das niemals wirklich ist, und zwei junge Typen wählten diesen Abend, um die Kneipe zu überfallen. Auf dem Weg nach draußen erschossen sie den Barkeeper. Ich folgte ihnen auf die Straße, erschoss einen von ihnen und zersplitterte den Oberschenkelknochen des anderen.

Aber eine meiner Kugeln ging daneben und wurde zu einem Querschläger. Sie traf ein siebenjähriges Mädchen namens Estrellita Rivera ins Auge. Genau ins Auge, und durch das weiche Gewebe direkt ins Gehirn.

»Das war nicht angebracht«, sagte Schnipser. »Ich hätte es nicht ansprechen sollen.«

»Nein, kein Problem. Ich habe keinen Ärger bekommen. Um genau zu sein, ich wurde sogar belobigt. Es gab eine Anhörung und ich wurde vollständig entlastet.«

»Und dann hast du den Dienst quittiert.«

»Ich hatte irgendwie den Geschmack an der Arbeit verloren. Und an anderen Dingen. An meinem Haus auf Long Island. Meiner Ehefrau. Meinen Söhnen.«

»Ich vermute, das kommt vor«, sagte er.

»Das vermute ich auch.«

»Und was machst du jetzt? Du bist eine Art Privatdetektiv, oder?«

Ich zuckte mit den Schultern. »Ich habe keine Lizenz. Manchmal tue ich Leuten einen Gefallen und sie bezahlen mich dafür.«

»Nun, um auf unser kleines Geschäft zurückzukommen ...« Schnips. »Du würdest mir einen Gefallen tun, das würdest du.«

»Wenn du das meinst.«

Er griff nach dem Dollar, der sich noch drehte, sah ihn an und legte ihn auf die blau-weiß-karierte Tischdecke.

Ich sagte: »Du solltest dich nicht umbringen lassen, Schnipser.«

»Zum Teufel, nein.«

»Gibt es keinen Ausweg?«

»Vielleicht. Vielleicht auch nicht. Wir sollten nicht über diesen Teil der Sache sprechen, ja?«

»Wie du meinst.«

»Denn, wenn dich jemand töten will, was zum Teufel kannst du dann tun? Nichts.«

»Damit liegst du wahrscheinlich richtig.«

»Erledigst du das für mich, Matt?«

»Ich werde den Umschlag aufbewahren. Ich kann nicht sagen, was ich tun werde, wenn ich ihn öffnen muss. Weil ich nicht weiß, was sich darin befindet.«

»Falls es so weit kommt, wirst du es wissen.«

»Ich garantiere nicht, dass ich es tun werde, was auch immer es ist.«

Er blickte mich lange an und las etwas in meinem Gesicht, von dem ich nicht wusste, dass es dort war. »Du wirst es tun«, sagte er.

»Vielleicht.«

»Du wirst es tun. Und falls nicht, werde ich es nicht erfahren, also was zum Teufel. Hör zu, wie viel willst du vorab?«

»Ich weiß nicht, um was es sich bei dem, was ich tun soll, handelt.«

»Ich dachte, für das Aufbewahren des Umschlags. Wie viel willst du?«

Ich weiß nie, wie ich den Preis festlegen soll. Ich dachte einen Moment lang nach. Dann sagte ich: »Das ist ein hübscher Anzug, den du da anhast.«

»Hä? Danke.«

»Wo hast du ihn her?«

»Phil Kronfeld's. Drüben auf dem Broadway.«

»Ich weiß, wo der Laden ist.«

»Er gefällt dir wirklich?«

»Er steht dir gut. Wie viel hat er gekostet?«

»Drei zwanzig.«

»Dann ist das mein Preis.«

»Du willst den verdammten Anzug?«

»Ich will dreihundertzwanzig Dollar.«

»Oh.« Er schüttelte amüsiert den Kopf. »Jetzt hast du mich einen Moment lang verwirrt. Ich hab nicht verstanden, was zum Teufel du mit dem Anzug willst.«

»Ich denke nicht, dass er mir passen würde.«

»Vermutlich nicht. Drei zwanzig. Ja, ich denke, diese Zahl ist so gut wie jede andere.« Er brachte eine fette Geldbörse aus Krokodilleder zum Vorschein und zählte sechs Fünfziger und einen Zwanziger ab. »Drei – zwei – null«, sagte er und gab mir das Geld. »Und wenn es sich länger hinzieht und du mehr möchtest, lässt du mich das wissen. Einverstanden?«

»Einverstanden. Was ist, wenn ich mit dir sprechen muss, Schnipser?«

»Äh-äh.«

»Okay.«

»Weil . . .? du wirst es nicht müssen, und selbst wenn ich dir eine Adresse geben wollte, könnte ich es nicht.«

»Okay.«

Er öffnete den Aktenkoffer und überreichte mir einen A4-großen braunen Umschlag, der an beiden Enden mit strapazierfähigem Klebeband versiegelt war. Ich nahm ihn und legte ihn auf die Bank neben mich. Er schnipste den Silberdollar an, nahm ihn auf und steckte ihn in die Tasche, dann signalisierte er Trina, dass sie die Rechnung bringen solle. Ich ließ ihn gewähren. Er zahlte und ließ zwei Dollar Trinkgeld auf dem Tisch liegen.

»Was ist so lustig, Matt?«

»Hab dich noch nie eine Rechnung übernehmen sehen. Und ich hab gesehen, wie du das Trinkgeld von anderen Leuten eingesteckt hast.«

»Nun, die Zeiten ändern sich.«

»Ich tippe, da hast du Recht.«

»Ich hab das nicht oft getan, mir das Trinkgeld von anderen schnappen. Aber man tut viele Dinge, wenn man hungrig ist.«

»Gewiss.«

Er erhob sich, zögerte, streckte die Hand aus. Ich schüttelte sie. Er drehte sich um, um zu gehen, und ich sagte: »Schnipser?«

»Was?«

»Du hast gesagt, dass die Art von Anwalt, die du kennst, den Umschlag öffnen würde, sobald du aus dem Büro wärst.«

»Darauf kannst du deinen Hintern wetten.«

»Warum denkst du, dass ich das nicht tun werde?«

Er sah mich an, als hätte ich eine dämliche Frage gestellt. »Du bist ehrlich«, sagte er.

»Herrgott, du weißt, dass ich korrupt war. Du hast dich selbst ein- oder zweimal bei mir freikaufen können.«

»Ja, aber du warst immer offen zu mir. Es gibt ehrlich und ehrlich. Du wirst den Umschlag nicht öffnen, bevor du es tun musst.«

Ich wusste, dass er Recht hatte. Ich wusste nur nicht, woher er es wusste. »Pass auf dich auf«, sagte ich.

»Ja, du auch.«

»Sei vorsichtig, wenn du über die Straße gehst.«

»Hä?«

»Pass auf die Busse auf.«

Er lachte ein wenig, aber ich denke nicht, dass er wirklich dachte, dass es witzig war.

Später an diesem Tag ging ich in eine Kirche und stopfte zweiunddreißig Dollar in die Almosenbüchse. Ich setzte mich in eine der hinteren Bankreihen und dachte über den Schnipser nach. Er hatte mir leicht verdientes Geld zukommen lassen. Alles, was ich tun musste, um es zu verdienen, war, nichts zu tun.

Zurück in meinem Zimmer rollte ich den Teppich auf und legte Schnipsers Umschlag so darunter, dass er unter der Mitte meines Betts lag. Das Zimmermädchen saugte manchmal in meinem Zimmer, aber sie bewegte nie die Möbel. Ich rollte den Teppich zurück an seinen Platz und hatte den Umschlag sofort vergessen. Und an jedem der folgenden Freitage bestätigte mir ein Anruf oder eine Nachricht, dass Schnipser noch am Leben war und der Umschlag dort bleiben konnte, wo er sich befand.

Kapitel 2

An den nächsten drei Tagen las ich zweimal täglich die Zeitungen und wartete auf einen Anruf. Am Montagabend kaufte ich mir auf dem Weg nach Hause die Frühausgabe der *Times*. Im Lokalteil mit den Nachrichten aus der Metropole gibt es immer eine Rubrik mit Verbrechensmeldungen, und bei der letzten Meldung handelte es sich um die, nach der ich Ausschau gehalten hatte. Ein nicht identifizierter weißer Mann, ungefähr eins achtundsechzig groß, zirka siebzig Kilogramm, um die fünfundvierzig Jahre alt, war mit eingeschlagenem Schädel aus dem East River gefischt worden.

Es hörte sich richtig an. Ich hätte ihn ein paar Jahre älter geschätzt und ein paar Kilo leichter, aber ansonsten hörte es sich richtig an. Ich konnte nicht wissen, ob es sich wirklich um Schnipser handelte. Ich konnte nicht einmal wissen, ob der Mann, um wen auch immer es sich handeln mochte, ermordet worden war. Er hätte sich die Schädelverletzung auch zuziehen können, nachdem er im Wasser gelandet war. Und es stand nichts in dem Bericht, das Schlüsse darauf zuließ, wie lange er schon im Wasser gewesen war. Bei mehr als zehn Tagen konnte es sich nicht um Schnipser handeln, denn ich hatte am Freitag der vorherigen Woche noch von ihm gehört.

Ich sah auf meine Uhr. Es war noch nicht zu spät, jemanden anzurufen, aber es war viel zu spät, um jemanden anzurufen und dabei beiläufig zu wirken. Und es war zu früh, den Umschlag zu öffnen. Das wollte ich nicht tun, bevor ich absolut sicher war, dass er tot war.

Ich trank mehr als gewöhnlich, weil ich sehr lange nicht einschlafen konnte. Am Morgen wachte ich mit Kopfschmerzen und einem schlechten

Geschmack im Mund auf. Ich griff zu Aspirin und Mundwasser und ging für ein Frühstück hinunter ins Red Flame. Ich besorgte mir eine aktuelle Ausgabe der *Times*, aber es gab nichts Neues über die Wasserleiche. Der Bericht war identisch mit dem in der früheren Ausgabe.

Eddie Koehler war mittlerweile Lieutenant im Sechsten Revier im West Village. Ich rief von meinem Zimmer aus dort an und bekam ihn an den Apparat. »Hey, Matt«, sagte er. »Ist eine Weile her.«

Es war noch nicht so lange her. Ich erkundigte mich nach seiner Familie und er sich nach meiner. »Es geht ihnen gut«, sagte ich.

»Du könntest immer noch zu ihnen zurückgehen«, sagte er.

Das konnte ich nicht, aus sehr viel mehr Gründen, als ich ihm mitteilen wollte. Ich konnte auch nicht wieder anfangen, eine Polizeimarke zu tragen, aber das hielt ihn nicht davon ab, die nächste Frage zu stellen.

»Ich vermute, du bist noch nicht bereit, dich wieder der menschlichen Rasse anzuschließen, oder?«

»Dazu wird es niemals kommen, Eddie.«

»Stattdessen musst du in einer billigen Absteige leben und um jeden Dollar betteln. Hör zu, wenn du dich zu Tode trinken willst, ist das deine Sache.«

»Das ist richtig.«

»Aber welchen Sinn macht es, für Drinks zu bezahlen, wenn du sie umsonst haben kannst? Du wurdest geboren, um Polizist zu werden, Matt.«

»Der Grund für meinen Anruf–«

»Ja, es muss einen Grund geben, klar.«

Ich wartete eine Minute lang. Dann sagte ich: »Ich bin in der Zeitung auf etwas gestoßen und dachte mir, du könntest mir vielleicht den Gang in die Leichenhalle ersparen. Gestern haben sie eine Wasserleiche aus dem East River gezogen. Kleiner Typ mittleren Alters.«

»Und?«

»Könntest du herausfinden, ob sie ihn mittlerweile identifiziert haben?«

»Vielleicht. Warum willst du das wissen?«

»Es gibt einen vermissten Ehemann, nach dem ich gewissermaßen suche. Die Beschreibung passt auf ihn. Ich könnte hingehen und einen Blick auf ihn werfen, aber ich kenne ihn nur von Fotos, und nach einiger Zeit im Wasser–«

»Ja, klar. Gib mir den Namen und ich erkundige mich.«

»Lass es uns umgekehrt machen«, sagte ich. »Es ist vertraulich. Ich möchte den Namen nicht verbreiten, wenn es nicht unbedingt sein muss.«

»Ich vermute, ich könnte ein paar Anrufe tätigen.«

»Wenn es mein Kerl ist, kannst du dir einen neuen Hut kaufen.«

»Das habe ich vermutet. Und wenn nicht?«

»Dann hast du dir meine aufrichtige Dankbarkeit verdient.«

»Du mich auch«, sagte er. »Ich hoffe, es ist dein Kerl. Ich kann einen neuen Hut gebrauchen. Hey, wenn man darüber nachdenkt, ist es witzig.«

»Warum?«

»Du suchst nach einem Kerl, und ich hoffe, dass er tot ist. Wenn man darüber nachdenkt, ist es wirklich witzig.«

Vierzig Minuten später klingelte das Telefon. Er sagte: »Es ist ein Jammer. Ich hätte einen neuen Hut gebrauchen können.«

»Sie haben ihn nicht identifiziert?«

»Oh doch, sie haben ihn identifiziert. Sie haben ihn anhand der Fingerabdrücke identifiziert, aber er ist nicht der Typ, für den irgendjemand Geld ausgeben würde, damit du nach ihm suchst. Er ist eine einschlägige Existenz, seine Akte ist fast einen Meter lang. Er muss dir auch ein oder zwei Mal über den Weg gelaufen sein.«

»Wie heißt er?«

»Jacob Jablon. Hat ein bisschen gespitzelt, ein bisschen geklaut, jede Menge Schwachsinn getrieben.«

»Der Name kommt mir bekannt vor.«

»Man hat ihn Schnipser genannt.«

»Ja, den habe ich gekannt«, sagte ich. »Hab ihn allerdings seit Jahren nicht mehr gesehen. Er hat immer einen Silberdollar angeschnipst.«

»Nun, jetzt schnipst er nur noch im Grab.«

Ich holte Luft. Ich sagte: »Er ist nicht mein Kerl.«

»Das hab ich mir gedacht. Kann mir nicht vorstellen, dass er der Ehemann von irgendeiner war. Und falls doch, würde sie bestimmt nicht wollen, dass man nach ihm sucht.«

»Es ist nicht die Ehefrau, die nach meinem Kerl suchen lässt.«

»Nein?«

»Es ist seine Geliebte.«

»Scheiß die Wand an!«

»Und ich denke nicht, dass er sich überhaupt in der Stadt befindet, aber ich kann ihr natürlich trotzdem ein paar Dollar abknöpfen. Wenn ein Mann verschwinden möchte, tut er es einfach.«

»Ja, so läuft das normalerweise. Aber wenn sie dir Geld geben möchte–«

»So sehe ich das auch«, sagte ich. »Wie lange war der Schnipser im Wasser? Weiß man das schon?«

»Ich glaube, sie haben gesagt, vier oder fünf Tage. Warum willst du das wissen?«

»Man hat ihn aufgrund der Fingerabdrücke identifiziert. Deshalb dachte ich mir, dass er relativ frisch gewesen sein muss.«

»Oh, Fingerabdrücke bekommt man auch locker noch nach einer Woche. Manchmal sogar noch später, aber das hängt von den Fischen ab. Stell dir vor, die Fingerabdrücke von einer Wasserleiche zu nehmen – Scheiße, wenn ich das tun müsste, würde es ziemlich lange dauern, bis ich wieder hungrig wäre. Und dann auch noch eine Autopsie vornehmen . . .?«

»Nun, das sollte nicht allzu schwer sein. Jemand muss ihm einen Schlag auf den Kopf verpasst haben.«

»Wenn man bedenkt, wer er war, besteht daran kein Zweifel. Er war nicht der Typ, der eine Runde schwimmen geht und sich dabei versehentlich den Schädel am Pier anstößt. Aber was wollen wir wetten, dass es trotzdem nicht als Mord behandelt werden wird?«

»Warum denkst du das?«

»Weil man nicht möchte, dass das für die nächsten fünfzig Jahre ein ungelöster Fall bleibt. Denn wer will sich schon den Arsch aufreißen, um herauszufinden, was einem Arschloch wie dem Schnipser zugestoßen ist? Er ist tot und niemand wird ihm nachtrauern.«

»Ich bin immer gut mit ihm ausgekommen.«

»Er war ein mieser kleiner Gauner. Wer auch immer ihn umgebracht hat, hat der Welt einen Dienst erwiesen.«

»Vermutlich hast du Recht.«

Ich holte den braunen Umschlag unter dem Teppich hervor. Das Klebeband wollte sich nicht lösen lassen, weshalb ich mein Taschenmesser aus der Kommode nahm und den Umschlag am Falz entlang aufschnitt. Dann saß ich einfach ein paar Minuten lang mit dem Umschlag in der Hand auf dem Rand meines Betts.

Ich wollte nicht wirklich wissen, was er enthielt.

Eine Weile später öffnete ich ihn und verbrachte die nächsten drei Stunden in meinem Zimmer mit dem Studium des Inhalts. Er beantwortete einige Fragen, aber bei Weitem nicht so viele, wie er aufwarf. Schließlich schob ich alles zurück in den Umschlag und verstaute ihn wieder an seinem Platz unter dem Teppich.

Die Polizei würde Schnipser Jablon unter den Teppich kehren, und das war genau das, was ich mit seinem Umschlag machen wollte. Es gab viele Dinge, die ich tun konnte, aber am liebsten wollte ich gar nichts tun, weshalb der Umschlag in seinem Versteck bleiben konnte, bis sich die Möglichkeiten in meinem Kopf auseinandersortiert hatten.

Ich streckte mich mit einem Buch auf dem Bett aus, aber nachdem ich ein paar Seiten hinter mich gebracht hatte, wurde mir klar, dass ich las, ohne etwas aufzunehmen. Und mein kleines Zimmer fühlte sich irgendwie noch kleiner an als gewöhnlich. Ich verließ das Hotel und spazierte eine Zeit lang umher, dann suchte ich ein paar Kneipen auf und gönnte mir ein paar Drinks. Ich begann im Polly's Cage gegenüber dem Hotel, dann kam Kilcullen's, danach Spiro and Antares. Irgendwann zwischendrin aß ich in einem Deli ein paar Sandwiches. Ich schlug im Armstrong's auf und war noch dort, als Trinas Schicht endete. Ich sagte ihr, dass sie sich setzen solle und ich ihr einen Drink spendieren würde.

»Aber nur einen, Matt. Ich hab einiges zu erledigen.«

»Ich auch, aber ich will es nicht erledigen.«

»Kann es sein, dass du ein kleines bisschen betrunken bist?«

»Das ist nicht ausgeschlossen.«

Ich ging zur Bar und holte unsere Drinks. Bourbon unverdünnt für mich, Wodka Tonic für sie. Ich kam zum Tisch zurück und sie nahm ihr Glas.

Sie sagte: »Auf das Verbrechen?«

»Hast du wirklich nur Zeit für einen?«

»Ich hab nicht mal Zeit für diesen hier, mehr geht wirklich nicht.«

»Dann nicht auf das Verbrechen. Trinken wir auf abwesende Freunde.«

Kapitel 3

Ich vermute, ich hatte eine ziemlich gute Vorstellung von dem, was sich im Umschlag befinden würde, bevor ich ihn öffnete. Wenn ein Mann, der sich mehr schlecht als recht durchs Leben schlägt, indem er die Ohren offen hält, plötzlich einen Dreihundert-Dollar-Anzug trägt, ist es nicht schwer zu erraten, wie er dazu gekommen ist. Nachdem er sein Leben damit zugebracht hatte, Informationen zu verhökern, hatte der Schnipser etwas in die Hand bekommen, das zu gut war, um es zu verkaufen. Anstatt Information feilzubieten, hatte er begonnen, sein Schweigen zu vermarkten. Erpresser sind reicher als Lockspitzel, weil ihre Ware nicht nur einmal Gewinn bringt; sie können damit ein ganzes Leben lang bei derselben Person immer wieder abkassieren.

Das Problem dabei ist nur, dass ihre Lebensspanne dann auch dazu neigt, kürzer zu werden. Der Schnipser wurde mit dem Tag, an dem sich für ihn der Erfolg einstellte, zu einem versicherungstechnischen Risiko. Erst Ärger und Magengeschwüre, dann ein eingeschlagener Schädel und ein ausgiebiges Bad.

Ein Erpresser braucht eine Lebensversicherung. Er muss ein Druckmittel haben, das sein Opfer davon überzeugt, dass es besser ist, die Erpressung nicht durch Beseitigung des Erpressers zu beenden. Jemand – ein Anwalt, die Freundin, egal wer – sitzt im Hintergrund mit jenen Beweisen, die den Erpressten ursprünglich dazu brachten zu kooperieren. Wenn der Erpresser stirbt, gehen die Beweise an die Polizei, und die Kacke ist am Dampfen. Jeder Erpresser legt Wert darauf, dass sein Opfer über dieses zusätzliche

Element Bescheid weiß. Manchmal gibt es keinen Komplizen, keinen Umschlag zum Verschicken, weshalb der Erpresser einfach nur behauptet, es gäbe einen, und davon ausgeht, dass das Opfer es nicht darauf ankommen lassen wird. Manchmal glaubt das Opfer ihm, manchmal nicht.

Schnipser Jablon hatte sein Opfer wahrscheinlich gleich am Anfang auf diesen magischen Umschlag hingewiesen. Aber im Februar fing er an, nervös zu werden. Er kam zu dem Schluss, dass jemand versuchte, ihn umzubringen, oder es versuchen würde, weshalb er den Umschlag zusammenstellte. Ein wirklich existierender Umschlag würde ihm nicht das Leben retten, wenn die Idee eines solchen Umschlags nicht funktionierte. Er würde ebenso tot sein, was ihm auch bewusst gewesen war.

Aber letzten Endes war er ein Profi gewesen. Er hatte sich fast sein ganzes Leben lang mit Kleinkram abgegeben, aber er war trotzdem professionell gewesen. Und ein Profi regt sich nicht auf. Er schlägt zurück.

Es gab jedoch ein Problem, und es wurde zu meinem Problem, als ich den Umschlag aufschnitt und den Inhalt durchging. Denn der Schnipser hatte gewusst, dass er jemandem etwas heimzahlen wollte.

Er hatte nur nicht gewusst, wem.

Das Erste, was ich mir ansah, war der Brief. Er war getippt, was vermuten ließ, dass Schnipser irgendwann einmal eine Schreibmaschine mehr gestohlen hatte, als er verhökern konnte, weshalb er sie behalten hatte. Er schien sie nicht sehr häufig benutzt zu haben. Sein Brief war voll mit Wörtern und Phrasen, die mit xxx überschrieben waren, Lücken zwischen Buchstaben und genug falsch geschriebenen Wörtern, um ihn interessant zu machen. Aber es lief so ungefähr auf Folgendes hinaus:

Matt:

Wenn du das hier liest, bin ich tot. Ich hoffe, dass das Gewitter vorüberzieht, wetten würde ich darauf aber nicht. Ich denke, dass mich gestern jemand umbringen wollte. Da war dieses Auto, das auf dem Gehsteig auf mich zugeschossen kam.

Was ich am Laufen habe, ist Erpressung. Mir sind Informationen in die Hände gefallen, die gutes Geld wert sind. Nach Jahren des Bettelns habe ich den großen Wurf gelandet.

Es gibt drei von ihnen. Du wirst sehen, wie es sich verhält, wenn du die anderen Umschläge öffnest. Das ist das Problem, dass es drei sind, denn wenn ich tot bin, ist einer von ihnen dafür verantwortlich, und ich weiß nicht wer. Ich habe alle drei am Gängelband und weiß nicht, wem ich den Hals zuschnüre.

Dieser Prager: Vor zwei Jahren im Dezember hat seine Tochter mit dem Auto ein Kind auf einem Dreirad überfahren und ist geflüchtet, weil man ihr den Führerschein entzogen hatte und sie mit Speed und Gras und was weiß ich was zugedröhnt war. Prager hat mehr Geld als Gott und er hat es großzügig verteilt und seine Tochter wurde nicht festgenommen. Alle nötigen Informationen befinden sich im Umschlag. Er war der Erste; ich hab in einer Bar etwas aufgeschnappt, dann diesem Typen Drinks spendiert und er hat geplaudert. Ich verlange nichts von Prager, was er sich nicht leisten könnte, und er bezahlt mich so, wie man am Monatsersten die Miete bezahlt, aber wer weiß, wann jemand durchdreht, und vielleicht ist es dazu gekommen. Wenn er mich tot sehen möchte, zum Teufel, er könnte problemlos jemanden damit beauftragen.

Die Schnalle Ethridge war einfach ein glücklicher Zufall. Ich hab ihr Foto in der Zeitung gesehen, in der Gesellschaftsspalte, und sie wiedererkannt aus diesem Fickfilm, den ich vor ein paar Jahren gesehen habe. Klar, wer erinnert sich an ein Gesicht, wer guckt dabei überhaupt auf ein Gesicht, aber vielleicht hat sie einem Kerl einen geblasen und es hat sich in meinem Gedächtnis eingeprägt. Ich hab die Liste der Schulen, die sie besucht hat, gelesen und es passte nicht richtig zusammen, weshalb ich ein bisschen nachgeforscht habe, und es gab ein paar Jahre, in denen sie abgetaucht war und sich mit zwielichtigeren Dingen beschäftigt hat, und ich hab mir Fotos und anderes Zeug besorgt, das du sehen wirst. Ich stehe mit ihr in Kontakt und weiß nicht, ob ihr Ehemann darüber informiert ist oder nicht. Sie ist knallhart und könnte jemanden töten, ohne mit der Wimper zu zucken. Schau ihr in die Augen und du wirst genau wissen, was ich meine.

Huysendahl kam als Dritter ans Gängelband. Zu dem Zeitpunkt hab ich schon regelmäßig die Ohren offen gehalten, weil das für mich alles so gut lief. Was ich gehört hatte, war, dass seine Frau eine Lesbe ist. Nun, wie du weißt, Matt, ist das nicht wirklich spektakulär. Aber er hat Geld wie Heu und überlegt, sich zum Gouverneur wählen zu lassen, also warum nicht ein bisschen tiefer schürfen? Die Lesbensache an sich ist wertlos, es wissen schon zu viele Leute davon, und wenn man es verbreitet, wird das höchstens dafür sorgen, dass er die Stimmen der Lesbengemeinde bekommt, also hab ich mich nicht damit abgegeben, aber ich hab mich gefragt, warum er immer noch mit dieser Schwester verheiratet ist. Als ob er selbst irgendwie abartig wäre. Also reiße ich mir den Arsch auf, und es stellt sich heraus, dass da wirklich etwas ist, aber es zu fassen zu bekommen, war eine andere Geschichte. Er ist keine normale Schwuchtel, sondern steht auf kleine Jungs. Je jünger, desto besser. Es ist krankhaft und sorgt dafür, dass sich einem der Magen umdreht. Ich erfahre Kleinigkeiten, wie von diesem Jungen, der mit inneren Verletzungen ins Krankenhaus kommt und dessen Krankenhausrechnung Huysendahl bezahlt, aber ich wollte ihn richtig am Haken haben, deshalb hab ich ihm eine Falle gestellt und die Fotos machen lassen. Es ist egal, wie ich das angestellt habe, aber es waren andere daran beteiligt. Er muss sich in die Hose geschissen haben, als er die Fotos gesehen hat. Die Angelegenheit hat mich eine Stange Geld gekostet, aber niemand hat je besser investiert.

Matt, die Sache ist die: Wenn mich jemand umgebracht hat, war es einer von ihnen, oder sie haben jemanden damit beauftragt, was aufs Gleiche hinausläuft. Und was ich von dir möchte, ist, dass du es ihnen richtig besorgst. Demjenigen, der es getan hat, nicht den anderen beiden, die sich an die Abmachungen gehalten haben. Das ist der Grund, weshalb ich keinen Anwalt damit beauftragen kann, alles zur Polizei zu schicken. Denn

diejenigen, die sich an die Abmachungen gehalten haben, haben es ver-
dient, aus dem Schneider zu sein. Außerdem könnte es passieren, dass der
Umschlag an den falschen Polizisten gerät, der dann einfach selbst zum
Erpresser wird. Dann würde derjenige, der mich umgebracht hat, davon-
kommen, abgesehen davon, dass er weiter zahlen muss.

Auf dem vierten Umschlag steht dein Name, weil er für dich ist. Darin
befinden sich drei Riesen für dich. Ich weiß nicht, ob es mehr sein sollte
oder wie viel es sein sollte, aber es besteht immer die Möglichkeit, dass du
die Scheine einfach einsteckst und den Rest in die Tonne trittst. Falls das
passiert, werde ich tot sein und nichts davon erfahren. Der Grund, warum
ich denke, dass du es durchziehen wirst, ist etwas, das ich vor langer Zeit an
dir bemerkt habe, genauer gesagt, dass du denkst, dass es einen Unterschied
zwischen Mord und anderen Verbrechen gibt. Mir geht es genauso. Ich hab
mein ganzes Leben lang schlechte Dinge getan, aber nie jemanden ermor-
det und würde es auch niemals tun. Ich hab Leute gekannt, die jemanden
umgebracht hatten, was ich entweder als Tatsache oder als Gerücht wusste,
und ich hab mich von ihnen ferngehalten. So bin ich einfach, und ich den-
ke, dass es dir genauso geht, und das ist der Grund, warum du vielleicht
etwas unternehmen wirst und, einmal mehr, falls nicht, werde ich es nicht
wissen.

Dein Freund
Jake »Schnipser« Jablon

Am Mittwochmorgen holte ich den Umschlag wieder unter dem Teppich
hervor und warf einen weiteren ausgiebigen Blick auf die Dokumente. Ich
griff zu meinem Notizbuch und vermerkte darin einige Details. Ich würde
nicht in der Lage sein, die Sachen griffbereit zu haben, denn wenn ich irgendetwas unternahm, würde ich dadurch auf mich aufmerksam machen
und dann würde mein Zimmer kein gutes Versteck mehr abgeben.

Schnipser hatte sie wirklich festgenagelt. Es gab zwar relativ wenig
eindeutige Beweise dafür, dass Henry Pragers Tochter Stacy von der

Unfallstelle, an der der dreijährige Michael Litvak überfahren und getötet worden war, geflüchtet war, aber in diesem Fall waren eindeutige Beweise nicht nötig. Schnipser hatte den Namen der Werkstatt, in der das Auto der Prager repariert worden war, die Namen der Leute bei der Polizeibehörde und im Büro des Bezirksstaatsanwalts von Westchester, an die Prager sich gewandt hatte, und noch mehr, das seinen Zweck erfüllte. Wenn man das gesamte Päckchen einem guten Enthüllungsjournalisten übergab, würde der nicht in der Lage sein, es zu ignorieren.

Das Material zu Beverly Ethridge war plastischer. Die Fotos allein wären vielleicht nicht genug gewesen. Es gab ein paar Farbabzüge im Format zehn mal zwölf und ein halbes Dutzend Filmstreifen, die jeweils aus ein paar Einzelbildern bestanden. Sie war überall eindeutig zu erkennen, und es kam kein Zweifel an dem auf, was sie tat. Das wäre jedoch noch nicht so vernichtend gewesen. Eine Menge von dem, was Leute in ihrer Jugend aus Spaß tun, kann nach ein paar Jahren abgetan werden, vor allem, wenn man sich in Gesellschaftskreisen bewegt, in denen sich in jedem zweiten Schrank ein Skelett befindet.

Aber der Schnipser hatte seine Hausaufgaben gemacht, ganz so, wie er gesagt hatte. Er hatte Mrs. Ethridge, die damals noch Beverly Guildhurst hieß, ab dem Zeitpunkt, an dem sie im dritten Jahr das Vassar College geschmissen hatte, nachgespürt. Er hatte eine Verhaftung wegen Prostitution in Santa Barbara ausgegraben, bei der die Strafe zur Bewährung ausgesetzt worden war. Es hatte eine Drogenrazzia in Las Vegas gegeben, bei der sie aus Mangel an Beweisen davongekommen war, wobei es deutliche Hinweise darauf gab, dass man ihren Hintern mit Hilfe von Familiengeld aus dem Feuer geholt hatte. In San Diego hatte sie sich an Männer herangeworfen, um sie dann mit ihrem Partner, einem stadtbekannten Zuhälter, zu erpressen. Einmal ging die Sache schief; sie wurde zur Kronzeugin und erhielt eine weitere Bewährungsstrafe, während ihr Partner für ein paar Jahre nach Folsom wanderte. Soweit Schnipser das herausfinden konnte, war sie nur ein einziges Mal selbst im Knast gelandet, fünfzehn Tage in Oceanside wegen öffentlicher Trunkenheit.

Dann kam sie zurück in den Osten und heiratete Kermit Ethridge, und wenn ihr Foto nicht genau zum falschen Zeitpunkt in der Zeitung erschienen wäre, hätte sie nichts zu befürchten gehabt.

Das Huysendahl-Material war harter Tobak. Die dokumentarischen Beweise waren nichts Besonderes: die Namen von ein paar vorpubertären Jungen und die Tage, an denen Ted Huysendahl angeblich sexuelle Beziehungen mit ihnen gehabt hatte; Fotokopien von Krankenhausunterlagen, die nahelegten, dass Huysendahl für die Behandlung eines gewissen Jeffrey Kramer, elf Jahre, wegen innerer Verletzungen und Risswunden aufgekommen war. Aber es waren die Fotos, die einem das Gefühl gaben, dass man nicht denjenigen betrachtete, der nach dem Wunsch des Volkes der nächste Gouverneur des Staates New York werden sollte.

Es gab genau ein Dutzend von ihnen; sie deckten so ziemlich das ganze Repertoire ab. Das schlimmste zeigte Huysendahls Partner, einen mageren schwarzen Jungen, mit von Schmerz verzerrtem Gesicht, während er von Huysendahl anal penetriert wurde. Auf diesem Bild blickte der Junge direkt in die Kamera, ebenso wie in mehreren anderen, und es war gut möglich, dass der schmerzverzerrte Gesichtsausdruck reines Theater war. Aber diese Möglichkeit würde neun von zehn Durchschnittsbürger nicht davon abhalten, bereitwillig eine Schlinge um Huysendahls Hals zu legen, um ihn an der nächsten Straßenlaterne aufzuknüpfen.

Kapitel 4

Um halb fünf an diesem Nachmittag befand ich mich in einem Vorzimmer im zweiundzwanzigsten Stockwerk eines Bürogebäudes aus Glas und Stahl in der Park Avenue auf Höhe der höheren Vierziger Straßen. Die Empfangsdame und ich hatten den Raum für uns allein. Sie saß hinter einem U-förmigen, tiefschwarzen Schreibtisch. Sie selbst war einen Farbton heller als der Schreibtisch und trug einen kurz geschnittenen Afro. Ich saß auf einer Couch aus Vinyl, das dieselbe Farbe hatte wie der Schreibtisch. Auf dem kleinen weißen Parsons-Tisch neben der Couch lagen ein paar ausgewählte Zeitschriften: *Architectural Forum*, *Scientific American*, mehrere Golf-Zeitschriften, die Ausgabe der *Sports Illustrated* aus der Vorwoche. Ich vermutete, dass ich in keiner von ihnen das finden würde, wonach ich suchte, weshalb ich sie ignorierte und mir das kleine Ölgemälde an der gegenüberliegenden Wand ansah. Es war eine amateurhafte Meereslandschaft mit vielen kleinen Booten, die sich auf einem aufgewühlten Ozean herumtrieben. Männer beugten sich über den Rand des Bootes im Vordergrund. Sie schienen sich übergeben zu müssen, aber es war ziemlich unwahrscheinlich, dass das die Absicht des Künstlers gewesen war.

»Das hat Mrs. Prager gemalt«, sagte die junge Frau. »Seine Gattin.«

»Es ist interessant.«

»Sie hat auch alle Bilder in seinem Büro gemalt. Es muss wunderbar sein, ein derartiges Talent zu besitzen.«

»Das muss es sein.«

»Und sie hatte niemals Malunterricht.«

Die Empfangsdame schien das erstaunlicher zu finden als ich. Ich fragte mich, wann Mrs. Prager begonnen hatte, sich der Malerei zu widmen. Nachdem ihre Kinder groß geworden waren, vermutete ich. Die Pragers hatten drei Kinder: einen Sohn, der die medizinische Fakultät der University of Buffalo besuchte, eine verheiratete Tochter in Kalifornien und Stacy, die jüngste. Sie waren alle flügge geworden, und Mrs. Prager lebte in einem Haus in Rye mitten auf dem Land und malte stürmische Meereslandschaften.

»Er hat aufgehört zu telefonieren«, sagte die junge Frau. »Wenn Sie mir bitte noch einmal Ihren Namen nennen möchten?«

»Matthew Scudder«, sagte ich.

Sie informierte ihn telefonisch von meiner Anwesenheit. Ich hatte nicht erwartet, dass ihm mein Name etwas sagen würde, und ganz offensichtlich hatte ich richtig gelegen, denn sie fragte mich, in welcher Angelegenheit ich hier sei.

»Ich vertrete das Michael-Litvak-Projekt.«

Falls Prager verstand, ließ er es sich nicht anmerken. Sie übermittelte seine fortdauernde Verwirrung. »Die Auf-und-Davon-Kooperation«, sagte ich. »Das Michael-Litvak-Projekt. Es ist eine vertrauliche Angelegenheit, und ich bin mir sicher, dass er mich empfangen möchte.«

Ich war mich sicher, dass er mich eigentlich überhaupt nicht sehen wollte, aber sie wiederholte meine Worte und er konnte es nicht wirklich vermeiden. »Er wird Sie jetzt empfangen«, sagte sie und nickte mit ihrem lockigen kleinen Kopf in Richtung einer Tür, auf der PRIVAT geschrieben stand.

Sein Büro war geräumig. Eine Wand war vollständig aus Glas und bot einen ziemlich beeindruckenden Ausblick auf eine Stadt, die umso besser aussieht, je höher man sich befindet. Die Einrichtung war eher traditionell, was einen Gegensatz zum kargen, modernen Mobiliar des Vorzimmers darstellte. Die Wände waren mit dunklem Holz getäfelt – einzelne Paneele, nicht das Sperrholz-Zeug. Der Teppich hatte die Farbe von gelbbraunem Portwein. An den Wänden hingen jede Menge Bilder, alles

Meereslandschaften, alle unverkennbar das Werk von Mrs. Henry Prager.

Ich hatte Fotos von ihm in den Zeitungen, die ich im Lauf des Tages in der Mikrofilmabteilung der Bibliothek studiert hatte, gesehen. Es waren nur Kopf und Schultern abgebildet gewesen und ich hatte einen größeren Mann erwartet als denjenigen, der sich nun hinter dem breiten Schreibtisch mit Lederoberfläche erhob. Auf dem von Fabian Bachrach gemachten Portraitfoto hatte sein Gesicht eine ruhige Selbstsicherheit ausgestrahlt. Nun war es von einer Mischung aus Besorgnis und Vorsicht gezeichnet. Ich näherte mich dem Schreibtisch und wir musterten einander. Er schien sich zu überlegen, ob er mir die Hand reichen sollte. Er entschied sich dagegen.

Er sagte: »Sie heißen Scudder?«

»Das ist richtig.«

»Ich bin mir nicht sicher, was Sie von mir wollen.«

Mir ging es ähnlich. Es gab einen roten Lederstuhl mit Armlehnen aus Holz in der Nähe des Schreibtisches. Ich zog ihn heran und setzte mich, während er noch stand. Er zögerte, dann setzte er sich ebenfalls. Ich wartete ein paar Sekunden lang für den unwahrscheinlichen Fall, dass er etwas zu sagen hatte. Aber er war ziemlich gut im Abwarten.

Ich sagte: »Ich habe einen Namen genannt. Michael Litvak.«

»Der Name sagt mir nichts.«

»Dann werde ich einen anderen erwähnen. Jacob Jablon.«

»Der sagt mir ebenfalls nichts.«

»Nein? Mr. Jablon war ein Partner von mir. Wir haben miteinander Geschäfte gemacht.«

»Um welche Art von Geschäften handelt es sich dabei?«

»Oh, ein bisschen von diesem und ein bisschen von jenem. Nichts, das so erfolgreich wäre wie Ihr Geschäftszweig, befürchte ich. Sie sind Architekturberater?«

»Das ist richtig.«

»Großprojekte. Siedlungsbau, Bürogebäude, etwas von der Art.«

»Dabei handelt es sich kaum um geheime Informationen, Mr. Scudder.«

»Das muss ziemlich einträglich sein.«

Er blickte mich an.

»Um ehrlich zu sein, die Formulierung, die Sie gerade gebraucht haben. ›Geheime Informationen‹. Das ist es, worüber ich eigentlich mit Ihnen reden wollte.«

»So?«

»Mein Partner Mr. Jablon sah sich unvermittelt gezwungen, die Stadt zu verlassen.«

»Ich verstehe nicht, was–«

»Er hat sich zur Ruhe gesetzt«, sagte ich. »Er hat sein ganzes Leben lang hart gearbeitet, Mr. Prager, und er ist zu Geld gekommen, verstehen Sie, und er hat sich zur Ruhe gesetzt.«

»Vielleicht könnten Sie zur Sache kommen.«

Ich holte einen Silberdollar aus der Tasche und schnipste ihn an, aber anders als Schnipser hielt ich die Augen auf Prager gerichtet anstatt auf die Münze. Mit diesem Gesicht hätte er in jeder Pokerrunde der Stadt bestehen können. Vorausgesetzt, er spielte seine Karten richtig aus.

»Von diesen sieht man nicht mehr allzu viele«, sagte ich. »Ich bin vor ein paar Stunden in eine Bank gegangen, um mir einen zu holen. Man hat mich nur angestarrt und mir dann gesagt, dass ich zu einem Münzhändler gehen soll. Wissen Sie, ich dachte, ein Dollar ist ein Dollar. Zumindest war das mal so. Aber es sieht so aus, als wäre allein der Silbergehalt in diesen Dingern zwei- oder dreimal so viel wert, und der Sammlerwert liegt noch höher. Ich musste sieben Dollar für dieses Ding bezahlen, ob Sie es mir glauben oder nicht.«

»Warum wollten Sie einen haben?«

»Als Glücksbringer. Mr. Jablon hat genau so eine Münze. Oder zumindest hat sie für mich genau so ausgesehen. Ich bin kein Numismatiker. Das ist ein Münzenexperte.«

»Ich weiß, was ein Numismatiker ist.«

»Nun, ich hab das erst heute gelernt, als ich erfahren musste, dass ein Dollar kein Dollar mehr ist. Mr. Jablon hätte mir sieben Dollar sparen können, wenn er mir seinen Dollar gegeben hätte, als er die Stadt verlassen hat. Aber er hat mir etwas anderes gegeben, das wahrscheinlich ein bisschen mehr wert ist als sieben Dollar. Sehen Sie, er hat mir diesen Umschlag voller Dokumente und so gegeben. Auf einigen von denen steht Ihr Name. Und der Ihrer Tochter und noch ein paar weitere Namen, die ich schon erwähnt habe. Zum Beispiel Michael Litvak, aber das ist kein Name, der Ihnen irgendetwas sagt, oder?«

Der Dollar hatte aufgehört, sich zu drehen. Schnipser hatte immer nach der Münze gegriffen, wenn sie angefangen hatte zu schwanken, aber ich ließ sie einfach umfallen. Sie landete auf Kopf.

»Ich dachte, weil auf diesen Papieren Ihr Name steht, gemeinsam mit den anderen Namen, nun, ich dachte mir, Sie möchten sie vielleicht in Ihren Besitz bekommen.«

Er sagte nichts und mir fiel nichts mehr ein, das ich hinzufügen konnte. Ich nahm den Silberdollar und schnipste ihn noch einmal an. Dieses Mal beobachteten wir ihn beide. Er drehte sich ziemlich lange auf der Lederoberfläche. Dann prallte er gegen eine Fotografie in einem silbernen Rahmen, schwankte unsicher und landete wieder auf Kopf.

Prager nahm den Hörer seines Tischtelefons in die Hand und drückte einen Knopf. Er sagte. »Das ist alles für heute, Shari. Schalten Sie den Anrufbeantworter ein und gehen Sie nach Hause.« Dann, nach einer Pause: »Nein, das kann warten. Ich unterschreibe es morgen. Sie können jetzt nach Hause gehen. Ausgezeichnet.«

Wir schwiegen beide, bis sich die Tür des Vorzimmers öffnete und schloss. Dann lehnte Prager sich in seinem Schreibtischstuhl zurück und faltete die Hände vor dem Bauch. Er war eher vollschlank, aber an seinen Händen befand sich kein überflüssiges Gramm Fett. Sie waren feingliedrig, mit langen Fingern.

Er sagte: »Ich vermute, sie wollen da weitermachen, wo – wie war sein Name?«

»Jablon.«

»Wo Jablon aufgehört hat.«

»So ungefähr.«

»Ich bin kein reicher Mann, Mr. Scudder.«

»Sie sind auch nicht am Verhungern.«

»Nein«, stimmte er mir zu. »Ich bin nicht am Verhungern.« Er blickte einen Moment lang an mir vorbei, vermutlich auf eine Meereslandschaft. Er sagte: »Meine Tochter Stacy hat in ihrem Leben eine schwierige Phase durchgemacht. Während dieser Phase hatte sie einen bedauerlichen Unfall.«

»Ein kleiner Junge ist gestorben.«

»Ein kleiner Junge ist gestorben. Auch wenn das vielleicht herzlos klingen mag, möchte ich darauf hinweisen, dass so etwas die ganze Zeit passiert. Menschliche Wesen – Kinder, Erwachsene, es spielt keine Rolle – Menschen kommen jeden Tag bei Unfällen ums Leben.«

Ich dachte an Estrellita Rivera mit einer Kugel in ihrem Auge. Ich weiß nicht, ob sich irgendetwas auf meinem Gesicht abzeichnete.

»Stacys Lage – ihre Schuldhaftigkeit, wenn man es so bezeichnen möchte – wurde nicht durch den Unfall verursacht, sondern durch ihre Reaktion danach. Sie hat nicht angehalten. Wenn sie angehalten hätte, hätte das dem Jungen auch nicht mehr geholfen. Er war sofort tot.«

»Hat sie das gewusst?«

Er schloss einen Augenblick lang die Augen. »Ich weiß es nicht«, sagte er. »Spielt das eine Rolle?«

»Wahrscheinlich nicht.«

»Der Unfall ... Wenn sie angehalten hätte, so wie sie es hätte tun sollen, ich bin mir sicher, dass sie dann entlastet worden wäre. Der Junge ist mit seinem Dreirad direkt vor sie auf die Straße gefahren.«

»Soweit ich weiß, stand sie zu diesem Zeitpunkt unter Drogen.«

»Wenn Sie Marihuana als Droge bezeichnen wollen.«

»Es spielt keine Rolle, wie wir es bezeichnen, oder? Vielleicht hätte sie den Unfall vermeiden können, wenn sie nicht bekifft gewesen wäre. Oder vielleicht hätte sie das Urteilsvermögen besessen anzuhalten, nachdem sie den Jungen überfahren hatte. Nicht, dass es noch eine Rolle spielt. Sie war bekifft und sie hat den Jungen überfahren und sie hat nicht angehalten. Und Sie waren in der Lage, sie freizukaufen.«

»War das ein Fehler von mir, Scudder?«

»Woher soll ich das wissen?«

»Haben Sie Kinder?« Ich zögerte, dann nickte ich. »Was hätten Sie getan?«

Ich dachte an die Jungs. Sie waren noch nicht alt genug, um Auto zu fahren. Waren sie alt genug, Marihuana zu rauchen? Gut möglich. Und was hätte ich an Henry Pragers Stelle getan?

»Was auch immer ich hätte tun müssen«, sagte ich. »Um sie freizukaufen.«

»Natürlich. Jeder Vater würde so handeln.«

»Es muss Sie eine Stange Geld gekostet haben.«

»Mehr, als ich mir leisten konnte. Aber ich hätte es mir nicht leisten können, es nicht zu tun, müssen Sie wissen.«

Ich nahm meinen Silberdollar und blickte ihn an. Er war aus dem Jahr 1878. Er war sehr viel älter als ich und hatte sich sehr viel besser gehalten.

»Ich hatte gedacht, dass es überstanden war«, sagte er. »Es war ein Albtraum, aber es gelang mir, alles in Ordnung zu bringen. Die Leute, mit denen ich zu tun hatte, sie verstanden, dass Stacy keine Kriminelle war. Sie war ein gutes Mädchen aus einer guten Familie und sie machte eine schwierige Phase in ihrem Leben durch. Das ist nicht so selten, müssen Sie wissen. Sie sahen ein, dass es keinen Grund gab, noch ein zweites Leben zu ruinieren, nur weil ein schrecklicher Unfall einen Menschen das Leben gekostet hatte. Und die Erfahrung – es ist furchtbar, das zu sagen, aber es hat Stacy geholfen. Sie ist dadurch gewachsen, sie ist reifer geworden. Sie hat aufgehört, Drogen zu nehmen, natürlich. Und ihr Leben wurde zielgerichteter.«

»Was macht sie jetzt?«

»Sie studiert an der Columbia University. Psychologie. Sie will mit geistig zurückgebliebenen Kindern arbeiten.«

»Wie alt ist sie jetzt? Einundzwanzig?«

»Zweiundzwanzig seit letztem Monat. Sie war neunzehn, als der Unfall passiert ist.«

»Ich vermute, sie wohnt in einem Apartment hier in der Stadt?«

»Das ist richtig. Warum?«

»Nur so. Dann hat sie sich gut entwickelt.«

»Alle meine Kinder haben sich gut entwickelt, Scudder. Stacy hatte ein oder zwei schwierige Jahre, das ist alles.« Seine Augen wurden plötzlich zielgerichtet. »Und wie lange werde ich für diesen einen Fehler zahlen müssen? Das ist es, was ich wissen möchte.«

»Ich bin mir sicher, dass Sie das wissen möchten.«

»Nun?«

»Wie fest hatte Jablon Sie an der Angel?«

»Ich verstehe nicht.«

»Wie viel haben Sie ihm gezahlt?«

»Ich dachte, er war ihr Partner.«

»Es war eine lockere Partnerschaft. Wie viel?«

Er zögerte, dann zuckte er mit den Schultern. »Als er zum ersten Mal ankam, hab ich ihm fünftausend Dollar gegeben. Er hat den Eindruck erweckt, dass es mit dieser einmaligen Zahlung erledigt wäre.«

»Das ist es nie.«

»Das ist mir auch klar geworden. Nach einer Weile kam er zurück. Er sagte mir, dass er mehr Geld brauchte. Schließlich trafen wir eine geschäftliche Vereinbarung. So und so viel pro Monat.«

»Wie viel?«

»Zweitausend Dollar.«

»Sie konnten sich das leisten.«

»Nicht so leicht.« Er brachte ein kleines Lächeln zustande. »Ich hatte gehofft, dass ich einen Weg finden würde, es abzurechen. Es irgendwie als Geschäftsausgabe geltend zu machen.«

»Konnten Sie einen Weg finden?«

»Nein. Warum stellen Sie mir diese Fragen? Wollen Sie herausfinden, wie viel Sie aus mir herausquetschen können?«

»Nein.«

»Dieses ganze Gespräch«, sagte er plötzlich. »Irgendetwas stimmt nicht. Sie wirken nicht wie ein Erpresser.«

»Warum nicht?«

»Ich weiß nicht. Dieser Mann war ein Wiesel, er war kalkulierend, schmierig. Sie kalkulieren auch, aber auf eine andere Weise.«

»Es gibt solche und solche.«

Er erhob sich. »Ich werde nicht endlos zahlen«, sagte er. »Ich kann nicht mit einem Schwert über dem Kopf leben. Verdammt, ich sollte es nicht müssen.«

»Wir werden etwas ausarbeiten.«

»Ich will nicht, dass das Leben meiner Tochter ruiniert wird. Aber ich werde mich auch nicht ausbluten lassen.«

Ich nahm den Silberdollar und steckte ihn in die Tasche. Ich konnte mich nicht davon überzeugen, dass er den Schnipser getötet hatte, aber gleichzeitig konnte ich es auch nicht definitiv ausschließen. Und mir wurde übel von der Rolle, die ich spielte. Ich schob den Stuhl zurück und stand auf.

»Nun?«

»Ich werde mich melden«, sagte ich.

»Wie viel wird es mich kosten?«

»Ich weiß es nicht.«

»Ich werde Ihnen zahlen, was ich ihm gezahlt habe. Keinen Cent mehr.«

»Und wie lange werden Sie mich bezahlen? Für immer?«

»Ich verstehe nicht.«

»Vielleicht kann ich eine Möglichkeit finden, die uns beide glücklich macht«, sagte ich. »Ich werde Sie wissen lassen, wenn es mir gelingt.«

»Wenn Sie an einen einmaligen großen Betrag denken, wie könnte ich Ihnen trauen?«

»Das ist eines der Dinge, die ausgearbeitet werden müssen«, sagte ich. »Sie hören von mir.«

Kapitel 5

Ich hatte mich mit Beverly Ethridge um sieben in der Bar des Hotels Pierre verabredet. Von Pragers Büro ging ich zuerst in eine andere Bar, eine in der Madison Avenue. Sie entpuppte sich als Stammlokal von Werbemenschen; der Geräuschpegel war hoch und die Anspannung beunruhigend. Ich trank einen Bourbon und verließ den Laden.

Auf meinem Weg die 5th Avenue hoch kam ich an der St. Thomas Church vorbei. Ich ging hinein und setzte mich auf eine der Bänke. Ich hatte Kirchen entdeckt, kurz nachdem ich aus dem Polizeidienst ausgeschieden und bei Anita und den Jungs ausgezogen war. Ich weiß nicht genau, was es mit ihnen auf sich hat. Sie sind so ziemlich die einzigen Orte in New York, an denen eine Person zum Nachdenken kommen kann, aber ich bin mir nicht sicher, dass sie mich nur deshalb anziehen. Es scheint logisch anzunehmen, dass es etwas mit einer Art persönlicher Suche zu tun hat, obwohl ich nicht wirklich eine Ahnung davon habe, worum es sich dabei handeln könnte. Ich bete nicht. Ich denke nicht, dass ich an irgendetwas glaube.

Aber Kirchen sind ausgezeichnete Ort, um sich hinzusetzen und Dinge zu durchdenken. Ich saß in St. Thomas und dachte eine Zeitlang über Henry Prager nach. Meine Gedanken führten mich zu keinem Ergebnis. Wenn er ein ausdrucksvolleres, weniger vorsichtiges Gesicht gehabt hätte, hätte ich in der einen oder anderen Richtung etwas erfahren können. Er hatte nichts getan, mit dem er sich hätte verraten können, aber wenn er schlau genug gewesen war, den Schnipser zu erledigen, als der Schnipser schon wachsam gewesen war, dann würde er auch schlau genug sein, mir gegenüber nichts preiszugeben.

Es fiel mir schwer, ihn als Mörder zu sehen. Gleichzeitig fiel es mir aber auch schwer, ihn als Opfer einer Erpressung zu sehen. Er war sich dessen nicht bewusst, und es war jetzt kaum der Zeitpunkt, an dem ich es ihm mitteilen würde, aber er hätte Schnipser einfach sagen sollen, dass er sich das Zeug sonst wohin stecken könnte. Da ständig jede Menge Geld den Besitzer wechselt, um jede Menge Verbrechen unter diverse Teppiche zu kehren, hätte niemand wirklich etwas gegen ihn in der Hand gehabt. Seine Tochter hatte vor ein paar Jahren ein Verbrechen begangen; ein knallharter Staatsanwalt hätte auf Totschlag im Straßenverkehr plädiert, aber wahrscheinlich hätte die Anklage eher auf fahrlässige Tötung gelautet und die Strafe wäre auf Bewährung ausgesetzt worden. Angesichts dieser Umstände gab es kaum etwas, das ihr oder ihm nach so langer Zeit noch passieren konnte. Vielleicht würde es einen kleinen Skandal geben, aber der wäre nicht groß genug, seine Firma oder das Leben seiner Tochter zu ruinieren.

Deshalb hatte er oberflächlich betrachtet kaum einen Grund dafür, Schnipser zufriedenzustellen, geschweige denn, ihn umzubringen. Wenn es an der Sache nicht noch etwas gab, von dem ich nichts wusste.

Es waren drei, Prager und Ethridge und Huysendahl, und alle drei hatten Schnipser Schweigegeld bezahlt, bis einer von ihnen sich entschloss, das Schweigen zu einem Dauerzustand zu machen. Meine Aufgabe bestand darin herauszufinden, wer es gewesen war.

Und ich wollte mich nicht wirklich damit beschäftigen.

Aus einer Reihe von Gründen. Einer der besseren war, dass ich niemals so gute Chancen haben würde herauszufinden, wer der Mörder war, wie die Polizei. Alles, was ich tun musste, war, Schnipsers Umschlag einem fähigen Beamten in der Mordkommission auf den Schreibtisch zu werfen und ihn ans Werk gehen zu lassen. Die offizielle Einschätzung des Todeszeitpunkts würde sehr viel genauer sein als der vage Zeitraum, den Koehler mir genannt hatte. Sie konnten Alibis überprüfen. Sie konnten die drei möglichen Verdächtigen intensiven Verhören unterziehen, was mit großer Wahrscheinlichkeit schon ausreichen würde, Licht in die Sache zu bringen.

Es gab jedoch etwas, das daran nicht gut war: Der Mörder würde zwar hinter Gittern landen, aber die anderen beiden würden ebenfalls Schmutz abbekommen. Ich war nahe daran, die Sache trotzdem der Polizei zu übergeben, weil ich mir dachte, dass sowieso keiner von ihnen völlig sauber war. Eine Fahrerflüchtige mit einem toten Kind auf dem Gewissen, eine Prostituierte und Betrügerin, ein besonders ekelhafter Perverser – Schnipser war auf der Basis seines persönlichen Moralkodex der Meinung gewesen, dass er denjenigen, die an seiner Ermordung unschuldig waren, das Schweigen schuldete, das sie sich erkauft hatten. Aber sie hatten sich nichts von mir erkauft, und ich schuldete ihnen nichts.

Die Polizei würde immer eine Möglichkeit sein. Wenn ich die Sache nicht in den Griff bekam, würde sie mir als letzter Ausweg bleiben. Aber bis es womöglich so weit war, würde ich einen Versuch unternehmen, und deshalb hatte ich eine Verabredung mit Beverly Ethridge getroffen. Ich hatte bereits bei Henry Prager vorbeigeschaut und würde Theodore Huysendahl irgendwann am nächsten Tag aufsuchen. Auf die eine oder andere Weise würden sie alle drei erfahren, dass ich Schnipsers Erbe angetreten hatte und sie so fest am Haken zappelten wie zuvor.

Eine Gruppe von Touristen kam im Mittelgang vorbei und machte sich gegenseitig auf die kunstvollen Steinreliefs über dem Hochaltar aufmerksam. Ich wartete, bis sie vorüber waren, saß noch ein oder zwei Minuten lang da, dann erhob ich mich. Auf dem Weg nach draußen nahm ich die Opferstöcke in Augenschein. Man hatte die Auswahl zwischen der Gemeindearbeit, den Missionaren in Übersee und obdachlosen Kindern. Ich steckte drei der dreißig Hundert-Dollar-Scheine von Schnipser in die Büchse für die obdachlosen Kinder.

Es gibt gewisse Dinge, die ich tue, ohne zu wissen warum. Dazu gehört, den Zehnten zu zahlen. Ein Zehntel von allem, was ich verdiene, geht an die Kirche, die ich besuche, nachdem ich das Geld bekommen habe. Die Katholiken bekommen mehr von meinem Geld als die anderen, nicht weil ich eine Vorliebe für sie hätte, sondern weil ihre Kirchen eher dazu neigen, zu ungewöhnlichen Zeiten geöffnet zu sein.

St. Thomas gehört zu den Episkopalen. Eine Tafel am Eingang erklärt, dass die Kirche die ganze Woche über geöffnet ist, damit Vorbeikommende Zuflucht vor dem Chaos im Zentrum von Manhattan finden können. Ich denke, dass sie mit den Spenden von Touristen die Unkosten abdecken. Nun, jetzt hatten sie schnell mal dreihundert für die Stromrechnung bekommen, zu verdanken einem toten Erpresser.

Ich ging nach draußen und schlug den Weg nach Norden ein. Es war an der Zeit, eine gewisse Dame wissen zu lassen, wer Schnipser Jablons Platz eingenommen hatte. Wenn sie es erst einmal alle drei wussten, konnte ich es ruhiger angehen lassen. Ich würde die Hände in den Schoß legen und darauf warten können, dass Schnipsers Mörder versuchte, mich umzubringen.

Kapitel 6

Die Cocktailbar des Hotels Pierre wird durch kleine Kerzen in tiefblauen Schalen beleuchtet, eine auf jedem Tisch. Die Tische sind klein und stehen relativ weit voneinander entfernt; es handelt sich um runde weiße Tische mit jeweils zwei oder drei blauen Samtstühlen. Ich stand mit blinzelnden Augen in der Dunkelheit und suchte nach einer Frau in einem weißen Hosenanzug. Es gab vier oder fünf Frauen ohne Begleitung, und keine von ihnen trug einen Hosenanzug. Ich hielt stattdessen nach Beverly Ethridge Ausschau und entdeckte sie an einem Tisch an der Wand auf der anderen Seite des Raums. Sie trug ein marineblaues Etuikleid und eine Perlenkette.

Ich gab meinen Mantel bei der Garderobenfrau ab und ging geradewegs zu ihrem Tisch. Wenn sie beobachtete, wie ich mich näherte, tat sie es aus den Augenwinkeln. Ihr Kopf drehte sich nicht in meine Richtung. Ich setzte mich auf den Stuhl ihr gegenüber, und erst dann sah sie mir in die Augen. »Ich erwarte jemanden«, sagte sie. Sie wandte den Blick ab, schickte mich damit weg.

»Ich bin Matthew Scudder«, sagte ich.

»Soll mir das irgendetwas sagen?«

»Sie sind ziemlich gut«, sagte ich. »Mir gefällt Ihr weißer Hosenanzug; er steht Ihnen. Sie wollten herausfinden, ob ich Sie erkennen würde. Dadurch hätten Sie eine Antwort auf die Frage, ob ich die Bilder habe oder nicht. Ich denke, das ist klug, aber warum haben Sie mich nicht einfach gebeten, eines mitzubringen?«

Ihre Augen kehrten zu mir zurück und wir nahmen uns ein paar

Minuten, um uns anzublicken. Es war dasselbe Gesicht, das ich auf den Fotos gesehen hatte, aber es war schwer zu glauben, dass es sich um dieselbe Frau handelte. Ich denke nicht, dass sie sehr viel älter aussah, aber sie wirkte sehr viel reifer. Und noch mehr, sie wirkte selbstsicher und vornehm, was in deutlichem Kontrast zu dem Mädchen auf den Fotos und auf den Verhaftungsprotokollen stand. Das Gesicht war aristokratisch und die Stimme zeugte von guten Schulen und guter Abstammung.

Dann sagte sie: »Ein verdammter Cop«. Ihr Gesicht und ihre Stimme veränderten sich bei diesen Worten und die ganze gute Erziehung löste sich in nichts auf. »Wie sind Sie überhaupt in den Besitz der Sachen gelangt?«

Ich zuckte mit den Schultern. Ich wollte etwas sagen, aber ein Kellner war auf dem Weg zu uns. Ich bestellte einen Bourbon und eine Tasse Kaffee. Sie bedeutete ihm mit einem Nicken, dass er noch ein Glas von dem bringen sollte, was sie trank. Ich weiß nicht, was es war. Es gab viele Früchte darin.

Als der Kellner gegangen war, sagte ich: »Schnipser musste vorübergehend die Stadt verlassen. Er wollte, dass ich mich in seiner Abwesenheit um das Geschäft kümmere.«

»Klar.«

»Manchmal läuft das so.«

»Klar. Sie haben ihn eingebuchtet und er hat mich Ihnen zu Fraß vorgeworfen, um sich freizukaufen. Natürlich musste er sich von einem korrupten Cop schnappen lassen.«

»Wären Sie mit einem ehrlichen besser dran?«

Sie fasste sich mit der Hand ins Haar. Es war glatt und blond und nach dem, was man wohl einen Sassoon-Schnitt nennt, geschnitten. Auf den Fotos war es deutlich länger gewesen, hatte aber dieselbe Farbe gehabt. Vielleicht war die Farbe natürlich.

»Einen ehrlichen? Wo zum Teufel würde ich einen finden?«

»Man hört, dass es ein paar davon geben soll.«

»Ja, die regeln den Verkehr.«

»Egal, ich bin kein Cop. Ich bin nur korrupt.« Ihre Augenbrauen hoben sich. »Ich habe vor ein paar Jahren den Dienst quittiert.«

»Dann verstehe ich nicht. Wie haben Sie das Zeug bekommen?«

Entweder war sie tatsächlich verblüfft oder sie wusste, dass Schnipser tot war, und war wirklich sehr gut. Das war das große Problem. Ich spielte Poker mit drei Fremden und konnte sie nicht einmal an denselben Tisch bekommen.

Der Kellner brachte unsere Getränke. Ich nippte am Bourbon, trank etwas vom Kaffee und schüttete den Rest des Bourbons in die Tasse. Es ist ein großartiger Weg, sich zu betrinken, ohne müde zu werden.

»Okay«, sagte sie.

Ich blickte sie an.

»Wir sollten Klartext reden, Mr. Scudder.« Die kultivierte Stimme war zurückgekehrt und das Gesicht nahm wieder aristokratische Züge an. »Ich gehe davon aus, dass mich das etwas kosten wird.«

»Ein Mann muss essen, Mrs. Ethridge.«

Sie lächelte plötzlich, entweder spontan oder nicht. Ihr ganzes Gesicht strahlte davon. »Ich denke, Sie sollten mich besser Beverly nennen«, sagte sie. »Es kommt mir seltsam vor, so formell von einem Mann angesprochen zu werden, der mich mit einem Schwanz im Mund gesehen hat. Und wie nennt man Sie – Matt?«

»Normalerweise.«

»Nennen Sie mir einen Preis, Matt. Was wird mich das kosten?«

»Ich bin nicht gierig.«

»Ich tippe, das erzählen Sie allen Frauen. Wie gierig sind Sie nicht?«

»Ich begnüge mich mit der gleichen Vereinbarung, die Sie mit Schnipser hatten. Was gut genug für ihn war, ist auch gut genug für mich.«

Sie nickte nachdenklich, ein Lächeln umspielte ihre Lippen. Sie steckte die Spitze eines zarten Fingers in den Mund und knabberte daran.

»Interessant.«

»So?«

»Der Schnipser hat Ihnen offenbar nicht viel erzählt. Wir hatten keine Vereinbarung.«

»So?«

»Wir waren dabei, eine auszuarbeiten. Ich wollte nicht, dass er mich von Woche zu Woche schröpft, bis ich ausgeblutet bin. Ich habe ihm etwas Geld gegeben. Ich denke, es waren insgesamt fünftausend Dollar während der letzten sechs Monate.«

»Nicht sehr viel.«

»Ich bin auch mit ihm ins Bett gegangen. Ich hätte es vorgezogen, ihm mehr Geld und weniger Sex zu geben, aber ich habe selbst nicht viel Geld. Mein Ehemann ist reich, aber das ist nicht das Gleiche, verstehen Sie, und ich habe nicht viel Geld.«

»Aber Sie haben sehr viel Sex.«

Sie fuhr sich auf eindeutige Weise mit der Zunge über die Lippen. Ich blickte mich im Raum um. Alle anderen Gäste strahlten Selbstsicherheit aus und trugen teure Kleidung, und ich fühlte mich fehl am Platze. Ich trug meinen besten Anzug und sah aus wie ein Cop, der seinen besten Anzug trägt. Die Frau mir gegenüber hatte in pornografischen Filmen mitgespielt, sich prostituiert, bei einem Schwindel mitgemischt. Und sie war völlig entspannt hier, während ich wusste, dass ich fehl am Platze wirkte.

Ich sagte: »Ich denke, ich würde lieber das Geld nehmen, Mrs. Ethridge.«

»Beverly.«

»Beverly«, stimmte ich ihr bei.

»Oder Bev, wenn Sie das vorziehen. Ich bin sehr gut, müssen Sie wissen.«

»Davon bin ich überzeugt.«

»Man hat gesagt, dass ich die Kunstfertigkeiten eines Profis mit dem Eifer eines Amateurs vereine.«

»Ich bin mir sicher, dass Sie das tun.«

»Schließlich haben Sie fotografische Belege gesehen.«

»Das ist richtig. Aber ich befürchte, dass ich ein größeres Verlangen nach Geld als nach Sex habe.«

Sie nickte langsam. »Mit Schnipser«, sagte sie, »habe ich versucht, etwas auszuarbeiten. Ich habe im Moment nicht viel Geld flüssig. Ich habe etwas von meinem Schmuck und so verkauft, aber nur, um Zeit zu gewinnen. Ich könnte vermutlich Geld zusammenkratzen, wenn ich etwas Zeit hätte. Ich meine, eine beträchtliche Summe.«

»Wie beträchtlich?«

Sie ignorierte meine Frage. »Hier ist das Problem. Hören Sie, ich bin auf den Strich gegangen, das wissen Sie. Es war vorübergehend, es war, so sagt mein Psychiater, ein drastisches Mittel, innere Beklemmung und Animositäten auszuleben. Ich weiß nicht, wovon zum Teufel er redet, und ich bin mir auch nicht sicher, dass er es selbst weiß. Jetzt bin ich sauber, ich bin eine anständige Frau, ich gehöre sozusagen ein kleines bisschen zum verdammten Jetset. Aber ich weiß, wie die Sache läuft. Wenn man einmal anfängt zu zahlen, zahlt man für den Rest seines Lebens.«

»So läuft das normalerweise, ja.«

»Ich will nicht, dass es so läuft. Ich will eine große Zahlung leisten und damit hat es sich dann. Aber es ist schwierig, im Einzelnen auszuarbeiten, wie das funktionieren soll.«

»Weil ich immer noch Abzüge der Fotos haben könnte.«

»Sie könnten Abzüge haben. Sie könnten auch einfach nur die Informationen in Ihrem Kopf behalten, denn die Informationen allein genügen, um mich zu vernichten.«

»Deshalb bräuchten Sie eine Garantie dafür, dass die Angelegenheit mit einer einmaligen Zahlung für immer erledigt wäre.«

»Das ist richtig. Ich müsste Sie so fest in der Hand haben, dass Sie nicht einmal daran denken würden, welche von den Fotos zu behalten. Geschweige denn, sich für einen weiteren Versuch an mich zu wenden.«

»Das ist ein Problem«, stimmte ich ihr bei. »Sie haben versucht, mit Schnipser etwas in der Art auszuarbeiten?«

»Richtig. Keiner von uns konnte einen Vorschlag machen, der dem anderen gefallen hat, und in der Zwischenzeit hab ich ihn mit Sex und Kleingeld bei Laune gehalten.« Sie leckte sich die Lippen. »Es war ziemlich interessanter Sex. Sein Eindruck von mir und so. Ich denke nicht, dass so ein kleiner Mann viele Erfahrungen mit jungen, attraktiven Frauen sammeln kann. Und natürlich der gesellschaftliche Aspekt, die Göttin aus der Park Avenue, und gleichzeitig hatte er diese Fotos und wusste gewisse Dinge über mich, so wurde ich für ihn zu etwas Besonderem. Ich habe ihn nicht attraktiv gefunden. Und ich habe ihn nicht gemocht, mir haben seine Manieren nicht gefallen und ich habe es gehasst, dass er mich in der Hand hatte. Trotzdem haben wir interessante Dinge miteinander getan. Er war überraschend einfallsreich. Es gefiel mir nicht, dass ich Dinge mit ihm tun musste, aber die Dinge an sich gefielen mir, wenn Sie verstehen, was ich meine.«

Ich schwieg.

»Ich könnte Ihnen von einigen der Dinge erzählen, die wir miteinander getan haben.«

»Sparen Sie sich die Mühe.«

»Vielleicht macht Sie das an, das Zuhören.«

»Ich denke nicht.«

»Sie mögen mich nicht sehr, oder?«

»Nicht zu sehr, nein. Ich kann es mir auch nicht wirklich leisten, oder?«

Sie trank von ihrem Drink, dann leckte sie sich wieder die Lippen. »Sie wären nicht der erste Cop, mit dem ich ins Bett gehe«, sagte sie. »Wenn man auf den Strich geht, gehört das dazu. Ich denke, ich habe noch keinen Cop getroffen, der sich nicht Sorgen wegen seinem Schwanz gemacht hätte. Dass er zu klein ist, dass er nicht gut damit umgeht. Ich vermute, das steht in Verbindung mit dem Tragen einer Waffe und eines Schlagstocks und so weiter, glauben Sie nicht auch?«

»Könnte sein.«

»Meine persönliche Erfahrung ist, dass Cops genauso gebaut sind wie alle anderen Männer.«

»Ich denke, wir kommen vom Thema ab, Mrs. Ethridge.«

»Bev.«

»Ich denke, wir sollten über Geld reden. Sagen wir, eine einmalige große Summe, und dann sind Sie vom Haken und ich kann die Angelrute wegpacken.«

»Von was für einer Summe reden wir?«

»Fünfzigtausend Dollar.«

Ich wusste nicht, welche Größenordnung sie erwartet hatte. Ich wusste nicht, ob sie und Schnipser über eine Summe gesprochen hatten, während sie auf teuren Bettlaken herumturnten. Sie schürzte die Lippen und gab einen stummen Pfiff von sich, was andeutete, dass es sich bei der Summe, die ich genannt hatte, wirklich um einen sehr hohen Betrag handelte.

Sie sagte: »Sie haben teure Ideen.«

»Sie zahlen einmal und es ist vorbei.«

»Damit sind wir wieder am Ausgangspunkt. Wie kann ich sicher sein?«

»Wenn Sie mir das Geld geben, werde ich Ihnen eine Handhabe gegen mich bieten. Vor ein paar Jahren habe ich etwas getan. Ich könnte deshalb für lange Zeit ins Gefängnis wandern. Ich kann ein Geständnis mit allen Einzelheiten niederschreiben. Ich werde es Ihnen geben, wenn Sie die fünfzig Riesen bezahlen, zusammen mit dem Zeug, das Schnipser über Sie gesammelt hat. Das wird mir die Hände binden, mich davon abhalten, irgendetwas zu tun.«

»Es handelt sich nicht um etwas wie Polizeikorruption.«

»Nein, tut es nicht.«

»Sie haben jemanden getötet.«

Ich schwieg.

Sie nahm sich Zeit, darüber nachzudenken. Sie holte eine Zigarette hervor, tippte mit dem Ende auf einen sorgfältig manikürten Fingernagel. Vermutlich wartete sie darauf, dass ich ihr Feuer gab. Ich blieb in meiner Rolle und ließ sie sie selbst anzünden.

Schließlich sagte sie: »Das könnte funktionieren.«

»Ich würde meinen Kopf in eine Schlinge stecken. Sie würden sich keine Sorgen machen müssen, dass ich losrenne und am Strick zerre.«

Sie nickte. »Es gibt nur ein Problem.«

»Das Geld?«

»Das ist das Problem. Könnten wir die Summe nicht etwas verringern?«

»Ich denke nicht.«

»Ich habe einfach nicht so viel Geld.«

»Ihr Ehemann hat es.«

»Dadurch ist es aber nicht in meiner Handtasche, Matt.«

»Ich könnte immer den Mittelmann ausschalten«, sagte ich. »Die Ware direkt an ihn verkaufen. Er würde zahlen.«

»Sie Schwein.«

»Nun? Würde er nicht?«

»Ich werde das Geld auftreiben. Sie sind ein Schwein. Im Übrigen würde er wahrscheinlich nicht zahlen, und dann haben Sie kein Druckmittel mehr, oder? Ihr Druckmittel und mein Leben gehen den Bach runter, und am Ende haben wir beide nichts. Sind Sie sicher, dass Sie das riskieren wollen?«

»Nicht, wenn es nicht sein muss.«

»Das heißt, wenn ich mit dem Geld ankomme. Geben Sie mir etwas Zeit.«

»Zwei Wochen.«

Sie schüttelte den Kopf. »Mindestens einen Monat.«

»So lange wollte ich eigentlich nicht in der Stadt bleiben.«

»Wenn ich es schneller zusammenbekomme, dann früher. Glauben Sie mir, je früher ich Sie vom Hals habe, desto lieber ist es mir. Aber es könnte einen Monat dauern.«

Ich sagte ihr, dass ein Monat in Ordnung sei, ich aber hoffte, es würde schneller gehen. Sie sagte mir, dass ich ein Schwein und ein Hurensohn sei, und dann wurde sie urplötzlich wieder verführerisch und fragte mich, ob ich nicht trotzdem mit ihr ins Bett gehen wollte, einfach nur so. Ich zog es vor, wenn sie mich beschimpfte.

Sie sagte: »Ich will nicht, dass Sie mich anrufen. Wie kann ich Sie erreichen?«

Ich nannte ihr den Namen meines Hotels. Sie versuchte, es zu verbergen, aber es war nicht zu übersehen, dass meine Offenheit sie überraschte. Offenbar hatte der Schnipser nicht gewollt, dass sie wusste, wo sie ihn finden konnte.

Ich konnte ihm das nicht verdenken.

Kapitel 7

An seinem fünfundzwanzigsten Geburtstag hatte Theodore Huysendahl eine Erbschaft von zweieinhalb Millionen Dollar angetreten. Ein Jahr später hatte er eine weitere Million und ein bisschen Kleingeld hinzugefügt, indem er Helen Godwynn geheiratet hatte. In den nächsten fünf Jahren oder so konnte er den gemeinsamen Reichtum auf etwa fünfzehn Millionen Dollar steigern. Im Alter von zweiunddreißig Jahren verkaufte er seine Geschäftsanteile, zog von einem Anwesen am Strand von Sands Point in ein Genossenschaftsapartment in der 5th Avenue auf Höhe der Siebziger Straßen und widmete sein Leben dem Wohl der Allgemeinheit. Der Präsident ernannte ihn zum Mitglied einer Kommission. Der Bürgermeister setzte ihn an die Spitze der Behörde für den Unterhalt der öffentlichen Parks und Grünflächen. Er gab gute Interviews, bot guten Stoff für Artikel und die Presse liebte ihn, weshalb sein Name sehr häufig in der Zeitung zu lesen war. In den letzten Jahren hatte er im gesamten Bundesstaat Reden gehalten, war bei jedem Abendessen zur Spendenbeschaffung der Demokraten erschienen, hatte überall Pressekonferenzen veranstaltet und war gelegentlich in Fernseh-Talkshows zu Gast gewesen. Er wurde nicht müde zu betonen, dass er nicht für den Gouverneursposten kandidieren werde, und ich denke, nicht einmal sein eigener Hund war dumm genug, ihm das abzunehmen. Er würde kandidieren, und das sehr ernsthaft: Er hatte sehr viel Geld, das er ausgeben konnte, es gab sehr viele politische Gefälligkeiten, um die er bitten konnte, und er war groß und gutaussehend und versprühte einen strahlenden Charme. Falls er eine politische Haltung besaß, was durchaus anzuzweifeln war, war sie weder zu weit links noch zu weit rechts, um die Wähler der großen Mitte zu befremden.

Kluge Köpfe gingen davon aus, dass seine Chancen für eine Nominierung bei eins zu zwei lagen, und wenn er damit Erfolg hatte, hatte er auch gute Chancen, gewählt zu werden. Und er war erst einundvierzig. Er blickte wahrscheinlich bereits über den Gouverneurssitz in Albany hinaus nach Washington.

Eine Handvoll schmutziger kleiner Fotografien konnte all dem unvermittelt ein Ende bereiten.

Er hatte ein Büro in der City Hall. Ich nahm die U-Bahn bis zur Chambers Street, um von dort zu seinem Büro zu gehen, aber vorher machte ich einen Umweg, ging die Centre Street hoch und stand ein paar Minuten vor dem Polizeipräsidium. Auf der anderen Straßenseite gab es eine Bar, die wir vor oder nach Gerichtsterminen regelmäßig aufgesucht hatten. Es war jedoch noch ein bisschen früh für einen Drink und ich legte auch keinen Wert darauf, dort alten Bekannten zu begegnen, weshalb ich rüber zur City Hall spazierte, wo es mir gelang, Huysendahls Büro zu finden.

Seine Sekretärin war eine ältere Frau mit drahtigem grauem Haar und stechenden blauen Augen. Ich sagte ihr, dass ich ihn sprechen wollte, und sie fragte mich nach meinem Namen.

Ich holte den Silberdollar aus der Tasche. »Sehen Sie genau hin«, sagte ich und schnipste die Münze in einer Ecke des Schreibtisches an. »Nun berichten Sie Mr. Huysendahl genau, was ich getan habe, und sagen Sie ihm, dass ich ihn unter vier Augen sprechen möchte. Und zwar sofort.«

Sie studierte einen Moment lang mein Gesicht; vermutlich versuchte sie abzuschätzen, ob ich verrückt war. Dann griff sie nach dem Telefon, aber ich legte meine Hand sanft auf ihre.

»Sagen Sie es ihm persönlich«, sagte ich.

Ein weiterer stechender Blick mit leicht zur Seite geneigtem Kopf. Schließlich erhob sie sich ohne weiteren Widerstand und ging in sein Büro, wobei sie die Tür hinter sich schloss.

Sie blieb nicht lange drinnen. Als sie herauskam, schien sie verwirrt und sagte mir, dass Mr. Huysendahl mich sehen würde. Ich hatte meinen Mantel bereits an einen Kleiderständer aus Metall gehängt. Ich öffnete Mr. Huysendahls Tür, ging hinein und schloss die Tür von innen.

Er fing an zu sprechen, bevor er die Augen von der Zeitung, die er las, hob. Er sagte: »Ich dachte, wir hätten vereinbart, dass Sie nicht hierher kommen. Ich dachte, wir hätten–«

Dann blickte er hoch und sah mich, und etwas geschah mit seinem Gesicht.

Er sagte: »Sie sind nicht–«

Ich warf den Dollar in die Luft und fing ihn auf. »Ich bin auch nicht George Raft«, sagte ich. »Wen hatten Sie erwartet?«

Er sah mich an, und ich versuchte, etwas aus seinem Gesicht zu erfahren. Er sah noch besser aus als auf den Fotos in den Zeitungen, und sehr viel besser als auf den heimlichen Aufnahmen, die ich von ihm hatte. Es saß hinter einem grauen Schreibtisch aus Stahl in einem Büro, das mit den normalen Möbeln der Stadtverwaltung ausgestattet war. Er hätte es sich leisten können, es auf eigene Kosten einzurichten – viele Leute in seiner Position taten das. Ich weiß nicht, was es über ihn aussagte, dass er es nicht getan hatte – oder was es über ihn aussagen sollte.

Ich sagte: »Ist das die *Times* von heute? Wenn Sie einen anderen Mann mit einem Silberdollar erwartet haben, können Sie sie nicht sehr genau gelesen haben. Dritte Seite im zweiten Teil, unten auf der Seite.«

»Ich verstehe nicht, was das soll.«

Ich deutete auf die Zeitung: »Nur zu. Zweiter Teil, dritte Seite.«

Ich blieb stehen, während er den Artikel suchte und ihn las. Ich hatte ihn selbst während des Frühstücks gelesen, und ich hätte ihn vielleicht übersehen, wenn ich nicht danach gesucht hätte. Ich hatte nicht gewusst, ob sie etwas darüber bringen würden, aber es gab drei Absätze, in denen die Leiche aus dem East River als Jacob »Schnipser« Jablon identifiziert wurde und Höhepunkte aus seiner Karriere aufgezählt wurden.

Ich beobachtete Huysendahl sehr genau, während er die Lobeshymne las. Es war ausgeschlossen, dass seine Reaktion nicht authentisch war. Sein

Gesicht verlor sofort die Farbe und an seiner Schläfe pulsierte eine Ader. Er verkrampfte die Hände so sehr, dass er die Zeitung zerriss. Es schien darauf hinauszulaufen, dass er nicht gewusst hatte, dass Schnipser tot war, aber es konnte auch bedeuten, dass er nicht erwartet hatte, dass die Leiche so schnell gefunden werden würde, und nun erkannte, in welchem Schlamassel er steckte.

»Mein Gott«, sagte er. »Das ist, wovor ich Angst hatte. Deshalb wollte ich – oh, Herr im Himmel!«

Er blickte mich nicht an und er sprach nicht zu mir. Ich hatte das Gefühl, dass er vergessen hatte, dass ich mich bei ihm im Büro befand. Er blickte in die Zukunft und sah, wie sie den Bach runterging.

»Genau das, wovor ich Angst hatte«, wiederholte er. »Ich habe ihm das mehrmals gesagt. Wenn ihm etwas zustoßen sollte, sagte er, dann würde ein Freund von ihm wissen, was er mit diesen ... diesen Fotos anstellen sollte. Aber er hatte von meiner Seite aus nichts zu befürchten; ich habe ihm gesagt, dass er von mir nichts zu befürchten hatte. Ich hätte jede Summe gezahlt, und er wusste das. Aber was würde ich tun, wenn er starb? ›Sie sollten hoffen, dass ich für immer lebe‹, das hat er gesagt.« Er blickte hoch zu mir. »Und jetzt ist er tot«, sagte er. »Wer sind Sie?«

»Matthew Scudder.«

»Sind Sie von der Polizei?«

»Nein, ich habe den Dienst vor ein paar Jahren quittiert.«

Er blinzelte. »Ich weiß nicht ... ich weiß nicht, warum Sie hier sind«, sagte er. Er klang verloren und hilflos, und es hätte mich nicht überrascht, wenn er angefangen hätte zu weinen.

»Ich bin gewissermaßen freischaffend«, erklärte ich. »Ich erledige Gefälligkeiten für andere Leute, verdiene mir hier und da ein paar Dollar.«

»Sie sind ein Privatdetektiv?«

»Nichts dermaßen Offizielles. Ich halte die Augen und Ohren offen, so was in der Art.«

»Ich verstehe.«

»Also, da hab ich diesen Artikel über meinen alten Freund Schnipser

Jablon gelesen und mir gedacht, dadurch könnte ich die Möglichkeit haben, jemandem einen Gefallen zu tun. Ihnen, um genau zu sein.«

»So?«

»Ich dachte mir, dass Schnipser vielleicht etwas besessen hat, das Sie gerne in die Hände bekommen würden. Nun, Sie wissen schon, wenn ich die Augen und Ohren offenhalte und so, wer weiß, auf was ich da stoßen könnte. Was ich mir dachte, war, dass es vielleicht eine Art von Belohnung geben könnte.«

»Ich verstehe«, sagte er. Er wollte noch etwas sagen, aber das Telefon fing an zu klingeln. Er hob ab und wollte seiner Sekretärin erklären, dass er nicht zu sprechen sei, aber der Anruf kam von ganz oben und er entschloss sich, sich nicht zu drücken. Ich zog einen Stuhl heran und saß dort, während Theodore Huysendahl mit dem Bürgermeister von New York sprach. Ich widmete dem Gespräch nicht allzu viel Aufmerksamkeit. Als es endete, teilte er seiner Sekretärin über die Gegensprechanlage mit, dass er vorerst für niemanden mehr zu sprechen war. Dann wandte er sich mir zu und seufzte schwer.

»Sie dachten, dass es eine Belohnung geben könnte.«

Ich nickte. »Um mich für meinen Aufwand und meine Ausgaben zu entschädigen.«

»Sind Sie der . . . Freund, von dem Jablon gesprochen hat?«

»Ich war ein Freund von ihm«, räumte ich ein.

»Haben Sie die Fotos?«

»Sagen wir, ich könnte wissen, wo sie sich befinden.«

Er ließ die Stirn auf seinem Handballen ruhen und kratzte sich am Kopf. Sein Haar war mittelbraun, nicht zu lang und nicht zu kurz. Genau wie seine politische Haltung war es darauf angelegt, niemanden zu irritieren. Er blickte mich über die Gläser seiner Brille hinweg an und seufzte erneut.

Dann sagte er ruhig: »Ich würde eine bedeutende Summe bezahlen, um diese Fotos in meinen Besitz zu bekommen.«

»Das kann ich verstehen.«

»Die Belohnung würde . . . großzügig sein.«

»Ich dachte mir, dass sie das sein würde.«

»Ich kann mir leisten, eine großzügige Belohnung zu zahlen, Mr....? Ich habe mir Ihren Namen nicht gemerkt.«

»Matthew Scudder.«

»Natürlich. Normalerweise bin ich wirklich gut mit Namen.« Er kniff die Augen zusammen. »Wie ich gesagt habe, Mr. Scudder, ich kann mir eine großzügige Belohnung leisten. Was ich mir nicht leisten kann, ist, dass dieses Material weiterhin existiert.« Er holte Luft und richtete sich in seinem Stuhl auf. »Ich werde der nächste Gouverneur des Staates New York sein.«

»Dieser Ansicht sind eine Menge Leute.«

»Es werden noch mehr Leute dieser Ansicht sein. Ich besitze Weitsicht, ich besitze Vorstellungskraft, ich besitze eine Vision. Ich bin kein Parteifunktionär, der in der Schuld der Bosse steht. Ich bin finanziell abgesichert und strebe nicht danach, mich aus den öffentlichen Kassen zu bereichern. Ich könnte ein hervorragender Gouverneur sein. Der Staat braucht Führung. Ich könnte–«

»Vielleicht werde ich für Sie stimmen.«

Er lächelte reumütig. »Jetzt ist vermutlich nicht die Zeit für eine politische Rede, oder? Vor allem nicht zu einem Zeitpunkt, an dem ich so sehr darauf bedacht bin zu leugnen, dass ich kandidieren werde. Aber sie müssen einsehen, wie wichtig das für mich ist, Mr. Scudder.«

Ich sagte nichts.

»Hatten Sie an eine bestimmte Belohnung gedacht?«

»Die Summe müssten Sie festlegen. Natürlich, je höher sie ist, desto größer wäre der Anreiz.«

Er legte die Fingerspitzen an einander und dachte nach. »Einhunderttausend Dollar.«

»Das ist ziemlich großzügig.«

»Das wäre die Summe, die ich als Belohnung bezahlen würde. Dafür, dass ich wirklich alles zurückbekomme.«

»Woher wüssten Sie, dass Sie alles zurückbekommen haben?«

»Daran habe ich gedacht. Ich hatte dieses Problem mit Jablon. Unsere Verhandlungen wurden dadurch erschwert, dass ich ungern in einem Raum mit ihm war. Ich habe instinktiv gespürt, dass ich ihm dauerhaft ausgeliefert sein würde. Wenn ich ihm eine beträchtliche Summe gezahlt hätte, hätte er sie früher oder später durchgebracht gehabt und wäre zurückgekommen, um noch mehr zu verlangen. Erpresser tun das immer, soweit ich weiß.«

»Für gewöhnlich.«

»Deshalb habe ich ihn wöchentlich bezahlt. Ein Umschlag pro Woche, alte Scheine, nicht durchnummeriert. Als würde ich Lösegeld bezahlen. Was ich auf gewisse Weise auch getan habe. Ich zahlte Lösegeld für meine Zukunft.« Er lehnte sich in seinem Drehstuhl aus Holz zurück und schloss die Augen. Er hatte einen guten Kopf, ein starkes Gesicht. Ich vermutete, dass es auch Schwäche darin geben musste, denn er hatte diese Schwäche in seinem Verhalten gezeigt, und früher oder später zeigt sich der Charakter einer Person in ihrem Gesicht. Bei manchen Gesichtern dauert es länger als bei anderen; wenn es in seinem eine Schwäche gab, konnte ich sie nicht entdecken.

»Meine Zukunft«, sagte er. »Ich konnte mir diese wöchentlichen Zahlungen leisten. Ich konnte sie als« – dieses schnelle, reumütige Lächeln – »Wahlkampfkosten betrachten. Dauerhafte Wahlkampfkosten. Was mir Sorgen bereitete, war meine kontinuierliche Verwundbarkeit. Nicht gegenüber Mr. Jablon, sondern aufgrund von dem, was passieren konnte, falls er sterben sollte. Mein Gott, jeden Tag sterben Menschen. Wissen Sie, wie viele New Yorker an einem durchschnittlichen Tag ermordet werden?«

»Es waren drei«, sagte ich. »Alle acht Stunden ein Mord, das war der Durchschnitt. Ich vermute, jetzt ist er höher.«

»Die Zahl, die ich gehört habe, ist fünf.«

»Höher im Sommer. In einer Woche im letzten Juli waren es mehr als fünfzig. Vierzehn davon an einem Tag.«

»Ja, ich erinnere mich an diese Woche.« Er blickte einen Moment lang zur Seite, offenkundig in Gedanken versunken. Ich wusste nicht, ob er überlegte, wie er die Mordrate verringern würde, wenn er Gouverneur wäre, oder wie er meinen Namen auf der Liste der Opfer erscheinen lassen konnte. Er sagte: »Kann ich davon ausgehen, dass Jablon ermordet wurde?«

»Ich sehe nicht, wie Sie von etwas anderem ausgehen könnten.«

»Ich dachte mir, dass so etwas passieren könnte. Das heißt, ich habe mir deswegen Sorgen gemacht. Diese Sorte Mann, seine Art geht ein überdurchschnittliches Risiko ein, ermordet zu werden. Ich bin mir sicher, dass ich nicht sein einziges Opfer war.« Huysendahls Stimmlage hob sich bei den letzten Wörtern des Satzes und er wartete darauf, dass ich seine Vermutung bestätigte oder bestritt. Ich ließ ihn vergeblich warten und er fuhr fort: »Aber selbst wenn er nicht ermordet worden wäre, Mr. Scudder, die Menschen sterben. Man lebt nicht für immer. Es hat mir kein Vergnügen bereitet, diesen schmierigen Gentleman jede Woche bezahlen zu müssen, aber die Aussicht, es nicht mehr tun zu müssen, war sehr viel schlimmer. Er hätte auf alle möglichen Arten sterben können, wirklich. Eine Überdosis Drogen, zum Beispiel.«

»Ich denke nicht, dass er Drogen genommen hat.«

»Nun, Sie verstehen, worauf ich hinaus will.«

»Er hätte von einem Bus überfahren werden können«, sagte ich.

»Genau.« Ein weiterer langer Seufzer. »Ich will das nicht noch einmal durchmachen müssen. Lassen Sie mich es klipp und klar formulieren. Wenn Sie das Material ... besorgen, werde ich Ihnen die Summe, die ich vorhin genannt habe, geben. Einhunderttausend Dollar, ausgezahlt in einer Weise, die Sie bestimmen. Auf ein Schweizer Bankkonto eingezahlt, wenn Sie das möchten. Oder in bar übergeben. Dafür erwarte ich die Rückgabe von absolut allem und Ihr dauerhaftes Schweigen.«

»Das ergibt Sinn.«

»Das denke ich auch.«

»Aber welche Garantie würden Sie haben, dass Sie auch das bekommen, wofür Sie zahlen?«

Seine Augen musterten mich aufmerksam, bevor er antwortete. »Ich denke, dass ich ziemlich gut darin bin, Menschen einzuschätzen.«

»Und Sie haben entschieden, dass ich ehrlich bin?«

»Wohl kaum. Ich möchte Sie nicht beleidigen, Mr. Scudder, aber eine solche Schlussfolgerung von meiner Seite wäre ziemlich naiv, oder?«

»Vermutlich.«

»Was ich entschieden habe«, sagte er, »ist, dass Sie intelligent sind. Also lassen Sie mich es klar und deutlich sagen. Ich werde Ihnen die genannte Summe zahlen. Und wenn Sie irgendwann in der Zukunft auf die Idee kommen würden, weiteres Geld aus mir herauspressen zu wollen, würde ich mit ... gewissen Leuten in Kontakt treten. Und Sie umbringen lassen.«

»Womit Sie in eine missliche Lage geraten könnten.«

»Das könnte ich«, stimmte er mir zu. »Aber in einer gewissen Situation müsste ich dieses Risiko einfach eingehen. Und ich habe schon gesagt, dass ich denke, dass Sie intelligent sind. Was ich meinte, war, dass ich das Gefühl habe, Sie sind intelligent genug und werden nicht versuchen herauszufinden, ob ich bluffe oder nicht. Einhunderttausend Dollar sollten eine ausreichende Belohnung sein. Ich denke nicht, dass Sie dumm genug wären, Ihr Glück überzustrapazieren.«

Ich dachte darüber nach, dann nickte ich langsam. »Eine Frage.«

»Bitte.«

»Warum haben Sie nicht daran gedacht, dem Schnipser dieses Angebot zu machen?«

»Ich habe daran gedacht.«

»Aber Sie haben es nicht getan.«

»Nein, Mr. Scudder, das habe ich nicht.«

»Warum nicht?«

»Weil ich nicht davon überzeugt war, dass er intelligent genug war.«

»Ich vermute, damit hatten Sie Recht.«

»Warum sagen Sie das?«

»Er ist im Fluss gelandet«, sagte ich. »Das war nicht sehr klug von ihm.«

Kapitel 8

Das war am Donnerstag. Ich verließ Huysendahls Büro kurz vor zwölf und überlegte mir, was ich als Nächstes tun sollte. Ich hatte nun mit allen gesprochen. Alle drei waren informiert, alle drei wussten, wer ich war und wo man mich finden konnte. Im Gegenzug hatte ich ein paar Informationen über Schnipsers Geschäft erhalten, mehr aber auch nicht. Bei Prager und Ethridge hatte es keine Anzeichen dafür gegeben, dass sie vom Tod des Schnipsers gewusst hatten. Huysendahl schien wirklich schockiert und bestürzt gewesen zu sein, als ich ihn darauf hingewiesen hatte. Soweit ich das sagen konnte, hatte ich nicht viel mehr erreicht, als mich selbst zur Zielscheibe zu machen, und ich war mir nicht einmal sicher, dass mir das richtig gelungen war. Es war möglich, dass ich zu überzeugend den Erpresser, mit dem sich reden ließ, gegeben hatte. Einer von ihnen hatte es einmal mit Mord versucht und es hatte nicht wirklich funktioniert, weshalb er oder sie vielleicht nicht noch einmal zu dieser Methode neigen würde. Ich konnte mir die fünfzig Riesen von Beverly Ethridge in die Tasche stecken, doppelt so viel von Ted Huysendahl und eine bislang noch unbestimmte Summe von Henry Prager, und alles wäre perfekt – bis auf eine Kleinigkeit: Es ging mir nicht darum, reich zu werden. Es ging mir darum, einen Mörder zu finden.

Das Wochenende verging. Ich verbrachte etwas Zeit in der Mikrofilmabteilung der Bibliothek, ging alte Ausgaben der *Times* durch und sammelte nutzlose Informationen über meine drei möglichen Mörder und ihre Verwandten und Bekannten. Auf derselben Seite mit einem alten Artikel über ein Einkaufzentrum, an dem Henry Prager beteiligt gewesen war, stolperte ich über meinen eigenen Namen. Es gab einen Artikel über einen außergewöhnlich guten Fang, den ich etwa ein Jahr vor meinem Ausscheiden aus dem Polizeidienst gemacht hatte. Mein Partner und ich hatten einen Großdealer mit genug reinem Heroin, um der Welt eine Überdosis zu verpassen, geschnappt. Ich hätte den Artikel mehr genossen, wenn ich nicht gewusst hätte, wie die Geschichte ausgegangen war. Der Dealer hatte einen guten Anwalt gehabt und die ganze Sache war aufgrund einer Formalität geplatzt. Damaligen Gerüchten zufolge waren fünfundzwanzig Riesen nötig gewesen, um den Richter in die passende Stimmung zu versetzen.

Man lernt, solche Dinge philosophisch zu betrachten. Es war uns nicht gelungen, das Arschloch wegzusperren, aber wir hatten ihm empfindlich wehgetan. Fünfundzwanzigtausend für den Richter, bestimmt zehn oder fünfzehn für den Anwalt, und außerdem hatte er das Heroin verloren, wodurch er sowohl um das Geld gebracht worden war, das er dem Importeur gezahlt hatte, als auch um das, das ihm der Verkauf eingebracht hätte. Ich wäre glücklicher gewesen, ihn hinter Gittern zu sehen, aber man nimmt, was man kriegen kann. Genau wie der Richter.

Irgendwann am Samstag rief ich eine Nummer an, die ich nicht nachschlagen musste. Anita hob ab und ich teilte ihr mit, dass eine Postanweisung unterwegs war. »Ich hab etwas Geld auftreiben können«, sagte ich.

»Nun, wir können es gebrauchen«, sagte sie. »Danke. Willst du mit den Jungs sprechen?«

Ich wollte und ich wollte es nicht. Sie kamen in ein Alter, in dem es mir ein bisschen leichter fiel, mit ihnen zu reden, aber am Telefon war es trotzdem immer seltsam. Wir sprachen über Basketball.

Sofort nachdem ich aufgelegt hatte, kam mir ein eigenartiger Gedanke. Es kam mir in den Sinn, dass ich vielleicht nie wieder mit ihnen sprechen würde. Schnipser war von Natur aus ein vorsichtiger Mann gewesen, ein Mann, der sich reflexartig unauffällig machte und sich tief im Schatten am wohlsten gefühlt hatte, und trotzdem war er nicht vorsichtig genug gewesen. Ich war an öffentliche Orte gewöhnt und musste tatsächlich weit genug in der Öffentlichkeit bleiben, um jemanden zu einem Mordversuch zu motivieren. Wenn Schnipsers Mörder sich entschloss, mich ins Visier zu nehmen, konnte er durchaus auch Erfolg haben.

Ich wollte sie noch einmal anrufen und mit ihnen sprechen. Es schien, als sollte es etwas Wichtiges geben, das ich ihnen sagen musste, nur für den Fall, dass ich mir mehr aufgehalst hatte, als ich bewältigen konnte. Aber es gelang mir nicht, darauf zu kommen, was das sein konnte, und nach ein paar Minuten verschwand der Impuls.

An diesem Abend trank ich sehr viel. Es war gut, dass niemand einen Versuch unternahm, mich zu töten. Ich hätte ein leichtes Ziel abgegeben.

Am Montagmorgen rief ich Prager an. Ich hatte ihn an einer sehr langen Leine gelassen und ich musste daran zerren. Seine Sekretärin sagte mir, dass er auf der anderen Leitung sprach, und fragte mich, ob ich am Apparat bleiben wollte. Ich wartete ein oder zwei Minuten lang mit dem Hörer am Ohr, dann meldete sie sich wieder, um sich zu vergewissern, dass ich noch dran war, bevor sie mich durchstellte.

Ich sagte: »Ich habe beschlossen, wie wir es machen werden, damit Sie abgesichert sind. Es gibt etwas, das mir die Polizei anhängen wollte, aber nicht konnte.« Er wusste nicht, dass ich selbst bei der Polizei gewesen war. »Ich kann ein Geständnis niederschreiben und genügend Beweise bringen, um es hieb- und stichfest zu machen. Ich werde Ihnen die Sachen als Teil unserer Übereinkunft geben.«

Das war so ziemlich die gleiche Vereinbarung, mit der ich es bei Beverly Ethridge versucht hatte, und es erschien ihm genauso plausibel wie ihr. Keiner von beiden entdeckte den Haken dabei: Alles, was ich tun musste, war, in aller Ausführlichkeit ein Verbrechen zu gestehen, das sich nie ereignet hatte, und während mein Geständnis womöglich eine interessante Lektüre abgab, würde es kaum dazu führen, dass mir jemand die Pistole auf die Brust setzen konnte. Aber Prager entging dieser Aspekt, weshalb ihm die Idee gefiel.

Was ihm nicht gefiel, war die Summe, die ich nannte.

»Das ist unmöglich«, sagte er.

»Es ist einfacher, als in kleinen Summen zu zahlen. Sie haben Jablon zweitausend pro Monat bezahlt. Sie werden mir sechzig Riesen auf einmal geben, das ist weniger als die Summe von drei Jahren, und damit hat es sich ein für alle Mal.«

»Ich kann so viel Geld nicht auftreiben.«

»Sie werden einen Weg finden, Prager.«

»Es ist unmöglich.«

»Machen Sie keine Witze«, sagte ich. »Sie sind ein bedeutender Mann auf Ihrem Gebiet, Sie sind erfolgreich. Wenn Sie so viel nicht in bar haben, haben Sie bestimmt Vermögenswerte, die Sie beleihen können.«

»Es geht nicht.« Seine Stimme brach fast. »Ich habe ... finanzielle Schwierigkeiten. Ein paar Investitionen sind nicht so gelaufen wie erwartet. Die Wirtschaft, es wird weniger gebaut, die Zinsen spielen verrückt, erst in der letzten Woche wurde die Primerate auf zehn Prozent angehoben–«

»Ich will keine Wirtschaftsvorlesung, Mr. Prager. Ich will sechzigtausend Dollar.«

»Ich habe mir schon alles geliehen, was möglich ist.« Er schwieg einen Moment lang. »Es geht nicht, ich habe keine Quelle–«

»Ich werde das Geld ziemlich bald benötigen«, unterbrach ich ihn. »Ich will nicht länger in New York bleiben als unbedingt nötig.«

»Ich kann nicht–«

»Seien Sie kreativ«, sagte ich. »Ich werde mich melden.«

Ich hängte ein und saß noch ein oder zwei Minuten lang in der Telefonzelle, bis jemand, der darauf wartete, telefonieren zu können, ungeduldig an die Tür klopfte. Ich öffnete die Tür und erhob mich. Der Mann, der auf das Telefon wartete, sah aus, als ob er etwas sagen wollte, aber er blickte mich an und überlegte es sich anders.

Ich hatte nicht allzu viel Spaß bei der Sache. Ich nahm Prager in die Mangel. Wenn er Schnipser getötet hatte, hatte er es vielleicht nicht anders verdient. Aber wenn er es nicht getan hatte, quälte ich ihn vergeblich, und dieser Gedanke gefiel mir nicht.

Eine Sache hatte sich jedoch aus unserem Gespräch ergeben: Er war in Geldnöten. Und wenn Schnipser ebenfalls auf eine schnelle letzte Zahlung gedrängt hatte, einen letzten großen Happen, damit er die Stadt verlassen konnte, bevor ihn jemand umbrachte, dann konnte das genug gewesen sein, um Henry Prager zum Äußersten zu treiben.

Ich war kurz davor gewesen, ihn von der Liste zu streichen, nachdem ich ihn in seinem Büro besucht hatte. Ich dachte einfach nicht, dass er ein ausreichendes Motiv gehabt hatte, aber jetzt schien er doch ein ziemlich gutes gehabt zu haben.

Und ich hatte ihm gerade ein weiteres gegeben.

Etwas später rief ich Huysendahl an. Er war nicht in seinem Büro, weshalb ich meine Nummer hinterließ. Gegen zwei rief er zurück.

»Ich weiß, dass ich Sie nicht anrufen soll«, sagte ich. »Aber ich habe gute Neuigkeiten für Sie.«

»Ja?«

»Ich bin in der Lage, die Belohnung einzufordern.«

»Es ist Ihnen gelungen, das Material zu bekommen?«

»Das ist richtig.«

»Das ging sehr schnell«, sagte er.

»Oh, nur gründliche Detektivarbeit und ein bisschen Glück.«

»Ich verstehe. Es wird vielleicht ein wenig dauern, bis ich die, äh, Belohnung zusammenhabe.«

»Ich habe nicht sehr viel Zeit, Mr. Huysendahl.«

»Hören Sie, Sie sollten in dieser Hinsicht Vernunft zeigen. Die Summe, die wir vereinbart haben, ist beachtlich.«

»Soweit ich weiß, verfügen Sie über große Vermögenswerte.«

»Ja, aber nicht in bar. Nicht jeder Politiker hat einen Freund in Florida, der so viel Geld in einem Wandsafe herumliegen hat.« Er gluckste wegen der Anspielung auf Nixon und schien enttäuscht, als ich mich nicht anschloss. »Ich werde etwas Zeit brauchen.«

»Wie viel Zeit?«

»Höchstens einen Monat. Vielleicht auch weniger.«

Die Rolle fiel mir mittlerweile einfach, da ich sie immer wieder üben durfte. Ich sagte: »Das ist nicht früh genug.«

»Wirklich? Wie sehr sind Sie denn in Eile?«

»Sehr. Ich will die Stadt verlassen. Das Klima hier bekommt mir nicht.«

»Eigentlich ist es in den letzten Tagen doch relativ mild gewesen.«

»Das ist genau das Problem. Es ist mir zu heiß.«

»So?«

»Ich muss immer daran denken, was mit unserem gemeinsamen Freund passiert ist, und ich möchte nicht, dass mir das Gleiche zustößt.«

»Er muss jemanden sehr unglücklich gemacht haben.«

»Nun ja, ich selbst habe auch ein paar Leute unglücklich gemacht, Mr. Huysendahl, und was ich jetzt möchte, ist, in spätestens einer Woche von hier zu verschwinden.«

»Ich kann mir nicht vorstellen, wie das möglich sein wird.« Er schwieg einen Moment lang. »Sie könnten jetzt verschwinden und für die Belohnung zurückkommen, wenn sich die Lage etwas beruhigt hat.«

»Ich denke nicht, dass ich es auf diese Weise abwickeln möchte.«

»Das ist eine ziemlich alarmierende Aussage, finden Sie nicht auch? Die Art von Vorgehen, das wir besprochen haben, benötigt eine gewisse Kompromissbereitschaft. Es muss ein kooperatives Vorgehen sein.«

»Ein Monat ist einfach zu lang.«

»Vielleicht kann ich es in zwei Wochen schaffen.«

»Vielleicht werden Sie das müssen«, sagte ich.

»Das hört sich in beunruhigender Weise nach einer Drohung an.«

»Die Sache ist die: Sie sind nicht die einzige Person, die eine Belohnung versprochen hat.«

»Das überrascht mich nicht.«

»Genau. Und wenn ich die Stadt verlassen muss, bevor ich die Belohnung von Ihnen bekommen habe, nun, wer weiß, was dann passiert.«

»Seien Sie nicht dumm, Scudder.«

»Ich will es nicht sein. Ich denke, wir sollten beide nicht dumm sein.« Ich holte Atem. »Hören Sie, Mr. Huysendahl. Ich bin mir sicher, wir können einen Weg finden.«

»Ich hoffe, dass Sie Recht haben.«

»Wie hört sich zwei Wochen für Sie an?«

»Schwierig.«

»Können Sie es schaffen?«

»Ich kann es versuchen. Ich hoffe, dass ich es schaffen werde.«

»Das tue ich auch. Sie wissen, wie Sie mich erreichen können.«

»Ja«, sagte er. »Ich weiß, wie ich Sie erreichen kann.«

Ich legte auf und schenkte mir einen Drink ein. Nur einen kleinen. Ich trank die Hälfte davon und ließ mir mit dem Rest Zeit. Das Telefon klingelte. Ich leerte das Glas und hob ab. Ich dachte, es würde Prager sein. Es war Beverly Ethridge.

Sie sagte: »Matt, hier ist Bev. Ich hoffe, ich habe Sie nicht aufgeweckt.«

»Nein, haben Sie nicht.«

»Sind Sie allein?«

»Ja. Warum?«

»Ich fühle mich einsam.«

Ich sagte nichts. Ich erinnerte mich daran, wie ich ihr gegenüber am Tisch gesessen und deutlich gemacht hatte, dass ich nicht scharf auf sie war. Die Darbietung hatte sie offensichtlich überzeugt. Aber ich wusste es besser. Diese Frau war gut darin, Leute auf sich scharf zu machen.

»Ich hatte gehofft, dass wir uns treffen können, Matt. Es gibt Dinge, über die wir reden sollten.«

»In Ordnung.«

»Haben Sie heute Abend gegen sieben Zeit? Bis dahin habe ich Termine.«

»Sieben ist okay.«

»Wieder dort?«

Ich erinnerte mich daran, wie unwohl ich mich im Pierre gefühlt hatte. Diesmal würden wir uns auf mein Terrain begeben. Aber nicht ins Armstrong's, dort wollte ich sie nicht treffen.

»Es gibt eine Kneipe namens Polly's Cage«, sagte ich. »57th Street zwischen 8th und 9th Avenue, in der Mitte des Blocks auf der südlichen Straßenseite.«

»Polly's Cage? Das hört sich reizend an.«

»Es ist besser, als es sich anhört.«

»Dann treffen wir uns dort um sieben. 57th zwischen 8th und 9th – das ist in der Nähe Ihres Hotels, oder nicht?«

»Es ist auf der anderen Straßenseite.«

»Das ist sehr praktisch«, sagte sie.

»Es ist bequem für mich.«

»Vielleicht ist es für uns beide bequem, Matt.«

Ich zog los und gönnte mir ein paar Drinks und etwas zu essen. Gegen sechs kehrte ich in mein Hotel zurück. Ich erkundigte mich an der Rezeption und Benny sagte mir, dass es drei Anrufe für mich gegeben hatte, aber keine Nachrichten hinterlassen worden seien.

Ich war noch nicht einmal zehn Minuten auf meinem Zimmer, als das Telefon klingelte. Ich hob ab und eine Stimme, die ich nicht kannte, sagte: »Scudder?«

»Wer ist da?«

»Sie sollten besser vorsichtig sein. Sie stolzieren herum und verärgern Leute.«

»Ich denke nicht, dass wir uns kennen.«

»Es ist besser für Sie, wenn Sie mich nicht kennenlernen. Alles, was Sie wissen müssen, ist, dass es im Fluss sehr viel Platz gibt und Sie es nicht darauf anlegen sollten, anderen Leuten diesen Platz wegzunehmen.«

»Und wer hat sich diesen Spruch für Sie ausgedacht?«

In der Leitung machte es klick.

Kapitel 9

Ich kam ein paar Minuten zu früh ins Polly's Cage. An der Bar tranken vier Männer und zwei Frauen. Dahinter lachte Chuck höflich über etwas, das eine der Frauen gesagt hatte. Aus der Jukebox bat Sinatra darum, die Clowns hereinzuschicken.

Die Kneipe ist klein; die Bar befindet sich entlang der rechten Seite, wenn man hereinkommt. Ein Geländer führt durch den Raum und links davon ist ein paar Stufen erhöht ein Bereich, in dem ungefähr ein Dutzend Tische stehen. Sie waren gerade alle leer. Ich ging zu der Lücke im Geländer, stieg die Stufen hoch und setzte mich an den Tisch, der am weitesten von der Tür entfernt war.

Im Polly's ist gegen fünf am meisten los, dann, wenn durstige Angestellte ihre Büros verlassen. Die wirklich durstigen bleiben länger als der Rest, aber die Kneipe hat nicht sonderlich viel Laufkundschaft und schließt fast immer früh. Chuck schenkt großzügig ein und die Fünf-Uhr-Trinker geben für gewöhnlich relativ schnell auf. An Freitagen zeigt die Meute eine gewisse Ausdauer, wenn sie sich aufs Wochenende einstimmt, aber zu anderen Zeiten schließt der Laden vor Mitternacht, und an Samstagen oder Sonntagen machen sie sich nicht einmal die Mühe, ihn zu öffnen. Es ist eine Kneipe in der Nachbarschaft, ohne eine Nachbarschaftskneipe zu sein.

Ich bestellte mir einen doppelten Bourbon und hatte die Hälfte davon getrunken, als sie hereinkam. Sie zögerte in der Tür, weil sie mich zunächst nicht sah, und einige der Unterhaltungen erstarben, als man sich zu ihr umdrehte. Sie schien sich der Aufmerksamkeit, die sie auf sich zog, entweder nicht bewusst oder zu sehr daran gewöhnt zu sein, um davon Notiz zu nehmen. Sie entdeckte mich, kam zu meinem Tisch und setzte sich mir gegenüber hin. Nachdem sich herausgestellt hatte, dass sie kein Freiwild war, wurden die Gespräche an der Theke wieder aufgenommen.

Sie schob den Mantel von ihren Schultern und ließ ihn über die Lehne ihres Stuhls gleiten. Sie trug einen pinkfarbenen Pullover. Die Farbe stand ihr, und der Pullover passte hervorragend. Sie nahm eine Packung Zigaretten und ein Feuerzeug aus ihrer Handtasche. Dieses Mal wartete sie nicht darauf, dass ich ihr die Zigarette anzündete. Sie sog eine Menge Rauch ein, atmete ihn in einer dünnen Säule aus und beobachtete mit offenkundigem Interesse, wie er zur Decke hochstieg.

Als die Kellnerin zu uns kam, bestellte sie einen Gin Tonic. »Ich greife der Jahreszeit vor«, sagte sie. »Es ist eigentlich zu kalt draußen für Sommerdrinks. Aber ich bin so eine warmherzige Person, dass ich damit durchkomme, denken Sie nicht auch?«

»Was auch immer Sie denken, Mrs. Ethridge.«

»Warum vergessen Sie ständig meinen Vornamen? Erpresser sollten mit ihren Opfern nicht so formell sein. Es fällt mir leicht, Sie Matt zu nennen. Warum können Sie nicht Beverly zu mir sagen?«

Ich zuckte mit der Schulter. Ich wusste die Antwort selbst nicht genau. Es war schwierig zu bestimmen, was meine eigene Reaktion auf sie war und was zu der Rolle gehörte, die ich spielte. Ich nannte sie vor allem deshalb nicht Beverly, weil sie es von mir wollte, aber das war eine Antwort, die nur zu einer weiteren Frage geführt hätte.

Ihr Drink wurde gebracht. Sie drückte die Zigarette aus, trank vom Gin Tonic. Sie atmete tief ein und aus, und ihre Brüste hoben und senkten sich unter dem pinkfarbenen Pullover.

»Matt?«

»Was?«

»Ich habe versucht, einen Weg zu finden, wie ich das Geld zusammenbekommen kann.«

»Gut.«

»Es wird einige Zeit dauern.«

Ich spielte dasselbe Spiel mit allen dreien und sie gaben mir alle dieselbe Antwort. Sie waren alle reich, aber niemand konnte ein paar Dollar zusammenkratzen. Vielleicht steckte das Land in Schwierigkeiten, vielleicht war die wirtschaftliche Lage wirklich so schlecht, wie alle behaupteten.

»Matt?«

»Ich brauche das Geld sofort.«

»Sie Schwein, denken Sie nicht, dass ich die Sache auch so schnell wie möglich hinter mich bringen möchte? Der einzige Weg, wie ich das Geld bekommen könnte, ist von Kermit, und ich kann ihm nicht sagen, wofür ich es brauche.« Sie senkte die Augen. »Außerdem hat er nicht so viel.«

»Ich dachte, er hätte mehr Geld als Heu?«

Sie schüttelte den Kopf. »Noch nicht. Er hat ein Einkommen, und es ist beträchtlich, aber er wird erst auf sein Kapital zugreifen können, wenn er fünfunddreißig ist.«

»Wann wird das sein?«

»Im Oktober. Dann ist sein Geburtstag. Das gesamte Ethridge-Geld ist in einem Fonds angelegt, der so lange besteht, bis das jüngste Kind fünfunddreißig wird.«

»Er ist der Jüngste?«

»Richtig. Er wird im Oktober das Erbe bekommen. Das ist in sechs Monaten. Ich habe entschieden und ihm auch gesagt, dass ich gerne etwas eigenes Geld haben möchte. Damit ich nicht mehr so sehr von ihm abhängig bin wie jetzt. Das ist die Art von Bitte, die er nachvollziehen kann, und er hat mehr oder weniger zugestimmt. Also wird er mir im Oktober Geld geben. Ich weiß nicht, wie viel, aber es wird sicherlich mehr sein als fünfzigtausend Dollar, und dann werde ich in der Lage sein, die Dinge mit Ihnen ins Reine zu bringen.«

»Im Oktober.«

»Ja.«

»Allerdings werden Sie dann noch nicht auf das Geld zugreifen können. Es wird sehr viel Papierkram geben. Oktober ist in sechs Monaten, und es wird bestimmt noch weitere sechs Monate dauern, bis Sie das Geld in der Hand haben.«

»Wird es wirklich so lange dauern?«

»Bestimmt. Also reden wir nicht über sechs Monate, wir reden von einem Jahr, und das ist zu lang. Selbst sechs Monate sind zu lang. Zum Teufel, ein Monat ist zu lang, Mrs. Ethridge. Ich will aus dieser Stadt verschwinden.«

»Warum?«

»Mir gefällt das Klima nicht.«

»Aber es ist jetzt Frühling hier. Das sind die besten Monate in New York, Matt.«

»Es gefällt mir trotzdem nicht.«

Sie schloss die Augen und ich konnte ihr ruhendes Gesicht studieren. Die Beleuchtung in der Kneipe war perfekt für sie; paarweise angeordnete elektrische Kerzen glimmten vor der rot gesprenkelten Tapete. An der Bar erhob sich ein Mann, nahm etwas von dem Wechselgeld, das vor ihm lag, und ging zur Tür. Auf dem Weg nach draußen sagte er etwas und eine der Frauen lachte laut. Ein anderer Mann betrat die Kneipe. Jemand warf Geld in die Jukebox und Lesley Gore sang, dass es ihre Party sei und sie heulen würde, wenn sie es wollte.

»Sie müssen mir Zeit geben«, sagte sie.

»Ich kann Ihnen keine geben.«

»Warum müssen Sie aus New York verschwinden? Wovor haben Sie eigentlich Angst?«

»Vor dem Gleichen wie der Schnipser.«

Sie nickte nachdenklich. »Er war zuletzt sehr nervös«, sagte sie. »Dadurch wurde die Sache im Bett sehr interessant.«

»Bestimmt war sie das.«

»Ich habe nicht allein an seinem Haken gezappelt. Das hat er ziemlich deutlich gemacht. Spielen Sie mit seiner gesamten Sammlung, Matt? Oder nur mit mir?«

»Das ist eine gute Frage, Mrs. Ethridge.«

»Ja, mir gefällt sie auch sehr gut. Wer hat ihn getötet, Matt? Einer seiner anderen Kunden?«

»Wollen Sie damit sagen, dass er tot ist?«

»Ich lese die Zeitung.«

»Klar. Manchmal ist Ihr Foto darin.«

»Ja, und war das nicht ein echter Glückstag für mich. Haben Sie ihn getötet, Matt?«

»Warum hätte ich das tun sollen?«

»Damit Sie seine nette kleine Nummer übernehmen konnten. Zuerst dachte ich, Sie hätten ihn unter Druck gesetzt. Dann las ich, dass man ihn aus dem Fluss gefischt hat. Haben Sie ihn getötet?«

»Nein. Waren Sie es?«

»Klar, mit meinem kleinen Pfeil und Bogen. Hören Sie, warten Sie ein Jahr auf das Geld und ich werde es verdoppeln. Einhunderttausend Dollar. Das ist ein schöner Zinssatz.«

»Ich würde lieber das Geld in bar nehmen und es selbst investieren.«

»Ich hab Ihnen gesagt, dass ich es nicht besorgen kann.«

»Was ist mir Ihrer Familie?«

»Was soll mit der sein? Die haben kein Geld.«

»Ich dachte, Sie hätten einen reichen Vater.«

Sie zuckte zusammen und versuchte, es zu verbergen, indem sie sich eine weitere Zigarette anzündete. Wir hatten unsere Drinks ausgetrunken. Ich gab der Kellnerin ein Zeichen und sie brachte uns eine neue Runde. Ich fragte, ob es frischen Kaffee gäbe. Sie verneinte und meinte, dass sie eine Kanne machen könnte, wenn ich welchen wollte. Sie klang, als hoffte sie wirklich, dass ich es nicht wollte. Ich sagte ihr, sie könne sich die Mühe sparen.

Beverly Ethridge sagte: »Ich hatte einen reichen Urgroßvater.«

»So?«

»Mein eigener Vater trat in die Fußstapfen seines Vaters. Die feine Kunst, eine Million Dollar in ein paar Groschen zu verwandeln. Ich wuchs im Glauben auf, dass immer Geld da sein würde. Dadurch wurde alles, was in Kalifornien passierte, so einfach. Ich hatte einen reichen Vater und ich musste mir niemals über irgendetwas Sorgen machen. Er würde mir immer aus der Patsche helfen. Selbst die ernsten Sachen waren dadurch nicht wirklich ernst.«

»Und was ist dann passiert?«

»Er hat sich umgebracht.«

»Wie?«

»Saß im Wagen in der Garage bei laufendem Motor. Was spielt das für eine Rolle?«

»Vermutlich keine. Ich interessiere mich nur immer dafür, wie die Leute es tun, das ist alles. Wussten Sie, dass Ärzte normalerweise zu Schusswaffen greifen? Sie haben Zugriff zu den einfachsten, saubersten Mitteln der Welt, eine Überdosis Morphium oder etwas in der Art, und stattdessen pusten sie sich in der Regel das Hirn aus und verursachen eine Riesensauerei. Warum hat er sich umgebracht?«

»Weil das Geld alle war.« Sie hob ihr Glas, hielt aber auf halbem Weg zum Mund inne. »Das ist der Grund, weshalb ich zurück in den Osten gekommen bin. Plötzlich war er tot, und statt Geld gab es Schulden. Von der Versicherung kam genug, damit meine Mutter anständig leben kann. Sie hat das Haus verkauft, ist in ein Apartment gezogen. Dadurch und mit der Sozialhilfe kommt sie durch.« Sie nahm einen großen Schluck. »Ich will nicht darüber reden.«

»In Ordnung.«

»Wenn Sie mit den Fotos zu Kermit gehen, werden Sie nichts bekommen. Sie würden sich nur selbst das Geschäft vermasseln. Er würde sie nicht kaufen, weil ihm mein guter Ruf egal wäre. Er würde sich nur um seinen eigenen kümmern, was bedeuten würde, mich loszuwerden und sich eine Frau zu suchen, die genauso blutleer ist wie er selbst.«

»Vielleicht.«

»Er spielt diese Woche Golf. Ein Turnier für Profis und Amateure, die finden am Tag vor den normalen Turnieren statt. Er hat einen professionellen Golfspieler als Partner und wenn sie etwas gewinnen, hat sich der Profi ein paar Dollar verdient. Kermit bekommt den Ruhm. Es ist seine große Leidenschaft, das Golfspielen.«

»Ich dachte, Sie wären es.«

»Ich bin ein netter Schmuck. Und ich kann mich wie eine Dame benehmen. Wenn ich muss.«

»Wenn Sie müssen.«

»Das ist richtig. Er ist jetzt nicht in der Stadt, bereitet sich auf das Turnier vor. Also kann ich so lange ausbleiben, wie ich will. Ich kann tun, was ich will.«

»Schön für Sie.«

Sie seufzte. »Ich vermute, ich kann dieses Mal nicht auf Sex setzen?«

»Ich befürchte, nein.«

»Das ist schade. Ich bin es gewöhnt, darauf zu bauen. Ich bin verdammt gut darin. Zum Teufel. Einhunderttausend Dollar heute in einem Jahr ist eine Menge Geld.«

»Es ist auch eine Taube auf dem Dach.«

»Ich wünschte mir, ich hätte etwas, das ich bei Ihnen einsetzen könnte. Sex funktioniert nicht und ich habe kein Geld. Ich habe ein paar tausend Dollar auf einem Sparbuch, mein eigenes Geld.«

»Wie viel?«

»Ungefähr achttausend. Ich hab mir die Zinsen schon seit längerer Zeit nicht mehr gutschreiben lassen. Man soll einmal im Jahr mit dem Sparbuch vorbeikommen, aber ich hab es einfach nie geschafft. Ich könnte Ihnen das, was ich habe, als Anzahlung geben.«

»In Ordnung.«

»Heute in einer Woche?«

»Was spricht gegen morgen?«

»Äh-äh.« Sie schüttelte nachdrücklich den Kopf. »Nein. Alles, was ich mir für meine achttausend kaufen kann, ist Zeit, oder? Also werde ich mir gleich eine Woche damit kaufen. Heute in einer Woche werden Sie das Geld bekommen.«

»Ich weiß nicht einmal, ob Sie es wirklich haben.«

»Nein, das wissen Sie nicht.«

Ich dachte darüber nach. »Okay«, sagte ich schließlich. »Achttausend heute in einer Woche. Aber ich werde kein Jahr auf den Rest warten.«

»Vielleicht könnte ich anschaffen gehen«, sagte sie. »Ungefähr vierhundertzwanzig Nummern bei hundert Dollar die Nummer.«

»Oder viertausendzweihundert bei zehn Dollar.«

»Sie Schwein«, sagte sie.

»Achttausend. Heute in einer Woche.«

»Sie werden sie bekommen.«

Ich bot ihr an, ihr ein Taxi zu besorgen. Sie sagte, dass sie das selbst tun würde, aber ich könnte dieses Mal die Drinks bezahlen. Nachdem sie gegangen war, blieb ich noch ein paar Minuten lang sitzen, dann zahlte ich und ging. Ich überquerte die Straße und fragte Benny, ob es Nachrichten für mich gab. Es gab keine, aber ein Mann hatte angerufen, ohne seinen Namen zu hinterlassen. Ich fragte mich, ob es derselbe Mann war, der gedroht hatte, mich in den Fluss zu werfen.

Ich ging rüber ins Armstrong's und setzte mich an meinem gewohnten Tisch. Für einen Montag war der Laden voll. Die meisten Gesichter waren mir bekannt. Ich trank Bourbon und Kaffee, und als ich jeweils beim dritten angelangt war, konnte ich einen Blick auf ein Gesicht erhaschen, das mir auf unbestimmte Weise bekannt vorkam. Als Trina das nächste Mal ihre Runde zwischen den Tischen drehte, ließ ich sie zu mir kommen, indem ich den Zeigefinger krümmte. Sie kam mit hochgezogenen Augenbrauen an meinen Tisch; der Gesichtsausdruck verstärkte das Katzenhafte ihrer Züge.

»Dreh dich nicht um«, sagte ich. »Vorne an der Bar, der Typ genau zwischen Gordie und dem Kerl in der Jeansjacke.«

»Was ist mit ihm?«

»Wahrscheinlich nichts. Nicht jetzt sofort, aber warum gehst du nicht in ein paar Minuten an ihm vorbei und wirfst einen guten Blick auf ihn?«

»Und was dann, Käpt'n?«

»Dann erstattest du der Einsatzleitung Bericht.«

»Zu Befehl, Sir!«

Ich hielt meinen Kopf auf die Tür gerichtet, konzentrierte mich aber auf das, was ich von ihm am Rand meines Blickfelds sehen konnte, und es war keine Einbildung. Er schaute immer wieder in meine Richtung. Es war schwierig, seine Körpergröße abzuschätzen, weil er saß, aber er sah fast groß genug aus, um Basketball zu spielen. Er hatte ein Frischluft-Gesicht und modisch lange, sandfarbene Haare. Ich konnte seine Gesichtszüge nicht genau erkennen – er saß auf der anderen Seite des Raums –, aber ich hatte den Eindruck von kühler, fachmännischer Härte.

Trina kam mit einem Drink, den ich nicht bestellt hatte, zu mir zurück. »Tarnung«, sagte sie und stellte ihn vor mich auf den Tisch. »Ich hab ihn beaugapfelt. Was hat er angestellt?«

»Nichts, von dem ich wüsste. Hast du ihn schon mal gesehen?«

»Ich denke nicht. Eigentlich bin ich mir sogar sicher, denn ich würde mich an ihn erinnern.«

»Warum?«

»Er sticht aus der Menge heraus. Weißt du, wie er aussieht? Wie der Marlboro-Mann.«

»Der aus der Werbung? Haben die nicht mehr als einen Mann gehabt?«

»Klar. Er sieht aus wie alle von denen. Du weißt schon, hohe Rohlederstiefel und ein breitkrempiger Hut, der Gestank von Pferdescheiße und die Tätowierung auf der Hand. Er trägt weder Stiefel noch Hut und er hat auch keine Tätowierung, aber es ist das gleiche Image. Frag mich nicht, ob er nach Pferdescheiße stinkt. Ich war nicht nah genug dran, um es zu wissen.«

»Ich wollte nicht fragen.«

»Was ist Sache?«

»Ich bin mir nicht sicher, ob irgendetwas Sache ist. Ich denke, dass ich ihn vor Kurzem im Polly's gesehen habe.«

»Vielleicht dreht er seine Runden.«

»Mhm. Die gleichen Runden wie ich.«

»Und?«

Ich zuckte mit den Schultern. »Vermutlich nichts. Trotzdem danke für die Observationsarbeit.«

»Bekomme ich eine Dienstmarke?«

»Und einen Geheimcode-Ring.«

»Cool«, sagte sie.

Ich saß ihn aus. Es gab keinen Zweifel daran, dass er mich beobachtete. Aber ich wusste nicht, ob er wusste, dass auch ich mich für ihn interessierte. Ich wollte ihn nicht direkt anblicken.

Er konnte mir vom Polly's hierher gefolgt sein. Ich war mir nicht sicher, dass ich ihn dort gesehen hatte, ich hatte nur das Gefühl, dass er mir irgendwo schon einmal aufgefallen war. Wenn er sich im Polly's an meine Fersen geheftet hatte, lag es nahe, ihn mit Beverly Ethridge in Verbindung zu bringen; sie konnte die Verabredung in erster Linie deshalb angeregt haben, um mich jemandem zu zeigen. Aber selbst wenn er im Polly's gewesen war, bewies das gar nichts; er konnte sich schon zuvor an meine Fersen geheftet haben und mir hierher gefolgt sein. Es war nicht schwierig, mich zu finden. Jeder wusste, wo ich wohnte, und ich hatte den ganzen Tag im Viertel zugebracht.

Es war etwa gegen halb zehn, als ich ihn bemerkte, vielleicht auch fast schon zehn. Es war beinahe elf, als er genug hatte und ging. Ich hatte beschlossen, dass er vor mir gehen sollte, und falls nötig wäre ich sitzen geblieben, bis Billie den Laden schloss. Es dauerte nicht so lange, und ich hatte auch nicht vermutet, dass es das tun würde. Der Marlboro-Mann sah nicht aus wie jemand, der es genoss, seine Zeit in einer Kneipe in der 9th Avenue zu verbringen, selbst wenn sie so angenehm war wie das Armstrong's. Er war zu aktiv und westernmäßig und frischluftfanatisch, und um elf stieg er auf sein Pferd und ritt davon in den Sonnenuntergang.

Ein paar Minuten nachdem er gegangen war, kam Trina an meinen Tisch und setzte sich mir gegenüber. Sie arbeitete noch, weshalb ich ihr keinen Drink spendieren konnte. »Ich hab noch mehr zu berichten«, sagte sie. »Billie hat ihn noch nie zuvor gesehen. Er hofft auch, dass er ihn nie wieder sehen muss, sagt er, denn er serviert Männern mit solchen Augen nicht gerne alkoholische Getränke.«

»Mit was für Augen?«

»Er ist nicht ins Detail gegangen. Du kannst ihn ja fragen. Was noch? Oh, ja. Er hat Bier getrunken. Zwei, in ebenso vielen Stunden. Würzburger dunkel, falls es dich interessiert.«

»Nicht sonderlich.«

»Billie hat auch gesagt–«

»Scheiße.«

»Billie sagt selten ›Scheiße‹. Er sagt sehr häufig ›Fuck‹, aber selten ›Scheiße‹, und er hat es jetzt nicht gesagt. Was ist los?«

Aber ich war schon vom Tisch weg und auf dem Weg zur Bar. Billie schlenderte zu mir, während er ein Glas mit einem Geschirrtuch trocknete. Er sagte: »Du bewegst dich schnell für einen so großen Mann, Fremder.«

»Mein Gehirn bewegt sich eher langsam. Dieser Typ, der hier war–«

»Trina nennt ihn den Marlboro-Mann.«

»Genau, der. Ich hoffe, du bist noch nicht dazu gekommen, sein Glas auszuspülen, oder?«

»Doch, in der Tat, ich bin dazu gekommen. Das hier ist es, wenn ich mich richtig erinnere.« Er hielt es in die Höhe, damit ich es inspizieren konnte. »Siehst du? Makellos.«

»Scheiße.«

»Das sagt Jimmie, wenn ich sie nicht abspüle. Was ist los?«

»Nun, falls der Hurensohn keine Handschuhe getragen hat, habe ich mich gerade ziemlich dämlich verhalten.«

»Handschuhe. Oh. Fingerabdrücke?«

»Mhm.«

»Ich dachte, sowas funktioniert nur in der Glotze.«

»Nicht, wenn man sie als Geschenk bekommt. Wie auf einem Bierglas. Scheiße. Wenn er jemals wieder reinkommt, was zu viel des Guten wäre–«

»Dann werde ich sein Glas mit einem Geschirrtuch anfassen und an einem sehr sicheren Ort verwahren.«

»Das war mein Gedanke.«

»Wenn du es mir gesagt hättest...?«

»Ich weiß. Ich hätte daran denken sollen.«

»Mir ging es nur darum, ihn nicht mehr sehen zu müssen. Ich mag Typen wie ihn nirgendwo sehen, und vor allem nicht in Kneipen. Er hat seine zwei Bier über zwei Stunden gestreckt, und das war völlig okay für mich. Ich hatte nicht vor, ihn zum Trinken zu animieren. Je weniger er trank und je schneller er ging, umso besser für mich.«

»Hat er überhaupt etwas gesagt?«

»Nur, um Bier zu bestellen.«

»Ist dir irgendein Akzent aufgefallen?«

»Nicht, als er bestellt hat. Lass mich nachdenken.« Er schloss ein paar Sekunden lang die Augen. »Nein. Typisch undefinierbar amerikanisch. Normalerweise kann ich Stimmen einordnen, aber an seiner war nichts Besonderes. Ich glaube nicht, dass er aus New York stammt, aber was beweist das?«

»Nicht sehr viel. Trina hat gesagt, dass dir seine Augen nicht gefallen haben.«

»Sie haben mir absolut nicht gefallen.«

»Warum nicht?«

»Wegen dem Gefühl, das sie mir gaben. Es ist schwer zu beschreiben. Ich könnte dir nicht einmal sagen, welche Farbe sie hatten, obwohl ich denke, dass sie eher hell als dunkel waren. Aber es war etwas an ihnen, sie waren nur Oberfläche.«

»Ich bin mir nicht sicher, dass ich verstehe, was du meinst.«

»Sie hatten keine Tiefe. Sie hätten fast aus Glas sein können. Hast du zufällig die Watergate-Affäre im Fernsehen verfolgt?«

»Einen Teil davon. Nicht sehr viel.«

»Einer dieser Scheißkerle, einer von denen mit einem deutschen Namen–«

»Sie hatten alle deutsche Namen, oder?«

»Nein, aber zwei von ihnen hatten welche. Nicht Haldeman. Der andere.«

»Ehrlichman.«

»Ja, das ist der Scheißkerl. Hast du ihn gesehen? Hast du seine Augen bemerkt? Keine Tiefe in ihnen.«

»Ein Marlboro-Mann mit den Augen von Ehrlichman.«

»Das hat nichts mit Watergate oder so zu tun, oder, Matt?«

»Nur im Geiste.«

Ich ging zurück zu meinem Tisch und trank eine Tasse Kaffee. Ich hätte sie gerne mit Bourbon gesüßt, entschied aber, dass das nicht vernünftig gewesen wäre. Es war unwahrscheinlich, dass der Marlboro-Mann noch in dieser Nacht versuchen würde, mich auszuschalten. Es gab zu viele Menschen, die ihn gesehen hatten. Das hier war ein einfaches Auskundschaften gewesen. Wenn er etwas unternehmen würde, dann zu einem späteren Zeitpunkt.

So sah es zumindest für mich aus, aber ich war mir meiner Argumentation nicht so sicher, dass ich mit zu viel Bourbon im Blut nach Hause spazieren wollte. Vermutlich hatte ich Recht, aber ich wollte nicht riskieren, mich zu sehr zu irren.

Ich nahm das, was ich von dem Kerl gesehen hatte, fügte Ehrlichmans Augen und Billies allgemeinen Eindruck von ihm hinzu und versuchte, dieses Bild mit meinen drei Opfern in Einklang zu bringen. Er konnte ein Baustellenraubein von einem der Projekte Pragers sein, er konnte ein gesunder, junger Hengst sein, mit dem sich Beverly Ethridge gerne vergnügte, oder er konnte ein Profi sein, den Huysendahl für die Gelegenheit angeheuert hatte. Durch Fingerabdrücke hätte ich ihn vielleicht identifizieren lassen können, aber ich hatte zu wenig Geistesgegenwart besessen, um die Gelegenheit beim Schopf zu ergreifen. Wenn ich herausgefunden hätte, wer er war, hätte ich ihn überraschen können, aber jetzt musste ich ihn sein Spiel spielen lassen und ihm offen gegenübertreten.

Ich denke, es war gegen halb eins, als ich meine Getränke bezahlte und ging. Ich öffnete die Tür vorsichtig, wobei ich mir ein bisschen lächerlich vorkam, und ich suchte beide Straßenseiten der 9th Avenue in beide Richtungen ab. Ich konnte meinen Marlboro-Mann nicht sehen und auch sonst nichts, das bedrohlich aussah.

Ich ging los zur Kreuzung mit der 57th Street und zum ersten Mal, seit die Geschichte angefangen hatte, hatte ich das Gefühl, eine Zielscheibe zu sein. Ich hatte mich selbst ziemlich bewusst in diese Lage gebracht, und es hatte sich eigentlich wie eine gute Idee angehört, aber seit dem Moment, als der Marlboro-Mann aufgetaucht war, hatten sich die Dinge grundlegend geändert. Es war jetzt wirklich, und das machte den Unterschied aus.

In einer Türöffnung vor mir bewegte sich etwas und ich war auf den Fußballen, bevor ich die alte Frau erkannte. Sie war an ihrem Stammplatz im Eingang zu einer Boutique namens Sartor Resartus. Sie war immer dort, wenn das Wetter es zuließ. Sie fragte immer nach Geld. Meistens gab ich ihr welches.

Sie sagte: »Mister, hätten Sie vielleicht ein paar–«, und ich fand ein paar Münzen in meiner Tasche und gab sie ihr. »Gott wird dich segnen«, sagte sie.

Ich antwortete ihr, ich hoffte, sie würde Recht behalten. Ich ging weiter zur Straßenecke, und es war gut, dass es in dieser Nacht nicht regnete, denn ich hörte sie schreien, bevor ich den Wagen hörte. Sie gab einen gellenden Schrei von sich und ich wirbelte schnell genug herum, um ein Auto zu sehen, das mit eingeschaltetem Fernlicht über den Bordstein auf mich zuraste.

Kapitel 10

Ich hatte keine Zeit nachzudenken. Vermutlich waren meine Reflexe gut. Zumindest waren sie gut genug. Ich war aus dem Gleichgewicht, weil ich mich umgedreht hatte, als die Frau geschrien hatte, aber ich hielt mich nicht damit auf, die Balance zurückzuerlangen. Ich warf mich einfach nach rechts. Ich landete auf der Schulter und rollte mich an das Gebäude heran.

Es reichte gerade. Wenn ein Fahrer die Nerven dazu hat, kann er einem keinerlei Raum lassen. Alles, was er tun muss, ist, mit der Seite seines Wagens das Gebäude streifen. Das kann für den Wagen unschön sein und auch für das Gebäude, aber am unschönsten ist es für die Person, die sich zwischen beiden befindet. Ich dachte, dass er das tun könnte, und als er im letzten Moment das Steuer herumriss, dachte ich, dass es ungewollt passieren könnte, wenn das Heck des Wagens herumschleuderte und mich wie eine Fliege zerquetschte.

Er verfehlte mich nur knapp. Ich spürte den Luftzug, als der Wagen vorbeiraste. Dann blickte ich ihm nach und sah zu, wie er vom Bürgersteig herunter wieder auf die Straße steuerte. Dabei fuhr der Wagen eine Parkuhr um und federte, als er auf dem Asphalt aufprallte. Der Fahrer drückte das Gaspedal durch und erreichte die nächste Kreuzung, als die Ampel auf Rot sprang. Er fuhr einfach über die Kreuzung, aber das macht die Hälfte aller Autofahrer in New York. Ich kann mich nicht erinnern, wann ich zuletzt einen Polizisten gesehen habe, der einen Strafzettel wegen eines Verkehrsdeliktes ausstellte. Sie haben einfach nicht die Zeit dazu.

»Diese verrückten Autofahrer!«

Es war die alte Frau. Sie stand jetzt neben mir und machte »Tss tss«-Geräusche.

»Die trinken Whiskey«, sagte sie, »und rauchen Joints und dann gehen sie auf Spritztour. Sie hätten umkommen können.«

»Ja.«

»Und nach all dem hat er nicht einmal angehalten, um nachzusehen, ob Sie in Ordnung sind.«

»Er war nicht sonderlich rücksichtsvoll.«

»Heutzutage sind die Leute einfach nicht mehr rücksichtsvoll.«

Ich stand auf und wischte meine Kleidung ab. Ich zitterte und fühlte mich neben der Spur. Sie sagte: »Mister, hätten Sie vielleicht . . .?«, und dann trübten sich ihre Augen und sie runzelte verwirrt die Stirn. »Nein«, sagte sie. »Sie haben mir gerade erst Geld gegeben, oder? Es tut mir leid. Es fällt mir schwer, mich zu erinnern.«

Ich griff nach meiner Brieftasche. »Nun, das hier ist ein Zehn-Dollar-Schein«, sagte ich und drückte ihn ihr in die Hand. »Passen Sie auf, dass Sie sich erinnern, okay? Achten Sie darauf, dass man Ihnen das richtige Wechselgeld gibt, wenn Sie ihn ausgeben. Verstehen Sie?«

»Ach du liebe Zeit«, sagte sie.

»Und jetzt gehen Sie besser nach Hause und legen sich schlafen. In Ordnung?«

»Ach du liebe Zeit«, sagte sie. »Zehn Dollar. Ein Zehn-Dollar-Schein. Gott behüte Sie, Sir.«

»Das hat er gerade getan«, sagte ich.

Isaiah war an der Rezeption, als ich zurück ins Hotel kam. Er ist ein hellhäutiger Westinder mit strahlend blauen Augen, rostrotem Kraushaar und großen, dunklen Sommersprossen auf den Wangen und den Handrücken. Ihm gefällt die Schicht von Mitternacht bis um acht, weil es dann ruhig ist und er hinter dem Pult sitzen und Buchstabenrätsel lösen kann, während er sich von Zeit zu Zeit einen Schluck aus einem Fläschchen mit codeinhaltigem Hustensaft gönnt.

Er löste die Rätsel mit einem Filzstift. Ich wollte einmal von ihm wissen, ob es so nicht schwieriger war. »Sonst gäbe es ja keinen Grund, darauf stolz zu sein, Mr. Scudder«, sagte er mir.

Jetzt sagte er mir, dass es keine Anrufe für mich gegeben hatte. Ich ging nach oben und den Flur entlang zu meinem Zimmer. Ich prüfte, ob unter der Tür Licht aus meinem Zimmer durchschien; es gab keines und ich entschied, dass das gar nichts besagte. Dann suchte ich nach Kratzspuren am Schloss und ich fand keine, und ich entschied, dass das ebenso wenig etwas besagen musste, denn man konnte diese Hotelschlösser auch mit Zahnseide knacken. Schließlich öffnete ich die Tür und stellte fest, dass sich nichts in meinem Zimmer befand außer den Möbeln, was durchaus logisch erschien. Ich schaltete das Licht an und schloss die Tür und sperrte sie ab, dann streckte ich die Arme aus und beobachtete, wie meine Finger zitterten.

Ich schenkte mir einen großzügigen Drink ein und zwang mich dazu, ihn zu trinken. Einen Augenblick lang übernahm mein Magen das Zittern meiner Hände und ich bezweifelte, dass der Whiskey unten bleiben würde, aber er tat es doch. Ich schrieb ein paar Buchstaben und Ziffern auf ein Blatt Papier und steckte es in meine Brieftasche. Danach zog ich mich aus und stellte mich unter die Dusche, um die Schweißschicht von meinem Körper zu waschen. Die schlimmste Sorte Schweiß, zusammengesetzt zu gleichen Teilen aus Anstrengung und animalischer Furcht.

Ich war gerade damit beschäftigt, mich abzutrocknen, als das Telefon klingelte. Ich wollte nicht abheben. Ich wusste, was ich hören würde.

»Das war nur eine Warnung, Scudder.«

»Schwachsinn. Sie haben es versucht. Sie sind nur nicht gut genug.«

»Wenn wir es wirklich versuchen, werden wir nicht scheitern.«

Ich sagte ihm, dass er mich mal kreuzweise könnte, und legte auf. Ein paar Sekunden später nahm ich den Hörer wieder zu Hand und teilte Isaiah mit, dass ich bis neun keine Anrufe durchgestellt haben wollte und man mich um diese Zeit wecken sollte.

Dann stieg ich ins Bett, um zu sehen, ob ich schlafen konnte.

Ich schlief besser, als ich erwartet hatte. Im Laufe der Nacht wachte ich zwei Mal auf; beide Male wegen des gleichen Traums, und er hätte einen Freudianer angeödet. Es war ein sehr prosaischer Traum völlig ohne Symbole. Reiner Nachvollzug, von dem Moment an, als ich das Armstrong's verlassen hatte, bis zu dem Moment, als das Auto auf mich zuschoss, nur dass in diesem Traum der Fahrer die notwendigen Fähigkeiten und den Mut besaß, die Sache durchzuziehen, und gerade als mir klar wurde, dass ich zwischen Hammer und Amboss landen würde, wachte ich auf, mit zu Fäusten geballten Händen und hämmerndem Herz.

Ich vermute, dass es sich bei derartigen Träumen um einen Schutzmechanismus handelt. Das Unterbewusstsein schnappt sich die Dinge, die man nicht verarbeiten kann, und spielt mit ihnen, während man schläft, bis einige der scharfen Kanten abgestumpft sind. Ich weiß nicht, wie viel Gutes mir diese Träume taten, aber als ich zum dritten und letzten Mal aufwachte, eine halbe Stunde, bevor ich meinen Weckruf bekommen sollte, fühlte ich mich ein bisschen besser. Es schien mir, als gäbe es ziemlich viel, wegen dem ich mich gut fühlen sollte. Jemand hatte es auf mich abgesehen gehabt, was genau das war, was ich die ganze Zeit erreichen wollte. Und dieser jemand war dabei gescheitert, was auch genau so war, wie ich es haben wollte.

Ich dachte über den Anruf nach. Es war nicht der Marlboro-Mann gewesen. In diesem Punkt war ich mir relativ sicher. Die Stimme, die ich gehört hatte, war älter, wahrscheinlich etwa so alt wie ich, und sie hatte nach New York geklungen.

Also schienen sie mindestens zu zweit zu sein. Das verriet mir nicht viel, aber es war etwas, dass man wissen sollte, eine weitere Tatsache, die ich registrieren und vergessen konnte. Hatte mehr als eine Person im Wagen gesessen? Ich versuchte, mich an das zu erinnern, was ich in dem kurzen

Augenblick gesehen hatte, als das Auto auf mich zuraste. Ich hatte kaum etwas sehen können, weil mir die Scheinwerfer direkt in die Augen geschienen hatten. Und als ich mich für einen Blick auf den davonrasenden Wagen umgedreht hatte, war er schon ein gutes Stück von mir entfernt gewesen und mit hoher Geschwindigkeit davongefahren. Und ich hatte mich mehr darauf konzentriert, das Nummernschild zu erkennen, anstatt Köpfe zu zählen.

Ich ging nach unten, um zu frühstücken, konnte aber nicht mehr als eine Tasse Kaffee und eine Scheibe Toast zu mir nehmen. Ich zog eine Packung Zigaretten aus dem Automaten und rauchte drei davon zum Kaffee. Es waren die ersten seit fast zwei Monaten, und ich hätte mich nicht besser zudröhnen können, wenn ich sie mir direkt in die Adern gespritzt hätte. Sie machten mich benommen, aber auf angenehme Weise. Nachdem ich die dritte geraucht hatte, ließ ich die Packung auf dem Tisch liegen und ging nach draußen.

Ich ging hinunter zur Centre Street und suchte die Abteilung für Autodiebstähle auf. Ein Jüngling mit rosafarbenen Wangen, der aussah, als käme er frisch von der Polizeihochschule, fragte mich, ob er mir helfen könne. Im Dienstraum befanden sich ein halbes Dutzend Polizisten, aber ich erkannte keinen davon. Ich fragte, ob Ray Landauer Dienst hatte.

»Ist vor ein paar Monaten in Rente gegangen«, sagte er. Einem Kollegen rief er zu: »Hey, Jerry, wann genau ist Ray in Rente gegangen?«

»Muss Oktober gewesen sein.«

Er wandte sich wieder mir zu. »Ray ist im Oktober in Rente gegangen«, sagte er. »Kann ich Ihnen helfen?«

»Es ist etwas Persönliches«, sagte ich.

»Ich kann seine Adresse herausfinden, wenn Sie mir eine Minute Zeit geben.«

Ich sagte ihm, dass es nicht wichtig sei. Es überraschte mich, dass Ray den Job hingeschmissen hatte. Er schien nicht alt genug, um in Rente zu gehen. Aber wenn man es genau betrachtete, war er älter als ich, und ich selbst war fünfzehn Jahre bei der Polizei gewesen und hatte vor mehr als fünf Jahren den Dienst quittiert, also wäre ich nun selbst ebenfalls lange genug dabei gewesen, um in Rente zu gehen.

Vielleicht hätte mir der Jüngling einen Blick auf die Liste mit den gestohlenen Autos gestattet. Aber ich hätte ihm erklären müssen, wer ich war, und mir eine Menge Blödsinn anhören müssen, Blödsinn, den ich mir mit jemandem, den ich kannte, ersparen konnte. Deshalb verließ ich das Gebäude und ging Richtung U-Bahn. Als ein leeres Taxi die Straße entlangfuhr, änderte ich meine Absicht und schnappte es mir. Ich sagte dem Fahrer, dass ich zum Sechsten Revier wollte.

Er wusste nicht, wo es war. Vor ein paar Jahren musste man, wenn man Taxifahrer werden wollte, von jedem Punkt in der Stadt aus das nächste Krankenhaus, Polizeirevier und Feuerwehrgebäude kennen. Ich weiß nicht, wann dieser Test abgeschafft wurde, aber jetzt ist die einzige Voraussetzung, am Leben zu sein.

Ich erklärte ihm, dass es sich in der West 10th Street befand, und er fand ohne größere Probleme dorthin. Ich traf Eddie Koehler in seinem Büro an. Er las etwas in der *Daily News*, und was er las, gefiel ihm nicht.

»Dieser verdammte Sonderstaatsanwalt«, sagte er. »Was bringt so ein Typ zustande, außer eine Menge Leute auf die Palme zu bringen?«

»Sein Name steht sehr oft in der Zeitung.«

»Ja. Denkst du, dass er Gouverneur werden möchte?«

Ich dachte an Huysendahl. »Jeder will Gouverneur werden.«

»Das ist die verdammte Wahrheit. Was denkst du, warum ist das so?«

»Da fragst du den Falschen, Eddie. Ich kann mir nicht vorstellen, warum irgendjemand irgendetwas werden will.«

Seine kühlen Augen musterten mich. »Scheiße, du wolltest immer ein Cop sein.«

»Seit ich ein kleines Kind war. Soweit ich mich erinnern kann, wollte ich nie was anderes werden.«

»Bei mir war es genauso. Wollte immer eine Dienstmarke tragen. Ich frage mich, warum. Manchmal denke ich, dass es daran liegt, wie wir erzogen wurden. Der Cop an der Ecke, jeder hat ihn respektiert. Und die Filme, die wir als Kinder gesehen haben. Die Cops waren immer die Guten.«

»Ich weiß nicht. Am Ende haben sie immer Cagney erschossen.«

»Ja, aber der Arsch hatte es verdient. Man hat den Film gesehen und Cagney bewundert, aber man hat immer gewollt, dass er am Ende ins Gras beißt. Er sollte nicht ungeschoren davonkommen. Nimm Platz, Matt. Hab dich schon länger nicht mehr gesehen. Willst du einen Kaffee?«

Ich schüttelte den Kopf und setzte mich. Er nahm eine ausgegangene Zigarre aus dem Aschenbecher und zündete sie mit einem Streichholz an. Ich holte zwei Zehner und einen Fünfer aus meiner Brieftasche und legte sie auf den Schreibtisch.

»Hab ich mir gerade einen Hut verdient?«

»Du wirst es tun, in einer Minute.«

»Wenn nur der Sonderstaatsanwalt nicht davon Wind bekommt.«

»Du hast nichts zu befürchten, oder?«

»Wer weiß? Da kommt so ein Irrer wie der dahergelaufen, und jeder hat etwas zu befürchten.« Er faltete die Scheine und steckte sie in seine Hemdtasche. »Was kann ich für dich tun?«

Ich zog den Zettel hervor, auf den ich geschrieben hatte, bevor ich zu Bett gegangen war. »Ich hab den Teil eines Nummernschilds«, sagte ich.

»Kennst du niemanden in der 26th Street?«

Dort hatte die Kraftfahrzeugbehörde ihre Büros. Ich sagte: »Doch, aber es ist ein Nummernschild aus Jersey. Ich tippe, dass der Wagen gestohlen wurde und du ihn auf der Liste der gestohlenen Fahrzeuge finden wirst. Die drei Buschstaben sind entweder LKJ oder LJK. Ich hab nur einen Teil der Ziffern. Es gibt eine Neun und eine Vier, womöglich eine Neun und zwei Vieren, aber ich weiß nicht mal die Reihenfolge.«

»Das sollte ausreichen, wenn er wirklich auf der Liste steht. Weil so viel abgeschleppt wird, merken die Leute manchmal nicht, dass ihr Auto gestohlen wurde. Sie nehmen einfach an, dass es abgeschleppt wurde, und solange sie die fünfzig Dollar Gebühr nicht flüssig haben, gehen sie nicht zur Verwahrstelle, und erst dort stellt sich heraus, dass es gestohlen wurde.

Oder bis dahin hat der Dieb es stehenlassen und wir haben es abgeschleppt, und sie müssen für das Abschleppen bezahlen, nur nicht von dort, wo sie es geparkt hatten. Warte einen Moment, ich hole die Liste.«

Er ließ die Zigarre im Aschenbecher zurück und bis er zurückkam, war sie wieder ausgegangen. »Schwerer Kraftfahrzeugdiebstahl«, sagte er. »Wie waren die Buchstaben noch mal?«

»LKJ oder LJK«

»Mhm. Hast du auch die Marke oder das Modell?«

»Ein Kaiser-Frazer aus dem Jahr 1949.«

»Hä?«

»Eine Limousine neueren Datums, dunkel. Das ist alles, was ich weiß. Sie sehen fast alle gleich aus.«

»Ja. Nichts auf der Hauptliste. Mal sehen, was letzte Nacht hereinkam. Aber hallo, LJK Neun-Eins-Vier.«

»Klingt richtig.«

»Ein 72er zweitüriger Impala, dunkelgrün.«

»Ich hab die Türen nicht gezählt, aber das muss er sein.«

»Gehört einer Mrs. William Raiken aus Upper Montclair. Kennst du die?«

»Ich denke nicht. Wann hat sie den Diebstahl gemeldet?«

»Lass mich sehen. Hier steht zwei Uhr morgens.«

Ich hatte das Armstrong's gegen halb eins verlassen, also hatte Mrs. Raiken ihr Auto nicht sofort vermisst. Sie hätten es zurückbringen können und die Frau hätte nicht bemerkt, dass es gestohlen gewesen war.

»Wo kam er her, Eddie?«

»Aus Upper Montclair, vermute ich.«

»Ich meine, wo hatte sie den Wagen geparkt, als er gestohlen wurde?«

»Oh.« Er hatte die Liste bereits geschlossen; nun blätterte er wieder zur letzten Seite. »Broadway, Ecke 114th Street. Hey, das führt zu einer interessanten Frage.«

Das tat es wirklich, aber woher wusste er das? Ich wollte von ihm wissen, zu welcher Frage es führte.

»Was hat Mrs. Raiken um zwei Uhr morgens auf dem oberen Broadway gemacht? Und hat Mr. Raiken davon gewusst?«

»Du hast eine schmutzige Fantasie.«

»Ich hätte Sonderstaatsanwalt werden sollen. Was hat Mrs. Raiken mit deinem verschwundenen Ehemann zu tun?«

Ich blickte verwirrt, dann erinnerte ich mich an den Fall, den ich erfunden hatte, um mein Interesse an Schnipsers Leiche zu erklären. »Oh«, sagte ich. »Nichts. Am Ende hab ich seiner Frau erklärt, dass sie es vergessen soll. Hat mir ein paar Tage Arbeit verschafft.«

»Mhm. Und wer hat sich das Auto geschnappt und was hat er letzte Nacht damit getan?«

»Öffentliches Eigentum zerstört.«

»Hä?«

»Hat eine Parkuhr in der 9th Avenue umgefahren und sich dann schleunigst aus dem Staub gemacht.«

»Und du warst einfach zufällig dort, und zufällig hast du das Nummernschild gesehen, und natürlich hast du dir gedacht, dass der Wagen gestohlen war, aber du wolltest es nachprüfen, weil du ein sozial gesinnter Bürger bist.«

»Das trifft es in etwa.«

»Schwachsinn. Setz dich, Matt. Worin bist du verwickelt, von dem ich wissen sollte?«

»Nichts.«

»Wie steht ein gestohlenes Auto mit Schnipser Jablon in Verbindung?«

»Schnipser? Oh, der Typ, den man aus dem Fluss gefischt hat. Keine Verbindung.«

»Weil du nur auf der Suche nach dem Gatten dieser Frau warst.« In diesem Moment erkannte ich meinen Patzer, aber ich wartete ab, ob er ihn auch bemerkt hatte. Er hatte. »Als ich zum letzten Mal davon gehört habe, war seine Freundin auf der Suche nach ihm. Du kommst dir wohl sehr schlau vor, Matt?«

Ich schwieg. Er nahm die Zigarre aus dem Aschenbecher und studierte sie, dann beugte er sich zur Seite und ließ sie in den Papierkorb fallen. Er richtete sich auf und blickte mich an, dann wandte er die Augen ab, schließlich richtete er sie wieder auf mich.

»Was verschweigst du?«

»Nichts, das du wissen müsstest.«

»Was ist deine Verbindung zu Schnipser Jablon?«

»Das ist unwichtig.«

»Und was hat es mit dem Auto auf sich?«

»Das ist auch unwichtig.« Ich richtete mich auf. »Schnipser wurde in den East River geworfen und ein Auto hat in der 9th Avenue zwischen 57th und 58th Street eine Parkuhr umgefahren. Und der Wagen wurde im Norden Manhattans gestohlen, also ist nichts von all dem im Bereich des Sechsten Reviers passiert. Es gibt nichts, das du wissen müsstest, Eddie.«

»Wer hat Schnipser umgebracht?«

»Ich weiß es nicht.«

»Ist das die Wahrheit?«

»Natürlich ist das die Wahrheit.«

»Spielst du mit jemand Katz und Maus?«

»Nicht wirklich.«

»Mein Gott, Matt.«

Ich wollte aus seinem Büro verschwinden. Ich verschwieg nichts, von dem er hätte wissen müssen, und ich konnte ihm oder jemand anderem das, was ich hatte, nicht wirklich geben. Aber ich unternahm einen Alleingang und wich seinen Fragen aus, und ich konnte kaum erwarten, dass ihm das gefiel.

»Wer ist dein Auftraggeber, Matt?«

Schnipser war mein Auftraggeber, aber ich sah keinen Nutzen darin, das zuzugeben. »Ich habe keinen«, sagte ich.

»Was ist dann dein Beweggrund?«

»Ich bin mir auch nicht sicher, ob ich einen Beweggrund habe.«

»Ich hab Dinge gehört, die darauf hinauslaufen, dass Schnipser in der letzten Zeit sehr gut bei Kasse war.«

»Er war gut gekleidet, als ich ihn zum letzten Mal gesehen habe.«

»Wirklich?«

»Sein Anzug hatte ihn dreihundertzwanzig Dollar gekostet. Er hat es zufällig erwähnt.«

Er blickte mich an, bis ich meine Augen abwandte. Mit leiser Stimme sagte er: »Matt, du solltest es nicht darauf anlegen, dass dich Leute mit Autos überfahren wollen. Das ist ungesund. Bist du dir sicher, dass du mir nicht alles erzählen möchtest?«

»Sobald es an der Zeit ist, Eddie.«

»Und du bist dir sicher, dass es noch nicht an der Zeit ist?«

Ich ließ mir mit der Antwort Zeit. Ich erinnerte mich an das Gefühl, als der Wagen auf mich zuraste, erinnerte mich, was wirklich passiert war, und daran, wie ich es geträumt hatte, mit dem Fahrer, der den großen Wagen bis ganz an die Mauer heransteuerte.

»Ich bin mir sicher«, sagte ich.

Ich aß einen Hamburger und trank Bourbon und Kaffee im Lion's Head. Ich war etwas überrascht, dass das Auto so weit oben im Norden gestohlen worden war. Sie konnten es relativ früh gestohlen und in meiner Gegend geparkt gehabt haben, oder der Marlboro-Mann hatte in der Zeit zwischen meinem Verlassen des Polly's und seiner Ankunft im Armstrong's einen Anruf getätigt. Was bedeuten würde, dass mindestens zwei Menschen an der Aktion beteiligt gewesen waren, etwas, das ich bereits aufgrund der Stimme, die ich am Telefon hören durfte, entschieden hatte. Oder er konnte–

Nein, es war zwecklos. Es gab zu viele mögliche Szenarien, die ich mir ausmalen konnte, und das Einzige, was das bewirken würde, war, dass ich zunehmend verwirrter wurde.

Ich bestellte eine weitere Tasse Kaffee und einen weiteren Whiskey, mischte sie und widmete mich ihnen. Der Schluss meines Gesprächs mit Eddie war mir in die Quere geraten. Es gab etwas, das ich von ihm erfahren hatte, aber das Problem war, dass ich nicht wusste, um was es sich handelte.

Er hatte etwas gesagt, das eine sehr leise Glocke zum Klingen gebracht hatte, und es gelang mir nicht, sie noch einmal klingeln zu lassen.

Ich ließ mir für einen Dollar Kleingeld geben und ging zum Telefon. Die Auskunft von Jersey gab mir die Nummer von William Raiken in Upper Montclair. Ich wählte sie und erklärte Mrs. Raiken, dass ich von der Abteilung für Kraftfahrzeugdiebstahl sei. Sie war überrascht, dass wir ihr Auto so schnell gefunden hatten, und fragte mich, ob ich zufällig wusste, ob es beschädigt war.

Ich sagte: »Ich befürchte, wir haben Ihr Auto noch nicht gefunden, Mrs. Raiken.«

»Oh.«

»Ich wollte noch ein paar Details klären. Ihr Auto war an der Ecke Broadway/114th Street geparkt?«

»Das ist richtig. In der 114th Street, nicht auf dem Broadway.«

»Ich verstehe. Nun, unsere Unterlagen sagen, dass Sie den Diebstahl etwa gegen zwei Uhr morgens gemeldet haben. War das sofort, nachdem Sie bemerkt hatten, dass das Auto verschwunden war?«

»Ja. Nun, so ziemlich. Ich ging dorthin, wo ich den Wagen geparkt hatte, und er war nicht da, natürlich, und mein erster Gedanke war, dass er abgeschleppt worden war. Ich hatte ganz legal geparkt, aber manchmal gibt es Schilder, die man nicht sieht, andere Bestimmungen, aber so weit im Norden wird man überhaupt nicht abgeschleppt, oder?«

»Nicht oberhalb der 86th Street.«

»Das dachte ich auch, obwohl ich immer legal parke. Dann kam mir der Gedanke, dass ich mich vielleicht getäuscht hatte und ich in der 113th Street geparkt hatte, also ging ich dorthin und sah nach, aber natürlich war der Wagen dort auch nicht. Deshalb habe ich dann meinen Mann angerufen, damit er mich abholen würde, und er sagte mir, dass ich den Diebstahl melden sollte, und das habe ich dann getan. Es vergingen vielleicht fünfzehn oder zwanzig Minuten zwischen dem Moment, an dem ich entdeckt hatte, dass der Wagen nicht mehr da war, und meinem Anruf bei Ihnen.«

»Ich verstehe.« Ich bereute nun, dass ich gefragt hatte. »Und wann haben Sie das Auto geparkt, Mrs. Raiken?«

»Lassen Sie mich nachdenken. Ich hatte zwei Kurse, einen Kurzgeschichten-Workshop um acht und einen Kurs über die Geschichte der Renaissance um zehn, aber ich war früh dran, weshalb ich vermute, dass ich den Wagen kurz nach sieben abgestellt habe. Ist das wichtig?«

»Nun, es wird uns wahrscheinlich nicht dabei helfen, Ihr Fahrzeug zu finden, Mrs. Raiken, aber wir versuchen, Daten zu sammeln, um besser festlegen zu können, wann bestimmte Verbrechen am häufigsten passieren.«

»Das ist interessant«, sagte sie. »Und welchen Nutzen bringt das?«

Das hatte ich mich auch immer gefragt. Ich erklärte ihr, dass es Teil eines umfassenden Verbrechensbildes war, etwas, das man mir normalerweise geantwortet hatte, wenn ich ähnliche Fragen stellte. Ich bedankte mich und versicherte ihr, dass ihr Auto bestimmt bald gefunden werden würde, und sie dankte mir und wir verabschiedeten uns voneinander und ich ging zurück zur Bar.

Ich versuchte zu bestimmen, was ich von ihr erfahren hatte, und entschied, dass ich nichts erfahren hatte. Meine Gedanken wanderten umher und ich fragte mich, was genau Mrs. Raiken mitten in der Nacht in der Upper West Side getan hatte. Sie war nicht mit ihrem Ehemann zusammen gewesen, und ihr letzter Kurs musste gegen elf zu Ende gewesen sein. Vielleicht hatte sie nur ein paar Glas Bier im West End oder einer der anderen Kneipen in der Nähe der Columbia University getrunken. Vielleicht nicht gerade wenige Gläser, was erklären würde, warum sie auf der Suche nach ihrem Wagen um den Block spaziert war. Aber es spielte keine Rolle, ob Mrs. Raiken genug Bier getrunken hatte, um ein Kriegsschiff zu flößen, denn sie hatte verdammt wenig mit Schnipser Jablon oder jemand anderem zu tun, und was sie mit Mr. Raiken anstellte oder nicht, war ihre eigene Sache und ging mich nichts an, und–

Columbia.

Die Columbia University ist an der Ecke 116th und Broadway, also würde sie dort ihre Kurse besucht haben. Und jemand anderes studierte dort, absolvierte einen Studiengang in Psychologie und beabsichtigte, mit zurückgebliebenen Kindern zu arbeiten.

Ich schlug im Telefonbuch nach. Es gab keine Stacy Prager, weil alleinstehende Frauen klug genug sind, ihren Vornamen nicht im Telefonbuch ausschreiben zu lassen. Aber es gab einen oder eine S. Prager in der West 112th zwischen Broadway und Riverside.

Ich ging zurück zu meinem Platz und trank den Kaffee aus. Ich ließ einen Schein auf der Theke liegen. In der Tür besann ich mich, schlug noch einmal S. Prager nach und schrieb mir die Adresse und die Telefonnummer auf. Da S. auch für Seymour oder irgendetwas anderes als Stacy stehen konnte, warf ich ein Zehn-Cent-Stück in den Apparat und wählte die Nummer. Ich ließ es sieben Mal klingeln, dann hängte ich den Hörer ein und holte mir meine Münze zurück. Mit ihr kamen zwei andere Zehn-Cent-Münzen aus dem Apparat.

An manchen Tagen hat man einfach Glück.

Kapitel 11

Als ich an der Ecke Broadway und 110th Street aus der U-Bahn stieg, war ich sehr viel weniger beeindruckt von der Übereinstimmung, die mir aufgefallen war. Wenn Prager sich entschlossen hatte, mich zu töten, entweder selbst oder durch Handlanger, dann gab es keinen besonderen Grund, weshalb er zwei Blocks vom Apartment seiner Tochter entfernt ein Auto stehlen sollte. Auf den ersten Blick sah es zwar so aus, als könnte es etwas zu bedeuten haben, aber ich war mir nun nicht mehr sicher, dass es mehr war als ein Zufall.

Natürlich, wenn Stacy Prager einen Freund hatte, und wenn dieser Freund sich als der Marlboro-Mann entpuppte ...?

Es schien, als wäre es einen Versuch wert. Ich fand ihr Gebäude, ein fünfstöckiges Sandsteinhaus, in dem es vier Wohnungen pro Stockwerk gab. Ich klingelte bei ihr und erhielt keine Antwort. Ich klingelte bei ein paar anderen Wohnungen im obersten Stockwerk – es ist erstaunlich, wie oft einem einfach so die Tür geöffnet wird –, aber dort war auch niemand zu Hause und das Schloss an der Haustür sah nicht sehr kompliziert aus. Ich benutzte einen Dietrich und hätte es selbst mit dem Schlüssel kaum schneller öffnen können. Nachdem ich drei Stockwerke die Treppe hochgestiegen war, klopfte ich an der Tür von 4-C. Ich wartete und klopfte noch einmal, dann öffnete ich die beiden Türschlösser und machte es mir gemütlich.

Es gab ein relativ großes Zimmer mit einer Schlafcouch und verschiedenen Möbeln von der Heilsarmee. Ich durchsuchte den Wandschrank und die Kommode, und alles, was ich dadurch erfuhr, war, dass Stacys Freund, wenn sie überhaupt einen hatte, woanders wohnte. Es gab nichts, was auf einen männlichen Bewohner hingedeutet hätte.

Ich filzte die Wohnung ziemlich oberflächlich, nur um einen Eindruck von der Person zu bekommen, die hier lebte. Es gab viele Bücher, die meisten davon Taschenbücher und über einen Teilaspekt der Psychologie. Es gab einen Stapel von Zeitschriften: *New York, Psychology Today* und *Intellectual Digest*. Im Medizinschränkchen fand ich nichts Stärkeres als Aspirin. Stacy hielt ihr Apartment in einem guten Zustand, wodurch man gleichzeitig den Eindruck gewann, dass auch ihr Leben in einem guten Zustand war. Ich fühlte mich wie ein Eindringling, weil ich dort in ihrem Apartment stand, die Titel ihrer Bücher durchging und mich durch die Kleidung in ihrem Wandschrank wühlte. Die Rolle wurde mir immer unangenehmer und durch mein Scheitern, etwas zu finden, das meine Anwesenheit rechtfertigen konnte, wurde das negative Gefühl verstärkt. Ich verließ die Wohnung und schloss die Tür hinter mir. Ich sperrte eines der Schlösser ab; für das andere benötigte man den Schlüssel und ich vermutete, dass sie einfach denken würde, sie hätte vergessen, es abzusperren, als sie aus dem Haus gegangen war.

Ich hätte ein nettes, eingerahmtes Foto des Marlboro-Manns finden können. Das wäre sehr hilfreich gewesen, aber es sollte nicht sein. Ich verließ das Gebäude und trank in einem Imbiss eine Tasse Kaffee. Prager und Ethridge und Huysendahl – einer von ihnen hatte Schnipser getötet und auch versucht, mich zu töten, aber ich schien nicht weiterzukommen.

Angenommen, es wäre Prager gewesen. Die Dinge schienen ein Muster zu ergeben, und auch wenn sie nicht völlig zusammenpassten, fühlte es sich irgendwie richtig an. Er zappelte ursprünglich wegen eines Falls von Fahrerflucht am Haken, und bis jetzt war zwei Mal von einem Wagen Gebrauch gemacht worden: Schnipser hatte in seinem Brief ein Auto erwähnt, das auf dem Bürgersteig auf ihn zugerast war, und eines hatte es letzte Nacht zweifellos auf mich abgesehen gehabt. Beverly Ethridge spielte auf Zeit, Theodore Huysendahl hatte sich mit meinem Preis einverstanden erklärt, aber Prager hatte gesagt, dass er nicht wusste, wie er das Geld auftreiben sollte.

Angenommen, er war es. Falls ja, dann hatte er letzte Nacht wieder versucht, einen Mord zu begehen, und es war ihm nicht gelungen, weshalb er nun wahrscheinlich ein bisschen nervös sein würde. Wenn er es bei mir versucht hatte, war jetzt ein guter Zeitpunkt, an den Gitterstäben seines Käfigs zu rütteln. Und wenn er es nicht gewesen war, würde ich das besser herausfinden können, wenn ich ihm einen Besuch abstattete.

Ich zahlte meinen Kaffee, verließ den Imbiss und winkte nach einem Taxi.

Das schwarze Mädchen blickte zu mir hoch, als ich das Büro betrat. Es dauerte ein oder zwei Sekunden, bis sie sich an mich erinnerte, dann nahmen ihre Augen einen argwöhnischen Ausdruck an.

»Matthew Scudder«, sagte ich.

»Zu Mr. Prager?«

»Richtig.«

»Erwartet er Sie, Mr. Scudder?«

»Ich denke, er wird mich sehen wollen, Shari.«

Sie schien überrascht, dass ich mich an ihren Namen erinnerte. Zögernd stand sie auf und kam hinter dem U-förmigen Schreibtisch hervor.

»Ich werde ihm sagen, dass Sie hier sind«, sagte sie.

»Tun Sie das.«

Sie schlüpfte in Pragers Büro und zog schnell die Tür hinter sich zu. Ich saß auf der Vinyl-Couch und betrachtete Mrs. Pragers Meereslandschaft. Ich entschied, dass sich die Männer über den Rand des Boots übergaben. Daran bestand kein Zweifel.

Die Tür öffnete sich und sie kehrte in das Vorzimmer zurück, die Tür wieder hinter sich schließend. »Er wird Sie in etwa fünf Minuten empfangen«, sagte sie.

»In Ordnung.«

»Ich vermute, Sie haben etwas Wichtiges mit ihm zu besprechen.«

»Ziemlich wichtig.«

»Ich hoffe nur, dass alles gut wird. Er war in der letzten Zeit nicht mehr er selbst. Es scheint, je härter ein Mann arbeitet und je erfolgreicher er ist, umso mehr hat er unter Druck zu leiden.«

»Ich vermute, er steht momentan ziemlich unter Druck.«

»Er ist sehr mitgenommen«, sagte sie. Ihre Augen forderten mich heraus, als machte sie mich für Pragers Schwierigkeiten verantwortlich. Es war ein Vorwurf, den ich nicht von mir weisen konnte.

»Vielleicht werden die Dinge bald besser werden«, meinte ich.

»Das hoffe ich wirklich.«

»Ich vermute, er ist ein guter Chef.«

»Sehr gut. Er ist immer sehr–«

Aber sie kam nicht dazu, den Satz zu beenden, weil in diesem Augenblick das Geräusch der Fehlzündung eines Lastwagens zu hören war. Nur, dass Lastwagen normalerweise auf Bodenhöhe fehlzünden und nicht im zweiundzwanzigsten Stock. Sie hatte neben ihrem Schreibtisch gestanden und stand noch einen Moment lang erstarrt dort, mit aufgerissenen Augen, den Handrücken an den Mund gepresst. Sie blieb lang genug in dieser Pose, dass ich aufstehen und vor ihr an Pragers Tür sein konnte.

Ich riss die Tür auf. Henry Prager saß an seinem Schreibtisch, und natürlich war es keine Fehlzündung eines Lastwagens gewesen. Es hatte sich um eine Pistole gehandelt. Ein kleine Pistole, dem Aussehen nach Kaliber .22 oder .25, aber wenn man sich den Lauf in den Mund steckt und ihn schräg hoch auf das Gehirn richtet, ist eine kleine Pistole alles, was man wirklich braucht.

Ich stand in der Türöffnung, versuchte, sie zu blockieren, und Shari war hinter mir. Sie hämmerte mit ihren kleinen Händen auf meinen Rücken ein. Einen Moment lang gab ich nicht nach, aber dann schien mir, als hätte sie mindestens ebenso viel Anrecht wie ich darauf, ihn zu sehen. Ich trat einen Schritt in das Büro und sie folgte mir und sah das, von dem sie gewusst hatte, dass sie es sehen würde.

Dann fing sie an zu schreien.

Kapitel 12

Wenn Shari meinen Namen nicht gekannt hätte, wäre ich vielleicht verschwunden. Vielleicht auch nicht; Polizisteninstinkte halten sich lange, wenn sie überhaupt jemals verschwinden, und ich hatte zu viele Jahre damit zugebracht, unwillige, sich davonschleichende Zeugen zu verachten, als dass ich mich dabei wohlgefühlt hätte, selbst diese Rolle einzunehmen.

Aber der Impuls war zweifellos da. Ich sah auf Henry Prager, seinen über dem Schreibtisch zusammengesunkenen Körper, seine im Tod verzerrten Gesichtszüge, und ich wusste, dass ich einen Menschen anblickte, den ich getötet hatte. Sein Finger hatte den Abzug durchgedrückt, aber ich hatte ihm die Pistole in die Hand gepresst, weil ich das Spiel ein bisschen zu gut gespielt hatte.

Ich hatte nicht darum gebeten, dass sein Leben mit dem meinen verknüpft wurde, und ich hatte es auch nicht darauf angelegt gehabt, etwas mit seinem Tod zu tun zu haben. Nun stellte mich seine Leiche zur Rede; ein Arm war über den Schreibtisch ausgestreckt, als wollte er auf mich deuten.

Er hatte seine Tochter von einem unbeabsichtigten Tötungsdelikt freigekauft. Die Bestechung hatte ihn erpressbar gemacht, was zu einem weiteren Toten geführt hatte, dieses Mal vorsätzlich. Und dieser erste Mord hatte dafür gesorgt, dass der Widerhaken tiefer in ihn eingedrungen war – er wurde weiterhin erpresst und er konnte jederzeit mit Schnipsers Ermordung in Verbindung gebracht werden.

Deshalb hatte er versucht, noch einen Mord zu begehen, und war gescheitert. Und ich war am nächsten Tag in seinem Büro erschienen, und dann hatte er seiner Sekretärin gesagt, er brauche fünf Minuten, aber er hatte nur zwei oder drei davon benötigt.

Er musste die Pistole griffbereit gehabt haben. Vielleicht hatte er sie früher an diesem Tag überprüft, um sicherzugehen, dass sie geladen war. Und vielleicht hatte er, während ich im Vorzimmer wartete, mit dem Gedanken gespielt, mich mit einer Kugel zu empfangen.

Aber es ist eine Sache, einen Mann nachts in einer dunklen Straße zu überfahren oder ihn bewusstlos zu schlagen und in den Fluss zu werfen. Es ist etwas ganz anderes, einen Mann im eigenen Büro zu erschießen, während die Sekretärin nur ein paar Meter entfernt ist. Vielleicht hatte er in seinem Kopf diese Überlegungen angestellt. Vielleicht hatte er sich bereits zum Selbstmord entschlossen gehabt. Ich konnte ihn nicht mehr fragen, und welche Rolle spielte es? Ein Selbstmord beschützte seine Tochter, während durch einen Mord alles ans Tageslicht gekommen wäre. Durch Selbstmord konnte er aus einem Hamsterrad entkommen, das sich schneller drehte, als seine Füße Schritt halten konnten.

Ich hatte einige dieser Gedanken, als ich dort stand und die Leiche anstarrte, andere in den darauffolgenden Stunden. Ich weiß nicht, wie lange ich ihn anblickte, während Shari an meiner Schulter schluchzte. Nicht übermäßig lange, vermute ich. Dann gewannen meine Reflexe die Oberhand, ich führte das Mädchen zurück in das Vorzimmer und ließ es auf der Couch Platz nehmen. Ich griff nach ihrem Telefon und wählte 911.

Die Mannschaft, die sich damit beschäftigen durfte, war vom Siebzehnten Revier drüben in der East 51st Street. Die beiden Detectives waren Jim Heaney und ein junger Mann namens Finch – ich achtete nicht auf seinen Vornamen. Ich kannte Jim gut genug, um ihm zuzunicken, und dadurch wurde es ein bisschen einfacher, aber selbst bei absolut Fremden hätte ich keine sonderlich großen Schwierigkeiten bekommen. Es lief ohnehin alles auf Selbstmord hinaus, und sowohl das Mädchen als auch ich konnten bezeugen, dass Prager allein in seinem Büro gewesen war, als die Pistole abgefeuert wurde.

Die Jungs von der Spurensicherung erledigten trotzdem ihre Aufgaben, auch wenn sie nicht mit dem ganzen Herzen bei der Sache waren. Sie schossen eine Menge Fotos und machten eine Menge Kreidemarkierungen, tüteten die Waffe ein und steckten schließlich Prager in einen Leichensack, bevor sie ihn abtransportierten. Heaney und Finch nahmen zuerst Sharis Aussage auf, damit sie nach Hause gehen und dort für sich alleine kollabieren konnte. Alles, was sie wirklich wollten, war, dass sie die üblichen Lücken füllte, damit die Feststellung der Todesursache Selbstmord ergeben würde, weshalb sie sie mit Fragen fütterten. Sie ließen sie bestätigen, dass ihr Chef in der letzten Zeit depressiv und nervös gewesen war, dass er offensichtlich geschäftliche Sorgen gehabt hatte, dass seine Stimmung ungewöhnlich und nicht seinem Charakter entsprechend gewesen war. Was die praktischen Umstände anbelangte, bezeugte sie, dass sie ihn ein paar Minuten, bevor der Schuss zu hören gewesen war, persönlich gesprochen hatte, dass sie sich gemeinsam mit mir zu diesem Zeitpunkt im Vorzimmer befunden hatte und dass wir gemeinsam sein Büro betreten hatten, wo wir ihn tot auf seinem Schreibtischstuhl vorgefunden hatten.

Heaney erklärte ihr, dass das alles war. Jemand würde am nächsten Morgen wegen einer offiziellen Aussage vorbeikommen, und in der Zwischenzeit würde Detective Finch sie nach Hause bringen. Sie sagte, dass das nicht nötig sei, sie würde sich ein Taxi nehmen, aber Finch bestand darauf.

Heaney beobachtete, wie sie gingen. »Du kannst dich darauf verlassen, dass Finch sie nach Hause bringen wird«, sagte er. »Hat einen feschen Hintern, die junge Dame.«

»Ist mir nicht aufgefallen.«

»Du wirst alt. Finch ist es aufgefallen. Er mag die Schwarzen, vor allem, wenn sie so gebaut sind. Ich selbst lege es ja nicht darauf an, aber ich muss zugeben, dass mir die Arbeit mit Finch Spaß macht. Wenn er nur die Hälfte der Frauen flachlegt, von denen er es behauptet, dann wird er sich zu Tode vögeln. Um die Wahrheit zu sagen, ich denke nicht, dass er sich das alles nur ausdenkt. Die Weiber stehen auf ihn.« Er zündete sich eine Zigarette an und hielt mir die Schachtel hin. Er sagte: »Dieses Mädchen da, Shari, ich wette mit dir, dass er sie nageln wird.«

»Nein, nicht heute. Sie ist ziemlich mitgenommen.«

»Zum Teufel, das ist der beste Zeitpunkt. Ich weiß verdammt noch mal nicht, woran es liegt, aber dann wollen sie es am meisten. Geh zu einer Frau, um ihr zu sagen, dass ihr Ehemann tot ist, die Nachricht überbringen und so, nun, würdest du zu so einem Zeitpunkt versuchen, dich an sie ranzumachen? Egal, wie gut sie aussieht, würdest du das tun? Ich auch nicht. Aber du solltest die Geschichten hören, die dieser Hurensohn erzählt. Vor ein paar Monaten hatten wir diesen Stahlbauarbeiter, der von einem Träger gefallen war, und Finch musste der Ehefrau die Nachricht überbringen. Er sagt es ihr, sie bricht zusammen, er nimmt sie in die Arme, um sie zu trösten, streichelt sie ein bisschen, und bevor er sich versieht, zieht sie ihm den Reißverschluss runter und bläst ihm einen.«

»Wenn man Finch Glauben schenken will, zumindest.«

»Nun, wenn nur die Hälfte von dem, was er sagt, stimmt ... Und ich denke, dass er die Wahrheit sagt. Ich meine, er sagt mir ja auch, wenn er abblitzt.«

Mir lag nicht sehr viel an dieser Unterhaltung, aber gleichzeitig wollte ich meine Gefühle auch nicht allzu deutlich machen, weshalb wir noch ein paar weitere Episoden aus Finchs Liebesleben erörterten und dann ein paar Minuten damit vergeudeten, über gemeinsame Freunde zu plaudern. Das hätte länger gedauert, wenn wir einander besser gekannt hätten. Schließlich nahm er sein Klemmbrett in die Hand und konzentrierte sich auf Prager. Wir gingen die üblichen Fragen durch und ich bestätigte, was Shari ihm gesagt hatte.

Dann sagte er: »Nur fürs Protokoll: Besteht die Möglichkeit, dass er schon tot war, als du hierhergekommen bist?« Als ich ihn verwirrt ansah, erklärte er mir: »Das ist sehr weit hergeholt und nur fürs Protokoll. Nehmen wir an, sie hat ihn getötet, frag mich nicht wie oder warum, und dann wartet sie, bis du oder jemand anderes herkommt, und dann tut sie so, als würde sie mit ihm sprechen, und dann wartet sie gemeinsam mit dir und sie löst einen Schuss aus, ich weiß nicht wie, mit einem Faden oder so, und dann entdeckt ihr beide die Leiche gemeinsam und sie ist abgesichert.«

»Du solltest nicht so viel Fernsehen gucken, Jim. Es beeinträchtigt dein Gehirn.«

»Nun, es hätte so ablaufen können.«

»Klar. Ich hab gehört, wie er mit ihr sprach, als sie reingegangen ist. Natürlich, sie hätte auch ein Tonbandgerät vorbereiten können–«

»Okay, um Himmels Willen.«

»Wenn du alle Möglichkeiten durchgehen möchtest–«

»Ich hab ja gesagt, dass es weit hergeholt ist. Wenn man sieht, was sie bei *Kobra, übernehmen Sie* anstellen, dann fragt man sich, warum die Verbrecher im wirklichen Leben so dumm sind. Zum Teufel, auch Kriminelle können fernsehen, und vielleicht greift ja doch mal einer eine Idee auf. Aber du hast ihn sprechen gehört und wir können das Tonbandgerät ausschließen, und damit ist die Sache geregelt.«

In Wirklichkeit hatte ich Prager nicht sprechen gehört, aber es war sehr viel einfacher zu behaupten, ich hätte ihn gehört. Heaney wollte Möglichkeiten durchgehen; alles, was ich wollte, war, von hier zu verschwinden.

»Und wie passt du in das Bild, Matt? Hast du für ihn gearbeitet?«

Ich schüttelte den Kopf. »Ich gehe ein paar Referenzen durch.«

»Du hast Prager überprüft?«

»Nein. Jemanden, der ihn als Referenz angegeben hat. Mein Auftraggeber wollte eine ziemlich genaue Überprüfung. Ich hab letzte Woche schon einmal mit Prager gesprochen und war gerade in der Gegend, weshalb ich vorbeigeschaut habe, um noch ein paar Punkte zu klären.«

»Wer ist das Objekt der Überprüfung?«

»Was spielt das für eine Rolle? Jemand, der vor acht oder zehn Jahren mit ihm zusammengearbeitet hat. Hat nichts damit zu tun, dass er sich umgebracht hat.«

»Du hast ihn also nicht wirklich gekannt? Prager, meine ich.«

»Hab ihn zweimal getroffen. Einmal, um genau zu sein, denn heute hab ich ihn ja nicht mehr wirklich getroffen. Und ich hab kurz mit ihm am Telefon gesprochen.«

»Hat er Schwierigkeiten?«

»Jetzt nicht mehr. Ich kann dir nicht viel sagen, Jim. Ich hab den Typen nicht gekannt und weiß auch nicht viel über seine Situation. Er schien depressiv und beunruhigt zu sein. Tatsächlich machte er den Eindruck, als würde er glauben, dass die Welt es auf ihn abgesehen hat. Als ich ihn das erste Mal gesprochen habe, war er sehr misstrauisch, als wäre ich Teil einer Verschwörung gegen ihn.«

»Verfolgungswahn.«

»So ungefähr, ja.«

»Hmm, es passt alles zusammen. Geschäftliche Probleme und das Gefühl, dass man von allem umzingelt ist, und vielleicht dachte er, dass du ihn heute unter Druck setzen willst, oder vielleicht hatte er einen Punkt erreicht, du weißt schon, er hatte die Nase voll und konnte es einfach nicht ertragen, noch eine Person zu sehen. Also nimmt er die Pistole aus der Schublade und dann ist eine Kugel in seinem Gehirn, bevor er die Zeit hat, es zu überdenken. Bei Gott, ich wünschte mir, diese Handfeuerwaffen wären nicht auf dem Markt. Sie verfrachten sie tonnenweise aus Carolina hierher. Wollen wir wetten, dass sie nicht registriert war?«

»Das glaube ich dir auch so.«

»Er hat wahrscheinlich gedacht, dass er sie zu seinem Schutz kauft. Eine kleine, lausige spanische Pistole, du könntest damit einem Straßenräuber sechsmal in die Brust schießen und würdest ihn nicht aufhalten, und alles, wozu sie gut ist, ist, dir das Hirn auszupusten. Vor einem Jahr hatten wir einen Kerl, da war sie nicht mal dazu gut. Hat beschlossen, sich umzubringen, und die Aufgabe nur halb erledigt. Jetzt brennt noch Licht in seinem Kopf, aber ansonsten . . . Jetzt sollte er sich umbringen, bei dem Leben, das er jetzt hat, aber er kann nicht mal mehr die Hände bewegen.« Er zündete sich noch eine Zigarette an. »Willst du morgen vorbeikommen und eine Aussage diktieren?«

Ich sagte ihm, dass ich eine bessere Idee hätte. Ich benutzte Sharis

Schreibmaschine, um eine kurze Aussage mit allen Fakten an den richtigen Stellen zu tippen. Er las sie durch und nickte. »Du weißt, wie es geht«, sagte er. »Spart uns allen Zeit.«

Ich unterschrieb meine Aussage und er fügte sie zu den Dokumenten auf seinem Klemmbrett hinzu. Er blätterte sie durch und sagte: »Seine Frau ist wo? Westchester. Gott sei Dank. Ich werde die Polizei da oben anrufen, dann können die sich damit vergnügen, ihr zu sagen, dass ihr Mann tot ist.«

Ich konnte mich gerade noch davon abhalten, ihm die Information zu geben, dass Prager eine Tochter hatte, die in Manhattan lebte. Es gehörte nicht zu den Dingen, die ich wissen sollte. Wir reichten uns die Hände und er sagte, er wünschte sich, Finch würde zurückkommen. »Der Bastard hat es schon wieder geschafft«, sagte er. »War zu erwarten gewesen. Kann nur hoffen, dass er nicht für eine Extrarunde bleibt. Was durchaus möglich wäre. Er steht auf schwarze Gazellen.«

»Ich bin mir sicher, er wird dir alles genau erzählen.«

»Darauf kannst du dich verlassen.«

Kapitel 13

Ich ging in eine Kneipe, blieb aber nur lange genug, um schnell nacheinander zwei Doppelte zu kippen. Es gab einen Zeitfaktor. Kneipen sind bis vier Uhr morgens geöffnet, aber die meisten Kirchen schließen um sechs oder sieben. Ich spazierte hinüber zur Lexington Avenue, fand eine Kirche und konnte mich nicht daran erinnern, sie früher schon einmal besucht zu haben. Ich achtete nicht auf den Namen. Unsere Liebe Frau des ewigen Bingos, vermutlich.

Es wurde eine Art von Gottesdienst abgehalten, aber ich kümmerte mich nicht darum. Ich zündete ein paar Kerzen an und stopfte ein paar Dollar in die Opferbüchse, dann setzte ich mich in eine der hinteren Bankreihen und wiederholte immer wieder lautlos drei Namen. Jacob Jablon, Henry Prager, Estrellita Rivera, drei Namen, drei Kerzen für drei Leichen.

In meiner schlimmsten Zeit, nachdem ich Estrellita Rivera erschossen hatte, war ich unfähig gewesen, in Gedanken nicht immer wieder das durchzugehen, was an jenem Abend passiert war. Ich versuchte, die Zeit aufzuheben und das Ende zu ändern, wie ein grotesker Vorführer, der den Film rückwärts laufen lässt und so die Kugel zurück in den Lauf der Waffe lenkt. In der neuen Version, die ich der Wirklichkeit aufzwingen wollte, trafen alle meine Kugeln ihr Ziel. Es gab keine Querschläger. Oder wenn es welche gab, waren sie harmlos. Oder Estrellita blieb eine Minute länger im Süßwarenladen, um Bonbons auszuwählen, und befand sich nicht zur falschen Zeit am falschen Ort. Oder—

Es gibt ein Gedicht, das ich in der Highschool lesen musste, und es hatte irgendwo hinten in meinem Schädel an mir genagt, bis ich eines Tages in die Bibliothek ging und es aufspürte. Ein Vierzeiler von Omar Khayyam:

Der Finger bewegt sich und er schreibt; hat er geschrieben,
zieht er fort: Weder deine Frömmigkeit noch dein Verstand
werden ihn zurücklocken, um eine halbe Zeile auszulöschen,
noch werden deine Tränen ein Wort davon wegwaschen.

Ich hatte mit Nachdruck versucht, mir die Schuld an Estrellita Riveras Tod zu geben, aber in gewisser Hinsicht ging es nicht. Ich hatte getrunken gehabt, sicherlich, aber nicht sehr viel, und insgesamt gab es an meiner Treffsicherheit an diesem Abend nichts zu rütteln. Und es war angemessen gewesen, dass ich auf die Räuber geschossen hatte. Sie waren bewaffnet gewesen, sie waren von einem Mord geflüchtet und es hatten sich keine Zivilpersonen in der Schusslinie befunden. Eine Kugel wurde zu einem Querschläger. So etwas kommt vor.

Einer der Gründe, weshalb ich den Dienst quittierte, war, dass so etwas vorkommt. Ich wollte nicht in einer Position sein, in der ich aus den richtigen Gründen das Falsche tun konnte. Weil ich entschieden hatte, dass der Zweck vielleicht nicht die Mittel heiligte, die Mittel aber aber auch nicht den Zweck.

Und jetzt hatte ich bewusst Henry Prager dazu getrieben, sich umzubringen.

Ich hatte es nicht so gesehen, natürlich nicht. Aber ich konnte nicht erkennen, welchen Unterschied das machte. Ich hatte damit begonnen, Druck auf ihn auszuüben, damit er einen zweiten Mord versuchen würde, etwas, das er sonst nie gemacht hätte. Er hatte Schnipser getötet, aber wenn ich einfach Schnipsers Umschlag zerstört hätte, hätte Prager nie wieder jemanden umbringen müssen. Ich hatte ihm einen Grund gegeben, es zu versuchen, und er hatte es versucht und war gescheitert, und dann hatte er sich in die Enge getrieben gefühlt und sich, spontan oder wohlüberlegt, dazu entschlossen, sich selbst zu töten.

Ich hätte den Umschlag zerstören können. Ich hatte keinen Vertrag mit Schnipser abgeschlossen; ich hatte mich nur dazu bereit erklärt, den Umschlag zu öffnen, wenn ich nichts von ihm hören würde. Ich hätte die ganzen dreitausend spenden können anstatt nur den Zehnten. Ich hatte das Geld gebraucht, aber nicht so dringend.

Aber Schnipser hatte auf mich gesetzt, und er hatte gewonnen. Er hatte es selbst genau erklärt: »Der Grund, warum ich denke, dass du es durchziehen wirst, ist etwas, das ich vor langer Zeit an dir bemerkt habe, genauer gesagt, dass du denkst, dass es einen Unterschied zwischen Mord und anderen Verbrechen gibt. Mir geht es genauso. Ich hab mein ganzes Leben lang schlechte Dinge getan, aber nie jemanden ermordet und würde es auch niemals tun. Ich hab Leute gekannt, die jemanden umgebracht hatten, was ich entweder als Tatsache oder als Gerücht wusste, und hab mich von ihnen ferngehalten. So bin ich einfach, und ich denke, dass es dir genauso geht...?«

Ich hätte einfach nichts tun können und Henry Prager wäre nicht in einem Leichensack gelandet. Aber es gibt einen Unterschied zwischen Mord und anderen Verbrechen, und die Welt ist ein schlechterer Ort, wenn Mörder ungestraft herumlaufen dürfen, so wie Henry Prager herumgelaufen wäre, wenn ich nichts getan hätte.

Es hätte einen anderen Weg geben müssen. Genau wie die Kugel als Querschläger nicht den Weg in das Auge eines kleinen Mädchens hätte finden müssen. Aber das sollte man versuchen, dem sich bewegenden Finger zu erklären.

Der Gottesdienst dauerte noch an, als ich die Kirche verließ. Ich ging ein paar Blocks weit, ohne viel darauf zu achten, wo ich mich befand, dann betrat ich eine der Blarney-Stone-Kneipen und empfing das Abendmahl.

Es wurde ein langer Abend.

Der Bourbon weigerte sich, seine Aufgabe zu erfüllen. Ich zog sehr viel umher, denn in jeder Kneipe, die ich aufsuchte, gab es eine Person, deren

Anwesenheit mich nervös machte. Ich sah sie ständig im Spiegel und nahm sie mit, wohin auch immer ich ging. Mein Umherziehen und die nervöse Angespanntheit sorgten wahrscheinlich dafür, dass viel von dem Alkohol verbrannt wurde, bevor er seine Wirkung in mir entfalten konnte, und die Zeit, die ich damit zubrachte herumzulaufen, hätte ich sinnvoller an einem Ort trinkend verbringen können.

Die Art von Kneipen, die ich auswählte, hatte auch etwas damit zu tun, dass ich relativ nüchtern blieb. Normalerweise trinke ich an dunklen, stillen Orten, wo sie einem sechzig Milliliter ins Glas schenken, und wenn sie einen kennen, sogar neunzig. In dieser Nacht suchte ich Blarney Stones und White Roses auf. Die Preise waren deutlich niedriger, aber die Whiskeygläser waren klein, und wenn man für dreißig Milliliter bezahlte, war das alles, was man bekam, und selbst dann war wahrscheinlich noch fast ein Drittel davon Wasser.

In einer Kneipe auf dem Broadway lief das Basketballspiel. Ich guckte mir das letzte Viertel auf einem großen Farbfernseher an. Zu Beginn des Viertels lagen die Knicks mit einem Punkt zurück, am Ende waren es zwölf oder dreizehn. Es war der vierte Sieg für die Celtics.

Der Typ neben mir sagte: »Und nächste Saison werden Lucas und DeBusschere nicht mehr spielen, und Reeds Knie werden immer noch im Arsch sein, und Clyde kann es nicht allein richten, also, Mann, wo zur Hölle sind wir?«

Ich nickte. Was er sagte, hörte sich plausibel an.

»Gleichauf nach drei Vierteln, genau gleichauf drei Viertel lang, und Cowens und Wie-heißt-der-noch raus mit fünf Fouls, und sie treffen den verdammten Korb nicht. Ich meine, sie haben es nicht einmal versucht, oder?«

»Muss an mir liegen«, sagte ich.

»Hä?«

»Sie haben angefangen, den Bach runterzugehen, als ich angefangen hab zuzusehen. Es muss an mir liegen.«

Er musterte mich und trat einen Schritt von mir weg. Er sagte: »Nur mit der Ruhe, Mann. War nicht so gemeint.«

Aber er hatte mich missverstanden. Ich hatte es absolut ernst gemeint.

Ich fand mich im Armstrong's ein, wo man absolut anständige Drinks ausschenkt, aber zu diesem Zeitpunkt hatte ich bereits den Geschmack daran verloren. Ich saß mit einer Tasse Kaffee in der Ecke. Es war ein ruhiger Abend und Trina hatte Zeit, sich zu mir zu gesellen.

»Ich hab Ausschau gehalten«, sagte sie. »Aber nicht mal ein Barthaar von ihm hat sich blicken lassen.«

»Wie bitte?«

»Der Cowboy. Nur meine nette Art und Weise zu sagen, dass er heute Abend nicht hier war. Hatte ich nicht Ausschau halten sollen wie eine gute Nachwuchsagentin?«

»Oh, der Marlboro-Mann. Ich denke, dass ich ihn heute Abend gesehen habe.«

»Hier?«

»Nein, früher. Ich hab heute Abend sehr viele Schatten gesehen.«

»Ist was nicht in Ordnung?«

»Ja.«

»Hey.« Sie legte die Hand auf meine. »Was ist los, Baby?«

»Ich finde immer neue Menschen, für die ich Kerzen anzünden kann.«

»Ich verstehe dich nicht. Du bist nicht betrunken, oder, Matt?«

»Nein, aber nicht, dass ich es nicht versucht hätte. Hab schon bessere Tage gesehen.« Ich nippte am Kaffee, stellte die Tasse zurück auf das karierte Tischtuch. Dann zog ich Schnipsers Silberdollar – nein, meinen Dollar, ich hatte ihn gekauft und bezahlt – aus der Tasche und schnipste ihn an. Ich sagte: »Letzte Nacht hat jemand versucht, mich umzubringen.«

»Mein Gott. Hier in der Gegend?«

»Ein paar Häuser die Straße runter.«

»Kein Wunder, dass du–«

»Nein, das ist es nicht. Heute Nachmittag habe ich mich revanchiert. Ich habe einen Mann getötet.« Ich dachte, sie würde ihre Hand wegnehmen, aber sie tat es nicht. »Ich hab ihn nicht wirklich selbst getötet. Er hat sich eine Pistole in den Mund gesteckt und abgedrückt. Eine kleine spanische Pistole, wie sie tonnenweise aus Carolina hergeschafft werden.«

»Warum hast du dann gesagt, dass du ihn getötet hast?«

»Weil ich ihn in einen Raum gesperrt habe und die Pistole der einzige Ausweg daraus war. Ich hab ihn in die Enge getrieben.«

Sie blickte auf ihre Armbanduhr. »Scheiß drauf«, sagte sie. »Ich kann auch mal eher schlussmachen. Wenn Jimmie mich wegen einer halbe Stunde verklagen will, soll er zum Teufel gehen.« Sie fasste sich mit beiden Händen in den Nacken, um sich die Schürze aufzubinden. Ihre Bewegung betonte die Wölbungen ihrer Brüste.

Sie sagte: »Möchtest du mich nach Hause bringen, Matt?«

Wir hatten uns gegenseitig in den letzten Monaten ein paar Mal geholfen, die Einsamkeit fernzuhalten. Wir mochten uns im Bett und außerhalb davon, und wir hatten beide die unerlässliche Sicherheit, dass es nie zu irgendetwas führen würde.

»Matt?«

»Ich könnte dir heute Nacht nicht viel Gutes tun, Kleine.«

»Du könntest verhindern, dass ich auf dem Nachhauseweg überfallen werde.«

»Du weißt, was ich meine.«

»Ja, Mr. Schnüffler, aber du weißt nicht, was ich meine.« Sie berührte meine Wange mit ihrem Zeigefinger. »Ich würde dich heute Nacht sowieso nicht in meine Nähe lassen. Du solltest dich mal wieder rasieren.« Ihr Gesicht wurde sanft; sie lächelte. »Ich kann dir ein bisschen Kaffee und Gesellschaft anbieten«, sagte sie. »Ich denke, dass du das gebrauchen könntest.«

»Vielleicht könnte ich das.«

»Guten alten Kaffee und Gesellschaft.«

»In Ordnung.«

»Nicht Tee und Mitleid, nichts derartiges.«

»Nur Kaffee und Gesellschaft.«

»Mhm. Nun sag mir, ist das nicht das beste Angebot, das du heute bekommen hast?«

»Ist es«, sagte ich. »Aber das heißt nun wirklich nicht viel.«

Sie machte guten Kaffee und es gelang ihr, eine Flasche Harper hervorzuzaubern, um ihn zu aufzupeppen. Als ich mit dem Erzählen fertig war, war aus der fast vollen Flasche eine fast leere geworden.

Ich erzählte ihr nahezu alles. Ich ließ Dinge aus, durch die Ethridge oder Huysendahl identifiziert werden konnten, und ich ging nicht auf die Einzelheiten von Pragers schmutzigem kleinem Geheimnis ein. Ich verzichtete auch darauf, seinen Namen zu erwähnen, aber ich dachte mir, dass sie von selbst darauf kommen würde, wenn sie sich die Mühe machte, die Morgenausgaben der Zeitungen zu lesen.

Als ich geendet hatte, saß sie ein paar Minuten lang da, den Kopf zur Seite gelegt, die Augen halb geschlossen. Von ihrer Zigarette stieg Rauch auf. Schließlich sagte sie, dass sie keine Möglichkeit sah, wie ich es anders hätte angehen können.

»Denn angenommen, du hättest ihn wissen lassen, dass du kein Erpresser bist, Matt. Angenommen, du hättest mehr Beweise gefunden und wärst zu ihm gegangen. Du hättest ihn bloßgestellt, oder?«

»Auf die eine oder andere Art.«

»Er hat sich umgebracht, weil er Angst davor hatte, bloßgestellt zu werden, und das war, als er gedacht hat, dass du ein Erpresser bist. Wenn er gewusst hätte, dass du ihn an die Polizei ausliefern wirst, hätte er dann nicht das Gleiche getan?«

»Vielleicht hätte er die Gelegenheit dazu nicht bekommen.«

»Nun, vielleicht war es besser für ihn, die Gelegenheit zu haben. Niemand hat ihn dazu gezwungen, sie zu nutzen; es war seine Entscheidung.«

Ich dachte darüber nach. »Irgendetwas stimmt immer noch nicht.«

»Was?«

»Ich weiß es nicht genau. Irgendetwas passt noch nicht so zusammen, wie es eigentlich sollte.«

»Du brauchst immer etwas, wegen dem du dich schuldig fühlen kannst.« Ich vermute, die Beobachtung traf so sehr ins Schwarze, dass man es in meinem Gesicht sehen konnte, denn sie wurde blass. »Es tut mir leid«, sagte sie. »Matt, es tut mir leid.«

»Was?«

»Ich wollte nur, du weißt schon, pfiffig sein.«

»Manch wahres Wort und so weiter.« Ich erhob mich. »Morgen früh wird es besser aussehen. Das tun die Dinge normalerweise.«

»Geh nicht.«

»Ich hatte Kaffee und Gesellschaft. Danke für beides. Und nun sollte ich besser nach Hause gehen.«

Sie schüttelte den Kopf. »Bleib hier.«

»Ich hab dir doch gesagt, Trina–«

»Ich weiß. Ich hab auch keine große Lust auf Sex, um ehrlich zu sein. Aber ich will einfach nicht allein schlafen.«

»Ich weiß nicht, ob ich überhaupt schlafen kann.«

»Dann halt mich in deinen Armen, bis ich eingeschlafen bin. Bitte, Baby.«

Wir gingen ins Bett und hielten einander in den Armen. Vielleicht fing der Bourbon schließlich doch noch an zu wirken oder vielleicht war ich erschöpfter, als ich gedacht hatte, aber ich schlief ein, mit ihr in den Armen.

Kapitel 14

Ich wachte mit pochendem Kopf und einem galligen Geschmack im Mund auf. Ein Zettel auf ihrem Kopfkissen sagte mir, dass ich mir ein Frühstück machen sollte. Das einzige Frühstück, das ich ertragen konnte, befand sich in der Flasche Harper, und ich genehmigte es mir. Zusammen mit ein paar Aspirintabletten aus dem Medizinschränkchen und einer Tasse lausigen Kaffees aus dem Deli im Erdgeschoss machte das meinen Zustand etwas erträglicher.

Das Wetter war gut und die Luft weniger verschmutzt als gewöhnlich. Man konnte sogar den Himmel sehen. Ich ging zurück zu meinem Hotel; unterwegs kaufte ich mir eine Zeitung. Es war fast Mittag. Normalerweise schlief ich nicht so lange.

Ich würde mit ihnen sprechen müssen, mit Beverly Ethridge und Theodore Huysendahl. Ich würde sie wissen lassen müssen, dass sie vom Haken waren, dass sie, genau genommen, gar nicht wirklich am Haken gehangen hatten. Ich fragte mich, wie sie darauf reagieren würden. Wahrscheinlich mit einer Kombination aus Erleichterung und Empörung; letzteres, weil ich sie an der Nase herumgeführt hatte. Nun, das würde ihr Problem sein. Ich hatte selbst genug eigene.

Ich würde persönlich mit ihnen reden müssen, natürlich. Ich konnte das nicht am Telefon erledigen. Ich freute mich nicht darauf, aber ich würde mich besser fühlen, wenn ich es hinter mich gebracht hatte. Zwei kurze Anrufe und zwei kurze Treffen, und ich würde keinen der beiden jemals wieder sehen müssen.

Ich fragte an der Rezeption nach. Es gab keine Post für mich, aber eine Nachricht. Miss Stacy Prager hatte angerufen. Sie hatte eine Nummer hinterlassen, unter der ich sie so bald wie möglich zurückrufen sollte. Es war die Nummer, die ich vom Lion's Head aus angerufen hatte.

Auf meinem Zimmer ging ich die *Times* durch. Prager war auf der Seite mit den Nachrufen unter einer zwei Spalten breiten Überschrift. Nur ein gewöhnlicher Nachruf mit der Aussage, dass er an einer Schusswunde gestorben war, die er sich offensichtlich selbst zugefügt hatte. Es war offensichtlich, richtig. Ich wurde im Text nicht erwähnt. Ich hatte gedacht, dass seine Tochter vielleicht so zu meinem Namen gekommen war. Dann sah ich noch einmal auf den Zettel mit der Nachricht. Sie hatte am Vorabend gegen neun angerufen, und die Frühausgabe der *Times* würde nicht vor elf oder zwölf erhältlich gewesen sein.

Das bedeutete, dass sie meinen Namen von der Polizei erfahren hatte. Oder sie hatte ihn schon früher gehört, von ihrem Vater.

Ich nahm den Hörer in die Hand, dann legte ich ihn wieder auf. Ich wollte nicht wirklich mit Stacy Prager sprechen. Ich konnte mir nicht vorstellen, dass es irgendetwas gab, das ich von ihr hören wollte, und ich wusste, dass es nichts gab, das ich ihr sagen wollte. Die Tatsache, dass ihr Vater ein Mörder war, würde sie nicht von mir erfahren, und auch von sonst niemandem. Schnipser Jablon hatte die Rache bekommen, die er von mir gekauft hatte. Was den Rest der Welt anbetraf, würde Schnipsers Fall für immer ungelöst bleiben. Der Polizei war egal, wer ihn umgebracht hatte, und ich fühlte mich nicht dazu verpflichtet, es ihnen zu verraten.

Ich nahm den Hörer wieder in die Hand und wählte Beverly Ethridges Nummer. Es war besetzt. Ich unterbrach die Verbindung und rief in Huysendahls Büro an. Er war beim Mittagessen. Ich wartete ein paar Minuten und versuchte es noch einmal bei Ethridge, aber es war noch immer besetzt. Ich legte mich auf das Bett und schloss die Augen, und das Telefon klingelte.

»Mr. Scudder? Ich bin Stacy Prager.« Eine junge und ernste Stimme. »Es tut mir leid, dass ich nicht zu erreichen war. Nachdem ich gestern

Abend angerufen hatte, bin ich zu meiner Mutter gefahren, um ihr beizustehen.«

»Ich habe Ihre Nachricht erst vor ein paar Minuten erhalten.«

»Ich verstehe. Nun, wäre es möglich, dass wir uns treffen? Ich bin im Grand Central; ich könnte in ihr Hotel kommen oder Sie treffen, wo Sie möchten.«

»Ich bin mir nicht sicher, wie ich Ihnen helfen könnte.«

Es gab eine Pause. Dann sagte sie: »Vielleicht können Sie es nicht. Ich weiß es nicht. Aber Sie waren die letzte Person, die meinen Vater lebendig gesehen hat, und–«

»Ich habe ihn gestern nicht gesehen, Miss Prager. Ich habe gewartet, um mit ihm zu sprechen, als es passiert ist.«

»Ja, das stimmt. Aber die Sache ist . . . Hören Sie, ich würde Sie wirklich gerne treffen, wenn es möglich ist.«

»Wenn es irgendetwas gibt, mit dem ich Ihnen über das Telefon behilflich sein kann–«

»Kann ich Sie treffen?«

Ich fragte sie, ob sie wusste, wo mein Hotel war. Sie antwortete, dass sie es wusste und in zehn oder zwanzig Minuten dort sein konnte, und sie würde mich von der Rezeption aus anrufen. Ich legte auf und fragte mich, woher sie gewusst hatte, wie ich zu erreichen war. Ich stehe nicht im Telefonbuch. Und ich fragte mich, ob sie von Schnipser Jablon gewusst hatte und ob sie etwas über mich wusste. Wenn der Marlboro-Mann ihr Freund war, und wenn sie an der Planung beteiligt gewesen war . . .?

Falls dem so war, war es logisch anzunehmen, dass sie mich für den Tod ihres Vaters verantwortlich machte. Ich konnte es nicht einmal abstreiten – ich fühlte mich selbst schuldig. Aber ich konnte nicht wirklich glauben, dass sie eine nette kleine Pistole in ihrer Handtasche haben würde. Ich hatte Heaney damit aufgezogen, dass er zu viel Fernsehen guckte. Ich selbst sehe kaum fern.

Sie brauchte fünfzehn Minuten. In dieser Zeit versuchte ich es noch einmal bei Beverly Ethridge und durfte mir ein weiteres Mal den Besetztton anhören. Dann rief mich Stacy von der Rezeption aus an und ich ging nach unten, um sie zu treffen.

Langes dunkles Haar, glatt, in der Mitte gescheitelt. Ein großgewachsenes, schlankes Mädchen mit einem langen, schmalen Gesicht und dunklen, unergründlichen Augen. Sie trug saubere, gut geschnittene Bluejeans und eine lindgrüne Strickjacke über einer einfachen weißen Bluse. Ihre Handtasche war ursprünglich eine andere Jeans gewesen, der man die Beine abgeschnitten hatte. Ich entschied, dass es sehr unwahrscheinlich war, dass sich darin eine Pistole befand.

Wir bestätigten, dass ich Matthew Scudder war und sie Stacy Prager. Ich schlug Kaffee vor und wir gingen ins Red Flame, wo wir uns in eine Nische setzten. Nachdem wir den Kaffee bekommen hatten, sagte ich ihr, dass mir die Sache mit ihrem Vater sehr leid tue, ich mir aber immer noch nicht vorstellen könne, warum sie mich treffen wollte.

»Ich weiß nicht, warum er sich umgebracht hat«, sagte sie.

»Ich auch nicht.«

»Nein?« Ihre Augen suchten auf meinem Gesicht. Ich versuchte mir vorzustellen, wie sie vor ein paar Jahren ausgesehen hatte, wie sie Gras rauchte und Pillen schluckte, ein Kind überfuhr und dann so sehr in Panik geriet, dass sie einfach von dem, was sie getan hatte, davonfuhr. Dieses Bild stand nicht im Einklang mit dem Mädchen auf der anderen Seite des Resopaltisches. Sie schien jetzt aufmerksam, wach und verantwortungsbewusst zu sein, verletzt durch den Tod ihres Vaters, aber stark genug, um darüber hinwegzukommen.

Sie sagte: »Sie sind ein Detektiv.«

»Mehr oder weniger.«

»Was bedeutete das?«

»Ich erledige als Freischaffender persönliche Angelegenheiten für andere Menschen. Nichts davon ist so interessant, wie es sich vielleicht anhört.«

»Und Sie haben für meinen Vater gearbeitet?«

Ich schüttelte den Kopf. »Ich hab ihn letzte Woche einmal gesprochen«, sagte ich und wiederholte die Legende, die ich Jim Heaney auf die Nase gebunden hatte. »Also hab ich Ihren Vater nicht wirklich gekannt.«

»Das ist sehr seltsam«, sagte sie.

Sie rührte ihren Kaffee um, gab mehr Zucker hinein, rührte noch einmal um. Sie nahm einen Schluck und stellte die Tasse zurück auf die Untertasse. Ich fragte sie, warum das seltsam war.

Sie sagte: »Ich habe meinen Vater vorgestern Abend getroffen. Er hat vor meinem Apartment gewartet, als ich von meinen Kursen nach Hause kam. Er hat mich zum Abendessen eingeladen. Das macht er – machte er – ein- oder zweimal die Woche. Aber normalerweise hat er mich vorher angerufen, um es zu vereinbaren. Er sagte, dass er einfach die Anwandlung gehabt hätte und darauf vertraut hatte, dass ich nach Hause kommen würde.«

»Ich verstehe.«

»Er war sehr durcheinander. Ist das das richtige Wort? Er war aufgeregt, er war wegen irgendetwas unruhig. Er hat immer dazu geneigt, sehr launisch zu sein; er war überschwänglich, wenn etwas gut lief, sehr deprimiert, wenn es nicht gut lief. Als ich anfing, mich mit Psychopathologie zu beschäftigen, und das manisch-depressive Syndrom studierte, fühlte ich mich sehr oft an meinen Vater erinnert. Ich meine nicht, dass er in irgendeinem Sinne des Worts geistesgestört war, aber er hatte die gleiche Art von Stimmungsschwankungen. Sie hatten keine negative Auswirkung auf sein Leben, es war einfach so, dass er diese Art von Persönlichkeit besaß.«

»Und er war vorgestern depressiv?«

»Es war mehr als eine Depression. Es war eine Mischung aus Depression und der hyperaktiven Nervosität, die man bekommen kann, wenn man auf Speed ist. Ich hätte vermutet, dass er Amphetamine genommen hatte, wenn ich nicht gewusst hätte, was er von Drogen hielt. Vor ein paar Jahren gab es eine Phase, in der ich selbst Drogen genommen habe, und er hat sehr deutlich gemacht, was er davon hielt. Deshalb hab ich nicht wirklich geglaubt, dass er irgendetwas geschluckt hatte.«

Sie trank wieder von ihrem Kaffee. Nein, es befand sich keine Waffe in ihrer Handtasche. Sie war ein sehr offenes Mädchen. Wenn sie eine Waffe gehabt hätte, hätte sie sie sofort benutzt.

Sie sagte: »Wir haben in einem chinesischen Restaurant in der Nachbarschaft zu Abend gegessen. In der Upper West Side, wo ich wohne. Er hat sein Essen kaum angerührt. Ich selbst war sehr hungrig, aber ich habe die Schwingungen, die von ihm ausgingen, gespürt und deshalb selbst nicht viel gegessen. Er redete über alles Mögliche. Er war sehr besorgt um mich. Er fragte mich mehrmals, ob ich noch Drogen nehmen würde. Ich tue es nicht, und das habe ich ihm auch gesagt. Er fragte mich nach meinem Studium, ob ich mit meinen Kursen glücklich sei und ob ich dachte, auf dem richtigen Weg zu sein, was die zukünftige Bestreitung meines Lebensunterhalts betraf. Er fragte mich, ob ich mit jemandem zusammen wäre, und ich sagte, nein, es gebe nichts Ernstes. Und dann fragte er mich, ob ich Sie kennen würde.«

»Das hat er getan?«

»Ja. Ich antwortete, dass ich den Namen Scudder nur von der Scudder Falls Bridge her kenne. Er fragte mich, ob ich jemals in Ihrem Hotel gewesen wäre – er nannte den Namen des Hotels und fragte mich, ob ich dort gewesen war – und ich sagte nein. Er sagte, dass Sie dort wohnen würden. Ich hab nicht wirklich verstanden, worauf er hinauswollte.«

»Ich verstehe es ebenso wenig.«

»Er hat mich gefragt, ob ich jemals einen Mann gesehen habe, der einen Silberdollar angeschnipst hat. Er nahm ein Fünfundzwanzig-Cent-Stück, schnipste es an und ließ es auf dem Tisch kreiseln, und er fragte mich, ob ich jemals einen Mann gesehen hatte, der so etwas mit einem Silberdollar tat. Ich sagte nein, und ich fragte ihn, ob er sich wohlfühle. Er sagte, dass es ihm gut gehe und es sehr wichtig sei, dass ich mir keine Sorgen um ihn mache. Er sagte, es würde mir, für den Fall, dass ihm etwas zustoßen würde, gutgehen und ich sollte mir keine Sorgen machen.«

»Woraufhin sie nur noch umso besorgter waren.«

»Natürlich. Ich hatte Angst ... Ich hatte Angst vor allen möglichen Dingen und fürchtete mich davor, überhaupt an sie zu denken. Mir kam der Gedanke, dass er beim Arzt gewesen sein könnte und herausgefunden hatte, dass etwas mit ihm nicht stimmte. Aber ich habe den Doktor, zu dem er immer ging, angerufen, gestern Abend. Mein Vater hatte ihn seit seiner jährlichen Vorsorgeuntersuchung im November nicht mehr aufgesucht. Und damals war mit ihm alles in Ordnung gewesen, abgesehen von leicht erhöhtem Blutdruck. Natürlich hätte er auch bei einem anderen Arzt gewesen sein können, es gibt keine Möglichkeit, etwas zu wissen, wenn es sich nicht bei der Obduktion zeigt. In Fällen wie diesem müssen sie eine Obduktion vornehmen. Mr. Scudder?«

Ich blickte sie an.

»Als man mich angerufen hat, als ich hörte, dass er sich umgebracht hat, da war ich nicht überrascht.«

»Sie haben es erwartet?«

»Nicht bewusst. Ich habe es nicht wirklich erwartet, aber als ich es erfuhr, schien es alles zusammenzupassen. Auf die eine oder andere Weise wusste ich, dass er versucht hatte, mir zu sagen, dass er sterben würde. Dass er versucht hatte, die Dinge ins Reine zu bringen, bevor er es tat. Aber ich weiß nicht, warum er es getan hat. Und dann habe ich gehört, dass Sie dort waren, als er es getan hat, und ich habe mich daran erinnert, dass er mich nach Ihnen gefragt hatte, ob ich Sie kennen würde, und ich fragte mich, wie Sie in das alles hineinpassen würden. Ich dachte mir, dass es vielleicht ein Problem in seinem Leben gegeben hat und Sie es in seinem Auftrag untersucht haben, denn der Polizist hat gesagt, dass Sie ein Detektiv sind, und ich habe mich gefragt . . . Ich verstehe einfach nicht, was los war.«

»Ich hab keine Ahnung, warum er meinen Namen erwähnt hat.«

»Sie haben wirklich nicht für ihn gearbeitet?«

»Nein, und ich hatte auch keinen sehr engen Kontakt mit ihm, es war nur eine oberflächliche Angelegenheit. Er sollte die Angaben eines anderen Mannes bestätigen.«

»Dann ergibt es keinen Sinn.«

Ich überlegte. »Wir haben uns letzte Woche eine Zeitlang unterhalten«, sagte ich. »Ich vermute, es ist möglich, dass etwas, das ich gesagt habe, besonderen Eindruck bei ihm hinterlassen hat. Ich habe keine Ahnung, was es gewesen sein könnte, aber wir hatten eine dieser ziellosen Unterhaltungen, und vielleicht hat er etwas aufgegriffen, ohne dass ich es bemerkt habe.«

»Ich vermute, das muss die Erklärung sein.«

»Ich kann mir nichts anderes vorstellen.«

»Und was es auch war, es hat ihn beschäftigt. Deshalb hat er Ihren Namen erwähnt, weil er sich nicht überwinden konnte, das auszusprechen, was Sie gesagt hatten oder was es für ihn bedeutete. Und dann, als seine Sekretärin ihm mitgeteilt hat, dass Sie gekommen waren, muss es irgendwie Dinge in seinem Kopf ausgelöst haben. Ausgelöst. Das ist eine interessante Wortwahl, oder?«

Es hatte Dinge ausgelöst, als die Sekretärin ihm meine Anwesenheit gemeldet hatte. Daran bestand kein Zweifel.

»Der Silberdollar ergibt für mich keinen Sinn. Wenn es nicht um das Lied geht. ›*You can spin a silver dollar on a barroom floor and it'll roll because it's round.*‹ Wie geht es weiter? Irgendwas davon, dass eine Frau nie weiß, was für einen guten Mann sie hat, bevor sie ihn verliert, so in der Art. Vielleicht hat er gedacht, dass er dabei war, alles zu verlieren. Ich weiß es nicht. Ich vermute, seine Gedanken – ich vermute, sie waren nicht sonderlich klar am Ende.«

»Er muss ziemlich unter Druck gestanden haben.«

»Das vermute ich.« Sie wandte einen Moment lang den Blick ab. »Hat er Ihnen gegenüber jemals etwas über mich gesagt?«

»Nein.«

»Sind Sie sicher?«

Ich tat so, als würde ich mich konzentrieren, dann sagte ich, dass ich sicher wäre.

»Ich hoffe nur, dass er erkannt hat, dass mit mir jetzt alles in Ordnung ist. Das ist alles. Wenn er sterben musste, wenn er dachte, dass er sterben müsste, hoffe ich zumindest, dass er wusste, dass es mir gut geht.«

»Ich bin mir sicher, dass er das wusste.«

Sie hatte eine Menge durchgemacht, seit man sie angerufen und es ihr gesagt hatte. Länger als das: seit dem Abendessen beim Chinesen. Und sie machte jetzt eine Menge durch. Aber sie würde nicht weinen. Sie war keine Person, die weinte. Sie war stark. Wenn er die Hälfte ihrer Stärke besessen hätte, hätte er sich nicht umbringen müssen. Er hätte Schnipser gleich am Anfang gesagt, dass er ihn kreuzweise könnte, und er hätte sich nicht erpressen lassen, hätte keinen Mord begangen und hätte keinen zweiten Mord versuchen müssen. Sie war stärker, als er es gewesen war. Ich weiß nicht, wie sehr man auf eine solche Art der Stärke stolz sein kann. Entweder man hat sie oder man hat sie nicht.

Ich sagte: »Also haben Sie ihn dann zum letzten Mal gesehen. Im chinesischen Restaurant.«

»Nun, er hat mich zurück zu meinem Apartment gebracht. Danach ist er nach Hause gefahren.«

»Um wieviel Uhr war das? Als er sich von Ihnen verabschiedet hat?«

»Ich weiß es nicht. Wahrscheinlich gegen zehn oder halb elf, vielleicht ein bisschen später. Warum fragen Sie?«

Ich zuckte mit den Schultern. »Einfach so. Nennen Sie es Gewohnheit. Ich war viele Jahre lang ein Cop. Wenn ein Cop nicht mehr weiß, was er sagen soll, fängt er an, Fragen zu stellen. Es spielt kaum eine Rolle, um was für Fragen es sich dabei handelt.«

»Das ist interessant. Eine Art von angelerntem Reflex.«

»Ich vermute, so kann man es bezeichnen.«

Sie atmete tief ein. »Nun«, sagte sie, »ich möchte mich bei Ihnen dafür bedanken, dass Sie sich mit mir getroffen haben. Ich habe Ihre Zeit vergeudet—«

»Ich habe mehr als genug Zeit. Ich habe nichts dagegen, sie ab und an zu vergeuden.«

»Ich wollte einfach nur alles, was möglich ist, erfahren … über ihn. Ich dachte, dass es etwas geben könnte, dass er mir eine letzte Botschaft hinterlassen haben könnte. Eine Nachricht oder einen Brief, den er abgeschickt haben könnte. Ich denke, es gehört zu der Nichtakzeptanz seines Todes, dass ich nicht glauben kann, dass ich niemals wieder irgendetwas von ihm hören werde. Ich dachte – nun, haben Sie trotzdem vielen Dank.«

Ich wollte nicht, dass Sie sich bei mir bedankte. Sie hatte keinen Grund der Welt, mir dankbar zu sein.

Eine Stunde später oder so gelang es mir, Beverly Ethridge zu erreichen. Ich sagte ihr, dass ich mich mit ihr treffen wollte.

»Ich dachte, ich hätte Zeit bis Dienstag. Erinnern Sie sich?«

»Ich will Sie heute Abend sehen.«

»Heute Abend ist unmöglich. Ich habe das Geld noch nicht, und Sie waren damit einverstanden, dass es eine Woche dauern würde.«

»Es geht um etwas anderes.«

»Um was?«

»Nicht am Telefon.«

»Mein Gott«, sagte sie. »Heute ist es absolut unmöglich, Matt. Ich habe eine Verpflichtung.«

»Ich dachte, Kermit ist beim Golfen.«

»Das bedeutet nicht, dass ich zu Hause herumsitze.«

»Das kann ich mir vorstellen.«

»Sie sind wirklich ein Schwein, oder? Ich bin auf eine Party eingeladen. Eine absolut seriöse Party, die Art von Party, bei der man seine Kleidung anbehält. Ich könnte Sie morgen treffen, wenn es unbedingt nötig ist.«

»Ist es.«

»Wann und wo?«

»Wie wäre es im Polly's? Sagen wir gegen acht.«

»Polly's Cage. Der Laden ist ein bisschen billig, oder?«

»Ein bisschen«, stimmte ich zu.

»Genau wie ich, oder?«

»Das habe ich nicht gesagt.«

»Nein, Sie sind immer der perfekte Gentleman. Um acht im Polly's. Ich werde dort sein.«

Ich hätte ihr sagen können, dass sie sich entspannen solle, dass das Spiel vorüber war, anstatt sie für einen weiteren Tag unter dem Druck leiden zu lassen. Aber ich dachte mir, dass sie den Druck ertragen konnte. Und ich wollte ihr Gesicht sehen, wenn ich sie vom Haken ließ. Ich weiß nicht, warum. Vielleicht war es die besondere Spannung, die zwischen uns beiden herrschte, aber ich wollte dort sein, wenn sie herausfand, dass sie nichts mehr zu befürchten hatte.

Zwischen Huysendahl und mir herrschte keine derartige Spannung. Ich rief in seinem Büro an, konnte ihn dort aber nicht erreichen, und einer Intuition folgend versuchte ich es bei ihm zu Hause. Er war nicht da, aber ich konnte mit seiner Frau sprechen. Ich ließ ihm ausrichten, dass ich ihn um zwei am nächsten Tag in seinem Büro aufsuchen würde und dass ich morgen Vormittag noch einmal anrufen würde, um mir den Termin bestätigen zu lassen.

»Und noch etwas«, sagte ich. »Bitte sagen Sie ihm, dass er sich absolut keine Sorgen machen muss. Richten Sie ihm aus, dass alles in Ordnung ist und sich alles ergeben wird.«

»Und er wird wissen, was das bedeutet?«

»Wird er.«

Ich ruhte mich für eine Weile aus, genehmigte mir einen späten Happen beim Franzosen am Ende des Blocks, dann ging ich wieder zurück auf mein Zimmer und las eine Zeitlang. Ich war nahe dran, früh schlafen zu gehen, aber gegen elf fühlte sich mein Zimmer mehr als gewöhnlich an wie eine Klosterzelle. Das konnte auch damit zusammenhängen, dass ich in einem Buch mit Biografien von Heiligen gelesen hatte.

Draußen überlegte sich das Wetter gerade, ob es regnen sollte oder nicht. Die Entscheidung stand noch aus. Ich ging um die Ecke ins Armstrong's. Trina begrüßte mich mit einem Lächeln und brachte mir einen Drink.

Ich blieb nur etwa eine Stunde lang dort. Ich dachte ziemlich viel über Stacy Prager nach, und noch mehr über ihren Vater. Ich mochte mich jetzt, nachdem ich das Mädchen kennengelernt hatte, noch etwas weniger. Andererseits musste ich dem, was Trina in der Nacht zuvor gesagt hatte, zustimmen. Er hatte tatsächlich das Recht besessen, diesen Ausweg aus seinen Problemen zu wählen, und nun blieb seiner Tochter zumindest das Wissen erspart, dass ihr Vater einen Mann getötet hatte. Die Tatsache seines Todes war schrecklich, aber es fiel mir schwer, mir ein Szenario zusammenzubasteln, bei dem es für ihn hätte besser laufen können.

Als ich die Rechnung verlangte, brachte Trina sie mir und nahm auf dem Rand meines Tisches Platz, während ich die Scheine abzählte. »Du siehst ein bisschen froher aus«, sagte sie.

»Wirklich?«

»Ein kleines bisschen.«

»Nun, ich hatte letzte Nacht den besten Schlaf seit Langem.«

»Ist das so? Ich seltsamerweise auch.«

»Gut.«

»Ziemlicher Zufall, meinst du nicht auch?«

»Verdammt großer Zufall.«

»Was beweist, dass es bessere Einschlafhilfen als Seconal gibt.«

»Aber man sollte sie sparsam dosieren.«

»Weil man sich sonst daran gewöhnt?«

»So ungefähr.«

Ein Typ zwei Tische weiter versuchte, ihre Aufmerksamkeit zu erregen. Sie blickte kurz in seine Richtung, dann wandte sie sich wieder mir zu. Sie sagte: »Ich glaube nicht, dass es jemals eine Gewohnheit werden wird. Du bist zu alt und ich bin zu jung, und du bist zu verschlossen und ich bin zu labil. Und wir sind beide ziemlich eigenartig.«

»Daran gibt es nichts zu deuteln.«

»Aber ab und zu kann ja nicht schaden, oder?«

»Nein.«

»Es ist sogar irgendwie nett.«

Ich nahm ihre Hand und drückte sie. Sie grinste kurz, nahm mein Geld und ging davon, um herauszufinden, was die Nervensäge zwei Tische weiter wollte. Ich saß einen Moment lang da und sah ihr nach, dann erhob ich mich und verließ die Kneipe.

Es regnete jetzt, ein kalter Regen, der von einem fiesen Wind getrieben wurde. Der Wind wehte nach Norden und ich ging Richtung Süden, was mich nicht sonderlich glücklich machte. Ich zögerte und fragte mich, ob ich für einen weiteren Drink wieder reingehen sollte, um dem Regen die Chance zu geben, das Schlimmste hinter sich zu bringen. Ich entschied, dass es das nicht wert war.

Also ging ich Richtung 57th Street, und ich sah die alte Bettlerin im Eingangsbereich von Sartor Resartus. Ich wusste nicht, ob ich ihren Fleiß bewundern oder mir Sorgen um sie machen sollte; normalerweise war sie in solchen Nächten nicht draußen. Aber der Himmel war bis vor Kurzem noch klar gewesen, weshalb ich vermutete, dass sie ihren Posten eingenommen hatte und dann vom Regen überrascht worden war.

Ich ging weiter und griff auf der Suche nach Kleingeld in meine Tasche. Ich hoffte, dass sie nicht enttäuscht sein würde, aber sie konnte nicht jede Nacht von mir zehn Dollar erwarten. Nur, wenn sie mir das Leben rettete.

Ich hatte die Münzen in der Hand und sie kam aus dem Eingang, als ich ihn erreichte. Aber es war nicht die alte Frau.

Es war der Marlboro-Mann, und er hielt ein Messer in der Hand.

Kapitel 15

Er stürzte auf mich zu, das Messer von unten nach oben schwingend, und wenn es nicht geregnet hätte, hätte er mich erwischt. Aber ich hatte Glück. Sein Fuß rutschte auf dem nassen Bürgersteig aus und er musste den Stoß abrechen, um das Gleichgewicht zurückzuerlangen. Das gab mir genug Zeit, um zu reagieren, vor ihm zurückzuweichen und mich auf seinen nächsten Versuch einzustellen.

Ich musste nicht lange warten. Ich stand auf den Fußballen, die Arme an meinen Seiten herabhängend, mit einem kribbelnden Gefühl in den Händen und einer pulsierenden Ader an der Schläfe. Er bewegte sich hin und her, seine breiten Schultern bewegten sich und täuschten an, und dann ging er auf mich los. Ich hatte seine Füße beobachtet und war bereit. Ich wich nach links aus, drehte mich um mich selbst und trat nach seiner Kniescheibe. Und verfehlte sie. Ich ließ mich davon aber nicht unterkriegen und hatte wieder eine Verteidigungshaltung eingenommen, bevor er bereit für einen weiteren Angriff war.

Er begann, sich nach links zu bewegen. Er umkreiste mich wie ein Berufsboxer seinen Gegner, und als er einen Halbkreis vollzogen hatte und mit dem Rücken zur Straße stand, wurde mir klar warum. Er wollte mich in die Enge treiben, damit ich nicht fliehen konnte.

Er hätte sich die Mühe sparen können. Er war jung und fit, athletisch und gesund. Ich war zu alt und zu schwer, und seit zu vielen Jahren war der einzige Sport, den ich betrieb, das Anwinkeln meines Ellbogens. Wenn ich versucht hätte davonzulaufen, hätte ich nur erreicht, dass er meinen Rücken als Zielscheibe bekam.

Er beugte sich vor und ließ das Messer von einer Hand in die andere wandern. Das sieht in Filmen gut aus, aber ein Mann, der wirklich mit einem Messer umgehen kann, verschwendet keine Zeit auf diese Weise. Sehr wenige Menschen sind wirklich beidhändig. Er hatte am Anfang das Messer in der rechten Hand gehalten und ich wusste, dass es in seiner Rechten sein würde, wenn er den nächsten Angriff unternahm. Deshalb bewirkte seine Händchen-wechsle-dich-Nummer nur, dass ich durchschnaufen und mich auf sein Timing einstellen konnte.

Es gab mir auch ein wenig Hoffnung. Wenn er Energie mit solchen Mätzchen vergeudete, war er doch nicht so überaus geschickt mit dem Messer, und wenn er amateurhaft genug war, hatte ich eine Chance.

Ich sagte: »Ich hab nicht viel Geld bei mir, aber Sie können es haben.«

»Ich will dein Geld nicht, Scudder. Nur dich.«

Keine Stimme, die ich schon einmal gehört hatte, und gewiss kein New Yorker. Ich fragte mich, wo Prager ihn aufgetrieben hatte. Aufgrund meines Gesprächs mit Stacy war ich mir ziemlich sicher, dass er nicht ihr Typ war.

»Sie begehen einen Fehler«, sagte ich.

»Es ist dein Fehler, Mann. Und du hast ihn bereits gemacht.«

»Henry Prager hat sich gestern umgebracht.«

»Ja? Ich werde ihm Blumen schicken.« Hin und her mit dem Messer, die Knie angespannt, entspannt. »Ich werde dich richtig aufschlitzen, Mann.«

»Das denke ich nicht.«

Er lachte. Im Licht der Straßenlampen konnte ich seine Augen sehen und wusste nun, was Billie gemeint hatte. Er hatte mörderische Augen, die Augen eines Psychopathen.

Ich sagte: »Ich würde dich fertigmachen, wenn ich auch ein Messer hätte.«

»Bestimmt würdest du das, Mann.«

»Ich würde dich sogar mit einem Regenschirm fertigmachen.« Und was ich mir wirklich wünschte, war, dass ich einen Regenschirm oder einen Spazierstock hätte. Alles, was einem eine gewisse Reichweite verschafft, ist zur Verteidigung gegen ein Messer besser geeignet als ein eigenes Messer. Besser als alles andere, abgesehen von einer Schusswaffe.

Ich hätte in diesem Augenblick auch nichts gegen eine Pistole gehabt. Als ich den Polizeidienst quittiert hatte, war ein unmittelbarer Vorteil gewesen, dass ich nicht mehr in jedem wachen Augenblick eine Waffe mit mir herumschleppen musste. Für mich war es damals sehr wichtig gewesen, keine Waffe zu tragen. Trotzdem fühlte ich mich danach mehrere Monate lang nackt. Ich hatte fünfzehn Jahre lang eine Pistole getragen und man gewöhnt sich irgendwie an das Gewicht.

Wenn ich jetzt eine Schusswaffe gehabt hätte, hätte ich damit schießen müssen. Das konnte ich über ihn sagen. Der Anblick einer Pistole würde nicht dafür sorgen, dass er das Messer fallen ließ. Er war entschlossen, mich zu töten, und nichts würde ihn davon abhalten, es zu versuchen. Wo hatte Prager ihn gefunden? Er war offensichtlich kein Profi. Natürlich, viele Leute engagieren Amateurmörder, und falls Prager nicht doch Kontakte zur Mafia gehabt hatte, die mir verborgen geblieben waren, hatte er wahrscheinlich keinen Zugriff auf professionelle Auftragskiller gehabt.

Solange nicht–

Das hätte meine Gedanken beinahe in völlig neue Bahnen gelenkt, und wenn es etwas gab, das ich mir in diesem Augenblick absolut nicht erlauben konnte, war es, meine Gedanken abschweifen zu lassen. Ich wandte mich schleunigst wieder der Realität zu, als ich sah, dass sich der Rhythmus seiner schleppenden Fußbewegungen änderte, und ich war bereit, als er auf mich eindrang. Ich hatte meine Bewegungen geplant und mit seinen abgestimmt; ich führte meinen Tritt genau in dem Moment aus, als er zustoßen wollte, und hatte das Glück, sein Handgelenk zu treffen. Er verlor das Gleichgewicht, konnte aber vermeiden, zu Boden zu gehen, und auch wenn ich erreichte, dass er das Messer losließ, flog es doch nicht weit genug, um mir viel zu nützen. Er fand sein Gleichgewicht wieder und langte nach dem Messer; er bekam es zu fassen, bevor ich meinen Fuß daraufstellen konnte. Er krabbelte rückwärts fast bis zum Straßenrand, und bevor ich mich auf ihn stürzen könnte, hatte er das Messer wieder an seiner Seite und ich musste zurückweichen.

»Jetzt bist du tot, Mann.«

»Mit Worten kannst du gut umgehen. Ich hab dich gerade fast gehabt.«

»Ich denke, ich werde dir den Bauch aufschneiden, Mann. Damit du schön langsam verreckst.«

Je mehr ich mit ihm sprach, desto mehr Zeit würde er sich zwischen den Angriffen lassen. Und je mehr Zeit er sich ließ, desto größer war die Wahrscheinlichkeit, dass noch jemand auf dieser Party eintreffen würde, bevor der Ehrengast mit der Spitze eines Messers Bekanntschaft machte. Normalerweise kamen hier regelmäßig Taxis vorbei, wenn auch nicht übermäßig häufig, und aufgrund des Wetters war niemand zu Fuß unterwegs. Ein Streifenwagen wäre durchaus willkommen gewesen, aber wie heißt es so schön: Die Polizei ist nie da, wenn man sie braucht.

Er sagte: »Komm schon, Scudder. Versuch, mich zu erledigen.«

»Ich hab Zeit.«

Er fuhr mit seinem Daumen die Schneide des Messers entlang. »Es ist scharf«, sagte er.

»Das glaube ich gerne.«

»Oh, ich werde es dir beweisen, Mann.«

Er wich ein wenig zurück und bewegte sich in dem mir schon bekannten, schleppenden Gang. Ich wusste, was kommen würde. Er würde mit dem Kopf voraus auf mich zustürzen, was bedeutete, dass es nicht länger ein Fechtkampf sein würde, denn wenn er mich beim ersten Ausfall nicht erwischte, würde er mich zu Boden reißen und wir würden dort miteinander kämpfen, bis nur noch einer von uns aufstehen konnte. Ich beobachtete seine Füße und vermied es, auf seine Schulterfinten hereinzufallen. Als er kam, war ich bereit.

Ich ließ mich auf ein Knie fallen und duckte mich, als er auf mich eindrang. Die Hand mit dem Messer glitt über meine Schulter und ich richtete mich unter ihm auf, meine Arme um seine Beine geschlungen. In einer

Bewegung drehte ich mich und wuchtete ihn. Ich nutzte die Kraft meiner Beine und warf ihn so hoch und so weit ich konnte, im Wissen, dass er das Messer loslassen würde, wenn er aufprallte, und dass ich schnell genug bei ihm sein würde, um es wegzutreten und meine Schuhspitze in die Seite seines Kopfes zu bohren.

Aber er ließ das Messer nicht los. Er flog hoch in die Luft, seine Beine traten vergeblich nach nichts und er drehte sich gemächlich wie ein Turmspringer. Aber als er aufkam, befand sich kein Wasser im Schwimmbecken. Er hatte eine Hand ausgestreckt, um den Aufprall abzumildern, aber er landete nicht richtig. Der Aufprall seines Kopfes auf dem Beton hörte sich an wie eine Melone, die aus dem zweiten Stock fallengelassen worden war. Ich war mir ziemlich sicher, dass er eine Schädelfraktur erlitten hatte, was allein schon genügen kann, um einen umzubringen.

Ich ging hinüber, blickte ihn an und wusste, dass es egal war, ob er einen Schädelbruch erlitten hatte oder nicht, denn er war auf dem Hinterkopf gelandet, während er nach vorne gefallen war. Er lag nun in einer Haltung, die man nur einnehmen konnte, wenn man sich das Genick gebrochen hatte. Ich suchte nach seinem Puls, erwartete keinen zu finden und fand auch keinen. Ich drehte ihn auf den Rücken, legte mein Ohr auf seine Brust und hörte nichts. Er hatte noch immer das Messer in der Hand, aber es würde ihm jetzt nichts mehr nützen.

»Heilige Scheiße.«

Ich blickte hoch. Es war einer der Griechen aus dem Viertel, der normalerweise im Spiro and Antares trank. Wir grüßten uns ab und zu. Ich kannte seinen Namen nicht.

»Ich hab gesehen, was passiert ist«, sagte er. »Der Hundesohn hat versucht, Sie zu töten.«

»Das ist genau das, was Sie der Polizei erklären können.«

»Scheiße, nein. Hab nichts gesehen, wenn Sie wissen, was ich meine.«

Ich sagte: »Mir egal, was Sie meinen. Was denken Sie, wie schwer es für mich sein wird, Sie zu finden, wenn ich möchte? Gehen Sie zurück ins Spiro, nehmen Sie den Hörer in die Hand und wählen Sie neun-eins-eins.

Sie müssen nicht mal Geld einwerfen. Sagen Sie, dass Sie dem Achtzehnten Revier einen Todesfall melden wollen und geben Sie denen die Adresse.«

»Ich weiß nicht.«

»Sie müssen nichts wissen. Sie müssen nur tun, was ich Ihnen gerade gesagt habe.«

»Scheiße, er hält ein Messer in der Hand, jeder kann sehen, dass es Notwehr war. Er ist tot, oder? Sie haben Todesfall gesagt, und so wie sein Hals verbogen ist ... Man kann nicht mehr auf der verdammten Straße herumlaufen, die ganze verdammte Stadt ist ein verdammter Dschungel.«

»Gehen Sie anrufen.«

»Hören Sie–«

»Du dämlicher Hurensohn, ich werde dir mehr Schwierigkeiten bereiten, als du dir vorstellen kannst. Willst du, dass dich die Cops für den Rest deines Lebens in den Wahnsinn treiben? Los jetzt, geh telefonieren!«

Er zog ab.

Ich kniete neben der Leiche nieder und durchsuchte sie schnell aber gründlich. Wonach ich suchte, war ein Name, aber es gab nichts, wodurch man ihn hätte identifizieren können. Keine Brieftasche, nur eine Geldscheinklammer in Form eines Dollarzeichens. Aus Sterlingsilber, so sah es zumindest aus. Er trug etwas mehr als dreihundert Dollar bei sich. Ich steckte die Ein- und Fünf-Dollar-Scheine zurück in die Klammer und schob sie wieder in seine Tasche. Den Rest steckte ich ein. Ich konnte das Geld besser gebrauchen als er.

Dann stand ich herum und wartete auf die Polizei. Ich fragte mich, ob mein kleiner Freund sie angerufen hatte. Während ich wartete, hielten von Zeit zu Zeit Taxis an, deren Fahrer sich erkundigten, was passiert war und ob sie helfen konnten. Diese Mühe hatte sich niemand gemacht, als der Marlboro-Mann mit seinem Messer in meine Richtung gefuchtelt hatte, aber nun, da er tot war, wollte jeder der Gefahr ins Auge sehen. Ich schickte sie weg und wartete weiter, und schließlich kam ein Streifenwagen um die Ecke aus der 57th Street und ignorierte den Umstand, dass die 9th Avenue als Einbahnstraße Richtung Süden führt. Sie schalteten die Sirene ab und trotteten zu mir und der Leiche. Zwei Männer in Zivilkleidung; ich kannte keinen von beiden.

Ich erklärte ihnen knapp, wer ich war und was passiert war. Der Umstand, dass ich selbst ein Ex-Cop war, erwies sich keineswegs als Nachteil. Ein weiterer Wagen kam herangefahren, während ich redete, die Spurensicherung, und dann traf auch ein Krankenwagen ein.

Zu den Leuten von der Spurensicherung sagte ich: »Ich hoffe, ihr nehmt seine Fingerabdrücke. Nicht erst, nachdem ihr ihn ins Leichenschauhaus gebracht habt. Nehmt sie jetzt.«

Sie fragten nicht, für wen ich mich hielt, ihnen Befehle zu erteilen. Ich denke, sie gingen davon aus, dass ich ein Cop war und auf der Rangleiter ziemlich weit über ihnen stand. Die Zivilbeamten, mit denen ich gesprochen hatte, blickten mich mit hochgezogenen Augenbrauen an.

»Fingerabdrücke?«

Ich nickte. »Ich will wissen, wer er ist, und er trägt keine Papiere bei sich.«

»Sie haben nachgesehen?«

»Ich habe nachgesehen.«

»Das hätten Sie nicht tun dürfen, wie Sie bestimmt wissen.«

»Ja, das weiß ich. Aber ich wollte herausfinden, wer sich die Mühe machen wollte, mich umzubringen.«

»Es war doch nur ein Raubüberfall, oder?«

Ich schüttelte den Kopf. »Er hat mich vor ein paar Tagen beschattet. Und jetzt hat er auf mich gewartet, und er hat mich mit meinem Namen angesprochen. Der gewöhnliche Straßenräuber gibt sich nicht so viel Mühe, seine Opfer auszuforschen.«

»Nun, wir nehmen die Abdrücke, dann werden wir sehen, was wir herausfinden können. Warum würde jemand Sie umbringen wollen?«

Ich ignorierte die Frage. Ich sagte: »Ich weiß nicht, ob er von hier ist oder nicht. Ich bin mir sicher, dass es irgendwo eine Akte über ihn gibt, aber vielleicht wurde er noch nie in New York geschnappt.«

»Nun, wir werden nachgucken und es herausfinden. Er sieht nicht gerade so aus, als ob er eine weiße Weste hätte, oder?«

»Ziemlich unwahrscheinlich.«

»Washington wird etwas über ihn haben, wenn es bei uns nichts gibt. Wollen Sie mit rüberkommen aufs Revier? Gibt bestimmt noch ein paar Jungs, die Sie aus der alten Zeit kennen.«

»Klar«, sagte ich. »Ist Gagliardi noch für den Kaffee zuständig?«

Sein Gesicht verdüsterte sich. »Er ist gestorben«, sagte er. »Vor etwa zwei Jahren. Herzinfarkt. Er saß an seinem Schreibtisch, und dann ist er einfach hopsgegangen.«

»Das hatte ich nicht gewusst. Ein Jammer.«

»Ja, er war in Ordnung. Und er hat guten Kaffee gemacht.«

Kapitel 16

Meine vorläufige Aussage war vage. Der Mann, der sie aufnahm, ein Detective namens Birnbaum, wies mich darauf hin. Ich hatte einfach gesagt, dass ich zu einem gewissen Zeitpunkt an einem gewissen Ort von einer mir unbekannten Person angegriffen worden war, dass der Angreifer mit einem Messer bewaffnet gewesen war, dass ich keine Waffe gehabt hatte und dass ich mich verteidigt hatte. Dazu hatte auch gehört, den Angreifer so wegzuschleudern, dass der Aufprall, obwohl ich das nicht beabsichtigt hatte, für seinen Tod gesorgt hatte.

»Der Dreckskerl hat deinen Namen gekannt«, sagte Birnbaum. »Das hast du zumindest gesagt.«

»Richtig.«

»Das steht hier nicht drin.« Er hatte eine Stirnglatze und machte eine Pause, um sich dort zu reiben, wo früher einmal Haare gewesen waren. »Du hast Lacey auch gesagt, dass der Typ dich in den letzten Tagen beschattet hat.«

»Ich habe ihn einmal mit Sicherheit bemerkt, und ich denke, dass ich ihn noch zu ein paar anderen Zeiten gesehen habe.«

»Mhm. Und du willst warten, bis wir die Fingerabdrücke überprüft und herausgefunden haben, um wen es sich handelt.«

»Richtig.«

»Du hast nicht gewartet, um zu sehen, ob wir irgendwelche Papiere bei ihm finden. Was bedeutet, dass du wahrscheinlich selbst schon nachgesehen hast und wusstest, dass er nichts bei sich trug.«

»Vielleicht war es nur so ein Gefühl«, schlug ich vor. »Wenn man loszieht, um jemanden zu ermorden, nimmt man wahrscheinlich keinen Ausweis mit. Das ist zumindest eine Vermutung von mir.«

Er hob die Augenbrauen, dann zuckte er mit den Schultern. »Wir können es dabei belassen, Matt. Es kommt häufig vor, dass ich Wohnungen durchsuche, wenn niemand zu Hause ist, und man sollte nicht glauben, wie oft die Bewohner unvorsichtig waren und die Tür offen gelassen haben. Denn natürlich würde ich nie im Leben daran denken, mir mit einer Plastikkarte Zutritt zu verschaffen.«

»Weil das ein Einbruch wäre.«

»Und so etwas würden wir nicht tun, nicht wahr?« Er grinste, dann nahm er meine Aussage wieder in die Hand. »Es gibt Dinge, die du über diesen Vogel weißt und die du uns nicht sagen willst. Richtig?«

»Nein. Es gibt Dinge, die ich nicht weiß.«

»Das verstehe ich nicht.«

Ich nahm mir eine Zigarette aus seiner Packung, die auf dem Tisch lag. Wenn ich nicht aufpasste, würde ich mir das Rauchen wieder angewöhnen. Ich verbrachte einige Zeit damit, sie anzuzünden, während ich mir die richtigen Worte überlegte.

Ich sagte: »Ihr werdet in der Lage sein, einen Fall zu lösen, denke ich. Einen Mordfall.«

»Gib mir einen Namen.«

»Noch nicht.«

»Hör zu, Matt–«

Ich nahm einen Zug. Ich sagte: »Ich will es noch eine Zeitlang auf meine Weise tun. Ich werde dir einen Teil erzählen, aber im Moment kommt noch nichts in die Akten. Ihr habt bereits genug, um das, was heute Nacht passiert ist, als Totschlag aus Notwehr abzuwickeln, oder? Ihr habt einen Zeugen und ihr habt eine Leiche mit einem Messer in der Hand.«

»Und?«

»Der Tote wurde angeheuert, um mich zu ermorden. Wenn ich weiß, wer er ist, werde ich wahrscheinlich auch wissen, wer ihn angeheuert hat.

Ich denke, dass er vor einiger Zeit auch angeheuert wurde, um jemand anderen zu töten. Und wenn ich seinen Namen und seine Herkunft kenne, werde ich in der Lage sein, genug Beweise zu sammeln, damit die Person, die ihn beauftragt hat, hinter Gitter kommt.«

»Und bis dahin kannst du noch nicht mehr darüber sagen?«

»Nein.«

»Gibt es einen bestimmten Grund?«

»Ich will nicht, dass die falsche Person in Schwierigkeiten gerät.«

»Du willst es lieber im Alleingang machen, oder?«

Ich zuckte mit den Schultern.

»Wir lassen die Abdrücke gerade im Präsidium prüfen. Wenn er dort nicht zu finden ist, werden wir sie runter nach Washington zum FBI schicken. Das könnte eine lange Nacht werden.«

»Ich werde warten, wenn das okay ist.«

»Mir ist es sogar lieber, wenn du das tust. Es gibt eine Couch im Büro des Lieutnants, wenn du dich eine Weile aufs Ohr hauen willst.«

Ich sagte, ich würde warten, bis sie eine Antwort aus dem Präsidium erhielten. Er fand etwas, um sich zu beschäftigen, und ich ging in ein leeres Büro und schnappte mir eine Zeitung. Ich denke, ich musste eingeschlafen sein, denn plötzlich schüttelte Birnbaum mich an der Schulter. Ich öffnete die Augen.

»Nichts im Präsidium, Matt. Der Junge wurde noch nie in New York geschnappt.«

»Das hatte ich vermutet.«

»Ich dachte, du weißt nichts über ihn.«

»Tu ich auch nicht. Wie ich dir gesagt habe, ich hab so meine Vermutungen.«

»Du könntest uns eine Menge Arbeit ersparen, wenn du uns sagst, wo wir suchen sollen.«

Ich schüttelte den Kopf. »Ich kann mir nichts Schnelleres denken, als in Washington nachzufragen.«

»Die Fingerabdrücke sind schon unterwegs. Kann aber trotzdem noch ein paar Stunden dauern, und draußen wird's schon hell. Warum gehst du nicht nach Hause und ich ruf dich an, wenn wir was bekommen?«

»Ihr habt einen vollen Satz. Erledigt das FBI so was heutzutage nicht mit einem Computer?«

»Klar. Aber jemand muss dem Computer sagen, was er tun soll, und die nehmen sich ihre Zeit da unten. Geh nach Hause und schlaf eine Runde.«

»Ich werde warten.«

»Wie du willst.« Er ging zur Tür, dann drehte er sich um, um mich an die Couch im Büro des Lieutnants zu erinnern. Aber die Zeit, die ich auf dem Stuhl geschlummert hatte, hatte mein Bedürfnis nach Schlaf gestillt. Ich war erschöpft, gewiss, aber es war mir nicht länger möglich zu schlafen. Zu viele Rädchen in meinem Gehirn hatten angefangen sich zu drehen, und ich konnte sie nicht abschalten.

Er musste Pragers Mann sein. Es musste einfach so zusammenpassen. Entweder hatte er irgendwie die Nachricht verpasst, dass Prager tot und aus dem Spiel war, oder er hing eng mit Prager zusammen und wollte mich aus Trotz tot sehen. Oder er war irgendwie über einen Mittelsmann angeheuert worden und hatte nicht gewusst, dass Prager etwas mit der Sache zu tun hatte. Irgendwie, irgendwas, denn ansonsten–

Ich wollte nicht über das »Ansonsten« nachdenken.

Ich hatte Birnbaum die Wahrheit gesagt. Ich hatte ein Gefühl, und je mehr ich über es nachdachte, desto mehr glaubte ich daran, und gleichzeitig hoffte ich, mich zu irren. Und so saß ich auf dem Revier, las Zeitungen, trank unzählige Tassen schwachen Kaffees und versuchte, nicht an all die Dinge zu denken, an die zu denken ich nicht vermeiden konnte. Irgendwann ging Birnbaum nach Hause, nachdem er einem anderen Detective namens Guzik die Sache erklärt hatte, und gegen halb zehn kam Guzik zu mir und sagte, dass Washington ihn identifiziert hatte.

Er las von dem Fernschreiben ab: »Lundgren, John Michael. Geburtsdatum vierzehnter März dreiundvierzig. Geburtsort San Bernadino, Kalifornien. 'Ne ganze Latte von Festnahmen, Matt. Einkünfte aus gewerbsmäßiger Unzucht, Körperverletzung, Körperverletzung mit tödlicher

Waffe, Kraftfahrzeugdiebstahl, schwerer Diebstahl. Hat die ganze West-küste rauf und runter Zeit im Knast verbracht und länger in San Quentin gesessen.«

»Er saß auch für mindestens ein Jahr in Folsom«, sagte ich. »Ich weiß nicht, ob man ihn wegen Erpressung oder Diebstahl verurteilt hat. Sollte noch nicht so lange her sein.«

Er blickte zu mir hoch. »Ich dachte, du kennst ihn nicht.«

»Tu ich auch nicht. Er hatte eine Erpressungsmasche am Laufen. Wurde in San Diego verhaftet, und seine Partnerin ist als Kronzeugin aufgetreten und davongekommen. Auf Bewährung.«

»Das sind mehr Details, als ich hier habe.«

Ich fragte ihn, ob er eine Zigarette für mich hatte. Er sagte, er rauche nicht. Er wollte sich umdrehen, um die anderen nach einer Zigarette zu fragen, aber ich sagte ihm, er solle es vergessen. »Ruf jemanden mit einem Steno-Block«, sagte ich. »Es gibt 'ne Menge aufzuschreiben.«

Ich sagte ihnen alles, woran ich denken konnte. Wie Beverly Ethridge in die Welt des Verbrechens eingetaucht war und sich daraus verabschiedet hatte. Wie sie gut geheiratet hatte und wieder zu dem Mitglied der besseren Gesellschaft geworden war, als das sie ursprünglich aufgewachsen war. Wie Schnipser Jablon auf der Basis eines Zeitungsfotos die Puzzlestücke zusam-mengefügt und eine nette kleine Erpressung ins Laufen gebracht hatte.

»Ich denke, sie hat ihn eine Zeitlang hingehalten«, sagte ich. »Aber es war teuer und er forderte immer mehr Geld. Dann ist ihr alter Freund Lundgren hierhergekommen und hat ihr einen Ausweg gezeigt. Warum einen Erpresser bezahlen, wenn es so viel leichter ist, ihn umzubringen? Lundgren war ein Profi als Verbrecher, aber ein Amateur als Mörder. Er hat ein paar verschiedene Methoden bei Schnipser ausprobiert. Hat versucht, ihn mit einem Auto zu überfahren, schließlich hat er ihm einen Schlag auf den Kopf versetzt und ihn in den East River geworfen. Später hat er es bei mir mit dem Auto versucht.«

»Und dann mit dem Messer.«

»Das ist richtig.«

»Wie wurdest du in die Sache verwickelt?«

Ich erklärte es, wobei ich darauf verzichtete, die Namen der anderen Opfer Schnipsers zu erwähnen. Das gefiel ihnen nicht sonderlich, aber sie konnten nichts dagegen tun. Ich erzählte ihnen, wie ich mich selbst zur Zielscheibe gemacht und Lundgren den Köder geschluckt hatte.

Guzik unterbrach mich immer wieder, um mir zu sagen, dass ich von Anfang an alles der Polizei hätte übergeben sollen, und ich sagte ihm immer wieder, dass das etwas war, das ich nicht hatte tun wollen.

»Wir hätten es richtig erledigt, Matt. Mein Gott, du sprichst davon, dass Lundgren ein Amateur war. Scheiße, du bist selbst wie der letzte Amateur herumgelaufen und wärst beinahe in die Mangel genommen worden. Du hast dich mit deinen bloßen Händen gegen ein Messer verteidigt, und es ist pures Glück, dass du noch am Leben bist. Zum Teufel, du hättest es besser wissen sollen, du warst fünfzehn Jahre lang ein Cop, und trotzdem verhältst du dich, als ob du nicht wüsstest, wozu es die Polizei gibt.«

»Was ist mit den Leuten, die Schnipser nicht getötet haben? Was wäre mit denen passiert, wenn ich euch gleich am Anfang alles in die Hände gedrückt hätte?«

»Das ist deren Problem, oder? Sie haben Dreck am Stecken. Sie haben etwas zu verbergen, und das sollte eine Mordermittlung nicht behindern.«

»Aber es gab keine Ermittlung. Niemand hat sich einen Dreck um Schnipser gekümmert.«

»Weil du Beweise zurückgehalten hast.«

Ich schüttelte den Kopf. »Das ist Schwachsinn«, sagte ich. »Ich hatte keine Beweise, dass irgendjemand Schnipser umgebracht hat. Ich hatte Beweise, dass er mehrere Leute erpresst hat. Das waren Beweise gegen Schnipser, aber er war tot, und ich dachte nicht, dass ihr besonderes Interesse daran habt, ihn aus dem Leichenschauhaus zu holen, um ihn in eine Zelle zu stecken. In dem Moment, in dem ich Beweise für den Mord hatte, hab ich sie übergeben. Hör zu, wir können den ganzen Tag lang diskutieren. Warum besorgst du dir keinen Haftbefehl für Beverly Ethrige?«

»Und was sollen wir ihr zur Last legen?«

»Verabredung zum Mord in zwei Fällen.«

»Hast du Beweise für die Erpressung?«

»An einem sicheren Ort. In einem Bankschließfach. Ich kann sie innerhalb einer Stunde herbringen.«

»Ich denke, dass ich mit dir kommen werde, um sie zu holen.«

Ich blickte ihn an.

»Vielleicht will ich nur sehen, was in dem Umschlag ist, Scudder.«

Bis jetzt war ich Matt gewesen. Ich fragte mich, was er für eine Nummer abziehen wollte. Vielleicht fischte er nur im Trüben, aber er hatte irgendetwas ins Auge gefasst. Vielleicht wollte er meinen Platz in der Erpressungsgeschichte einnehmen, nur dass es ihm um echtes Geld gehen würde und nicht um den Namen eines Mörders. Vielleicht vermutete er, dass die anderen Opfer echte Verbrechen begangen hatten und er sich eine Belobigung verdienen konnte, wenn er sie zur Strecke brachte. Ich kannte ihn nicht gut genug, um zu beurteilen, welche Motivation zu dem Mann passen würde, aber es machte keinen großen Unterschied.

»Ich verstehe es nicht«, sagte ich. »Ich präsentiere euch einen Mörder auf dem Silbertablett, und du willst auch noch das Tablett einschmelzen.«

»Ich werde ein paar Jungs losschicken, um diese Ethridge einzukassieren. In der Zwischenzeit gehen wir beide das Bankschließfach öffnen.«

»Ich könnte vergessen haben, wo ich den Schlüssel gelassen habe.«

»Und ich könnte dir das Leben schwer machen.«

»Es ist ohnehin nicht gerade ein Klacks. Die Bank ist nur ein paar Blocks von hier.«

»Es regnet noch«, sagte er. »Wir nehmen einen Wagen.«

Wir fuhren zur Filiale der Manufacturers Hanover Bank an der Ecke 57th Street und 8th Avenue. Er parkte den Streifenwagen an einer Bushaltestelle.

All das nur, um sich einen Fußweg von drei Blocks zu ersparen, und es regnete überhaupt nicht mehr so stark. Wir gingen hinein und die Treppe hinab zum Tresorraum, wo ich dem Wachmann meinen Schlüssel gab und die Unterschriftskarte unterzeichnete.

»Vor ein paar Monaten hatte ich die krasseste Sache, die man sich vorstellen kann«, sagte Guzik. Er war jetzt freundlich, weil ich mitzog. »Dieses Mädchen hatte sich ein Schließfach drüben bei der Chemical Bank gemietet und die acht Dollar für ein Jahr bezahlt, und sie suchte das Schließfach drei- oder viermal am Tag auf. Immer mit einem Kerl, aber immer mit einem anderen. Also wurde die Bank misstrauisch und bat uns, die Sache unter die Lupe zu nehmen, und man soll es nicht glauben, das Mädel war eine Nutte. Anstatt für zehn Dollar ein Hotelzimmer zu nehmen, hat sie ihre Typen auf der Straße aufgegabelt und sie mit zur verdammten Bank genommen, um Himmels Willen. Dort holt sie das Kästchen aus dem Schließfach und sie werden zu der kleinen Kammer geführt. Sie sperrt die Tür ab und bläst dem Typen einen in trauter Zweisamkeit, und dann steckt sie das Geld in das Kästchen und schließt es wieder weg. Es kostet sie nur acht Dollar pro Jahr anstelle von zehn pro Nummer, und es ist sicherer als ein Hotel, denn wenn sie es mit einem Irren zu tun bekommt, wird er doch nicht versuchen, sie mitten in einer verdammten Bank durchzuprügeln, oder? Sie kann nicht vermöbelt werden und sie kann nicht ausgeraubt werden, es ist einfach perfekt.«

In der Zwischenzeit hatte der Wachmann mit seinem und meinem Schlüssel die Kassette aus dem Tresorraum geholt. Er gab sie mir und führte uns zu einer Kabine. Wir traten beide ein und Guzik schloss die Tür und sperrte sie ab. Der Raum kam mir ziemlich eng vor für Sex, aber ich habe gehört, dass es Leute gibt, die es in Flugzeugtoiletten treiben, und im Vergleich damit war es geräumig.

Ich fragte Guzik, was mit dem Mädchen passiert war.

»Oh, wir haben der Bank geraten, sie nicht anzuzeigen, denn dadurch würden nur alle anderen Strichmädchen auch auf die Idee kommen, ihr Geschäft auf diese Weise abzuwickeln. Wir haben ihnen gesagt, dass sie ihr die Gebühr zurückerstatten und ihr mitteilen sollten, dass man keinen Wert auf eine Geschäftsbeziehung mit ihr legt, also vermute ich, dass man das getan hat. Sie ist wahrscheinlich über die Straße gegangen und hat angefangen, ihre Geschäftsbeziehungen bei einer anderen Bank zu erledigen.«

»Aber es gab keine weiteren Beschwerden mehr.«

»Nein. Vielleicht verkehrt sie jetzt bei Chase Manhattan.« Er lachte laut über seinen eigenen Scherz, dann brach das Lachen unvermittelt ab. »Lass uns nachsehen, was in dem Kästchen ist, Scudder.«

Ich gab es ihm. »Öffne du es«, sagte ich.

Er öffnete es und ich beobachtete sein Gesicht, während er den Inhalt durchging. Er gab ein paar interessante Kommentare über die Fotos ab und las die schriftlichen Dokumente aufmerksam durch. Dann blickte er plötzlich hoch.

»Das ist alles Zeug über diese Ethridge-Schnalle.«

»Sieht so aus«, sagte ich.

»Was ist mit den anderen?«

»Ich vermute, diese Bankschließfächer sind doch nicht so narrensicher, wie immer behauptet wird. Irgendjemand muss hergekommen sein und alles andere mitgenommen haben.«

»Du Hurensohn.«

»Du hast alles, was du brauchst, Guzik. Nicht mehr und nicht weniger.«

»Du hast für jeden ein anderes Schließfach gemietet. Wie viele gibt es noch?«

»Was spielt das für eine Rolle?«

»Du Hurensohn. Also werden wir zurück zu dem Wachmann gehen und ihn fragen, wie viele Schließfächer du hier noch hast. Und wir werden einen Blick in alle davon werfen.«

»Wenn du willst. Aber ich kann dir etwas Zeit sparen.«

»So?«

»Nicht nur drei verschiedene Schließfächer, auch drei verschiedene Banken. Und du solltest nicht mal im Traum daran denken, mich zu durchsuchen, um die anderen Schlüssel zu finden, oder bei den Banken nachzufragen oder sonst irgendetwas, das dir in den Sinn kommt. Tatsächlich wäre es eine gute Idee, wenn du aufhören würdest, mich einen Hurensohn zu nennen, denn vielleicht werde ich sonst unglücklich und entschließe mich, dir nicht bei eurer Untersuchung zu helfen. Ich bin nicht gezwungen zu kooperieren, musst du wissen. Und wenn ich es nicht tue, geht der Fall den Bach runter. Vielleicht könnt ihr ohne mich Ethridge mit Lundgren in Verbindung bringen, aber ihr werdet es verdammt schwer haben, etwas zu finden, mit dem der Bezirksstaatsanwalt vor Gericht ziehen möchte.«

Wir sahen uns eine Zeitlang an. Er fing mehrmals an, etwas zu sagen, und ebenso oft kam er zu dem Schluss, dass das vielleicht keine sonderlich gute Idee wäre. Schließlich ging auf seinem Gesicht eine Veränderung vor und ich wusste, dass er beschlossen hatte, es dabei zu belassen. Er hatte genug und er hatte alles, was er bekommen würde, und sein Gesicht sagte mir, dass er das wusste.

»Zum Teufel«, sagte er. »Das ist der Cop in mir, ich will immer allen Dingen auf den Grund gehen. Nichts für ungut, hoffe ich.«

»Kein Problem«, sagte ich. Ich denke nicht, dass ich sehr überzeugend klang.

»Die Jungs haben Ethridge jetzt bestimmt schon aus dem Bett gezerrt. Ich gehe zurück aufs Revier und höre mir an, was sie zu sagen hat. Sollte eine tolle Geschichte werden. Oder vielleicht haben sie sie nicht aus dem Bett gezerrt. Den Fotos nach zu urteilen, würde man mehr Spaß daran haben, sie *ins* Bett zu zerren. Hattest du mal das Vergnügen, Scudder?«

»Nein.«

»Ich selbst wäre einer Kostprobe nicht abgeneigt. Willst du mit mir zurück aufs Revier kommen?«

Ich wollte nirgendwohin mit ihm gehen. Und ich wollte Beverly Ethridge nicht sehen.

»Ein anderes Mal«, sagte ich. »Ich hab eine Verabredung.«

Kapitel 17

Ich verbrachte eine halbe Stunde unter der Dusche, das Wasser so heiß, wie ich es ertragen konnte. Es war eine lange Nacht gewesen, und ich hatte nur kurz auf Birnbaums Stuhl etwas Schlaf gefunden. Ich wäre beinahe ermordet worden und hatte den Mann getötet, der es auf mich abgesehen gehabt hatte. Den Marlboro-Mann, John Michael Lundgren. Er wäre im nächsten Monat einunddreißig geworden. Ich hatte ihn jünger eingeschätzt, um die Sechsundzwanzig. Natürlich hatte ich ihn nie bei sonderlich gutem Licht gesehen.

Es beschäftigte mich nicht, dass er tot war. Er hatte mich umbringen wollen und schien sich über die Aussicht zu freuen. Er hatte Schnipser getötet, und es war nicht unwahrscheinlich, dass er zuvor bereits andere Menschen getötet hatte. Vielleicht war er kein Profi gewesen, was das Morden anbetraf, aber er schien es zu genießen. Er mochte es zweifellos, mit dem Messer zu hantieren, und Jungs, die Messer benutzen, werden normalerweise durch ihre Waffe erregt. Scharfe, spitze Waffen sind noch phallischer als Schusswaffen.

Ich fragte mich, ob er bei Schnipser ein Messer benutzt hatte. Es war nicht ausgeschlossen. Den Gerichtsmedizinern fällt nicht alles auf. Vor einiger Zeit hatte es einen Fall gegeben, eine damals nicht identifizierbare Wasserleiche, die man aus dem Hudson gefischt hatte, und sie wurde abgefertigt und beerdigt, ohne dass jemand bemerkt hätte, dass sich in ihrem Schädel eine Kugel befand. Man fand es nur heraus, weil irgend so ein Volltrottel vor der Bestattung der Leiche den Kopf abschnitt. Er wollte den

Schädel als Zierde für seinen Schreibtisch, und schließlich fand man die Kugel und konnte den Schädel aufgrund von zahnärztlichen Unterlagen identifizieren, und es stellte sich heraus, dass die Frau ein paar Monate zuvor aus ihrem Zuhause in Jersey verschwunden war.

Ich ließ mein Hirn mit all diesen Gedanken spielen, denn es gab andere Gedanken, die ich vermeiden wollte. Aber nach einer halben Stunde stellte ich die Dusche ab, nahm den Hörer in die Hand und teilte der Rezeption mit, ich wolle nicht durch Anrufe gestört werden und man solle mich genau um eins wecken.

Nicht, dass ich erwartete, einen Weckruf zu benötigen, denn ich wusste, dass es mir nicht möglich sein würde zu schlafen. Alles, was ich tun konnte, war, mich auf dem Bett auszustrecken und über Henry Prager nachzudenken – und darüber, wie ich ihn getötet hatte.

Henry Prager.

John Lundgren war tot und ich hatte ihn umgebracht; ich hatte ihm das Genick gebrochen und es bereitete mir keine Probleme, denn er hatte alles in seiner Macht stehende getan, um sich diesen Tod zu verdienen. Beverly Ethridge wurde von der Polizei in die Mangel genommen, und es war gut möglich, dass man genug zusammenbekam, um sie für ein paar Jahre hinter Gitter zu stecken. Es war auch möglich, dass sie davonkommen würde, denn es gab keine stichhaltigen Beweise gegen sie, aber im Grunde spielte das keine Rolle, denn Schnipser würde seine Rache bekommen. Sie konnte ihre Ehe, ihre gesellschaftliche Stellung und ihre Cocktails im Pierre vergessen. Sie konnte den größten Teil ihres Lebens vergessen, und auch das bereitete mir keine Probleme, denn es war nichts, was sie nicht verdient gehabt hätte.

Aber Henry Prager hatte nie irgendjemanden getötet und ich hatte ihn massiv genug unter Druck gesetzt, dass er sich das Hirn ausgepustet hatte, und es gab keine Möglichkeit, wie ich das rechtfertigen konnte. Das hatte mich schon sehr beschäftigt, als ich noch glaubte, dass er ein Mörder war.

Jetzt wusste ich, dass er unschuldig gewesen war, und es beschäftigte mich noch viel mehr.

Oh, es gab Wege, es rational zu erklären. Offenbar liefen seine Geschäfte schlecht. Offenbar hatte er in der letzten Zeit eine Menge schlechter finanzieller Entscheidungen getroffen. Offenbar hatte er sich von verschiedenen Seiten in die Enge getrieben gefühlt, und offenbar war er ein grenzwertiger, selbstmordgefährdeter Manisch-Depressiver gewesen. All das war schön und gut, aber ich hatte zusätzlichen Druck auf einen Menschen ausgeübt, der absolut nicht in der Lage gewesen war, ihn zu ertragen, und es war der letzte Tropfen gewesen. Es gab keinen Weg, wie ich mich da herauswinden konnte, denn es war mehr als ein Zufall, dass er den Zeitpunkt meines Besuchs in seinem Büro gewählt hatte, um sich eine Pistole in den Mund zu stecken und abzudrücken.

Ich lag mit geschlossenen Augen da und sehnte mich nach einem Drink. Ich sehnte mich sehr nach einem Drink.

Aber noch nicht. Nicht, bevor ich nicht meine Verabredung eingehalten und einem aufstrebenden jungen Päderasten erklärt hatte, dass er mir keine einhunderttausend Dollar zahlen musste und dass er, wenn es ihm gelang, genügend Leute lange genug zu täuschen, losziehen und Gouverneur werden konnte.

Als das Gespräch mit ihm vorüber war, hatte ich das Gefühl, er würde vielleicht doch keinen so schlechten Gouverneur abgeben. Er musste in dem Augenblick, als ich mich ihm gegenüber an den Schreibtisch setzte, erkannt haben, dass es zu seinem Vorteil war, wenn er dem, was ich ihm mitzuteilen hatte, zuhörte, ohne mich zu unterbrechen. Was ich zu sagen hatte, musste ihn völlig überrascht haben, aber er saß nur versunken da und hörte aufmerksam zu. Von Zeit zu Zeit nickte er, als wollte er meine Sätze für mich mit Satzzeichen versehen. Ich sagte ihm, dass er vom Haken war, dass er nie wirklich am Haken gehangen hatte, dass es alles nur ein Kniff gewesen war, um einen Mörder zu fassen, ohne die schmutzige Wäsche anderer in der

Öffentlichkeit zu waschen. Ich nahm mir meine Zeit, es ihm zu erklären, denn ich wollte alles beim ersten Versuch zur Sprache bringen.

Als ich fertig war, lehnte er sich in seinem Stuhl zurück und blickte zur Decke hoch. Dann sah er mir in die Augen und sagte sein erstes Wort.

»Außerordentlich.«

»Ich musste Sie genauso unter Druck setzen, wie ich es mit den anderen getan habe«, sagte ich. »Es gefiel mir nicht, aber ich musste es tun.«

»Oh, ich habe keinen sonderlich starken Druck verspürt, Mr. Scudder. Ich habe erkannt, dass Sie ein Mann der Vernunft sind und dass es nur um die Frage ging, das Geld zusammenzubekommen, eine Aufgabe, die überhaupt nicht unmöglich zu sein schien.« Er faltete die Hände auf seinem Schreibtisch. »Es fällt mir schwer, das alles auf einmal zu verdauen. Sie waren ein ziemlich guter Erpresser, müssen Sie wissen. Und jetzt scheint es so, als ob Sie niemals ein Erpresser waren. Ich war noch nie glücklicher darüber, übertölpelt worden zu sein. Und die, äh, Fotografien –«

»Die sind alle vernichtet.«

»Das muss ich Ihnen glauben, vermute ich. Aber ist das nicht ein alberner Einwand? Ich denke von Ihnen immer noch als Erpresser, und das ist absurd. Wenn Sie ein Erpresser wären, müsste ich trotzdem Ihrem Wort Glauben schenken, dass Sie keine Abzüge der Fotos zurückbehalten haben. Es würde am Ende immer darauf hinauslaufen, aber da Sie mir überhaupt kein Geld abgenötigt haben, brauche ich mir wohl kaum Sorgen zu machen, dass Sie das irgendwann in der Zukunft tun werden, oder?«

»Ich dachte daran, Ihnen die Fotos zu bringen. Aber ich habe mir auch überlegt, dass ich von einem Bus überfahren werden könnte oder den Umschlag vielleicht in einem Taxi liegenlassen könnte.« Schnipser, dachte ich, hatte Angst davor gehabt, von einem Bus überfahren zu werden. »Es schien mir einfacher, sie zu verbrennen.«

»Ich kann Ihnen versichern, dass ich keinen Drang verspürt habe, sie zu Gesicht zu bekommen. Allein das Wissen, dass sie nicht mehr existieren, ist alles, was ich brauche, um mich sehr viel besser zu fühlen.« Seine

Augen bohrten in meinen. »Sie haben ein großes Risiko auf sich genommen, oder? Sie hätten umgebracht werden können.«

»Das wurde ich fast. Zweimal.«

»Ich kann nicht verstehen, warum Sie sich selbst in so eine Lage manövriert haben.«

»Ich bin mir selbst auch nicht sicher, dass ich es verstehe. Sagen wir, dass ich einem Freund einen Gefallen getan habe.«

»Einem Freund?«

»Schnipser Jablon.«

»Da haben Sie sich eine seltsame Sorte von Freund ausgesucht, denken Sie nicht auch?«

Ich zuckte mit den Schultern.

»Nun, ich vermute nicht, dass Ihre Motive eine große Rolle spielen. Sie hatten zweifellos ausgezeichneten Erfolg.«

In dieser Hinsicht war ich mir nicht so sicher.

»Als Sie zum ersten Mal angedeutet haben, dass Sie in der Lage sein könnten, diese Fotos von mir zu besorgen, haben Sie Ihre Forderung als Belohnung bezeichnet. Ein ziemlich netter Zug, wirklich.« Er lächelte. »Ich denke, Sie verdienen tatsächlich eine Belohnung. Vielleicht nicht einhunderttausend Dollar, aber doch eine beträchtliche Summe, würde ich sagen. Ich habe im Augenblick nicht viel Bargeld zur Hand–«

»Ein Scheck tut es auch.«

»Oh?« Er blickte mich einen Moment lang an, dann öffnete er eine Schublade und brachte ein Scheckbuch zum Vorschein, die große Variante mit drei Schecks auf einer Seite. Er nahm die Kappe von einem Füller, trug das Datum ein und blickte zu mir hoch.

»Können Sie eine Summe vorschlagen?«

»Zehntausend Dollar«, sagte ich.

»Sie haben nicht lange überlegen müssen.«

»Das ist ein Zehntel dessen, was sie bereit waren, einem Erpresser zu zahlen. Es scheint mir eine angemessene Summe zu sein.«

»Nicht unangemessen, und in meiner Lage ein Schnäppchen. Soll ich ihn zur Barauszahlung an den Überbringer oder auf Sie persönlich ausstellen?«

»Weder noch.«

»Entschuldigen Sie?«

Es lag nicht in meiner Macht, ihn zu entschuldigen. »Ich will kein Geld für mich selbst. Schnipser hat mich angeheuert und mich für meine Zeit gut genug entlohnt.«

»Dann–«

»Machen Sie ihn zahlbar an Boys Town. Father Flanagans Boys Town, die Jugendgemeinde. Ich denke, sie ist in Nebraska, oder?«

Er legte den Füller hin und starrte mich an. Sein Gesicht rötete sich leicht, und dann sah er entweder die Komik darin oder der Politiker in ihm gewann die Oberhand, denn er legte den Kopf in den Nacken und lachte. Es war ein ziemlich gutes Lachen. Ich weiß nicht, ob ihm wirklich danach war oder nicht, aber es klang auf jeden Fall authentisch.

Er stellte den Scheck aus und überreichte ihn mir. Er sagte mir, ich hätte einen wunderbaren Sinn für ausgleichende Gerechtigkeit. Ich faltete den Scheck und steckte ihn in die Tasche.

Er sagte: »Boys Town, allerdings. Wissen Sie, Scudder, das gehört alles der Vergangenheit an. Das, was auf diesen Fotos zu sehen ist. Es war eine Schwäche, eine sehr gravierende und bedauerliche Schwäche, aber das gehört der Vergangenheit an.«

»Wenn Sie das sagen.«

»Tatsache ist, dass selbst das Verlangen absolut verschwunden ist; dieser bestimmte Dämon ist ausgetrieben. Selbst wenn dem nicht so wäre, hätte ich keine Probleme, der Regung zu widerstehen. Meine Kariere ist viel zu wichtig für mich, als dass ich sie in Gefahr bringen möchte. Und in diesen letzten Monaten habe ich wirklich die Bedeutung der Gefahr erfahren.«

Ich schwieg. Er erhob sich, ging ein wenig hin und her und erzählte mir von all den Plänen, die er für den großartigen Staat New York hatte. Ich hörte nicht wirklich zu. Ich lauschte nur seinem Tonfall und entschied mich zu glauben, dass er relativ ehrlich war. Er wollte wirklich Gouverneur werden, das war immer offensichtlich gewesen, aber er schien aus ausreichend guten Gründen Gouverneur werden zu wollen.

»Nun«, sagte er schließlich. »Es scheint, als ob ich eine Gelegenheit gefunden habe, eine Rede zu halten, oder? Werde ich auf Ihre Stimme zählen können, Scudder?«

»Nein.«

»Oh? Dabei denke ich, dass es eine ziemlich gute Rede war.«

»Ich werde auch nicht gegen Sie stimmen. Ich wähle gar nicht.«

»Ihre Pflicht als Bürger, Mr. Scudder.«

»Ich bin ein lausiger Bürger.«

Darauf reagierte er mit einem breiten Grinsen, aus Gründen, die mir unbekannt waren. »Wissen Sie«, sagte er. »Mir gefällt Ihr Stil, Scudder. Trotz all der unschönen Augenblicke, die Sie mir beschert haben, ich mag Ihren Stil. Ich hab ihn sogar schon gemocht, bevor ich wusste, dass diese Erpressungsgeschichte nur eine Farce war.« Er senkte vertraulich die Stimme. »Ich könnte für jemanden wie Sie einen sehr guten Platz in meiner Organisation finden.«

»Ich bin nicht an Organisationen interessiert. Ich habe fünfzehn Jahre lang einer angehört.«

»Der Polizeibehörde.«

»Das ist richtig.«

»Vielleicht habe ich mich schlecht ausgedrückt. Sie wären an sich nicht Teil einer Organisation. Sie würden für mich arbeiten.«

»Ich mag nicht für andere Menschen arbeiten.«

»Sie sind mit Ihrem Leben zufrieden, so wie es ist.«

»Nicht besonders.«

»Aber Sie wollen es auch nicht ändern.«

»Nein.«

»Es ist Ihr Leben«, sagte er. »Trotzdem bin ich überrascht. In Ihnen steckt sehr viel Potenzial. Man sollte meinen, dass Sie in der Welt mehr erreichen möchten. Man sollte meinen, dass Sie größere Ambitionen hätten, wenn schon nicht für Ihr persönliches Weiterkommen, dann zumindest hinsichtlich der Möglichkeiten, auf der Welt Gutes zu tun.«

»Ich habe Ihnen gesagt, dass ich ein lausiger Bürger bin.«

»Weil Sie darauf verzichten, von Ihrem Stimmrecht Gebrauch zu machen, ja. Aber man sollte meinen – nun, falls Sie Ihre Ansicht ändern sollten, Mr. Scudder, das Angebot bleibt bestehen.«

Ich erhob mich. Er stand da und streckte die Hand aus. Ich wollte ihm eigentlich nicht die Hand schütteln, wusste aber nicht, wie ich es vermeiden konnte. Sein Griff war fest und sicher, was ein gutes Zeichen für ihn war. Er würde eine Menge Hände schütteln müssen, wenn er die Wahlen gewinnen wollte.

Ich fragte mich, ob er wirklich seine Leidenschaft für kleine Jungs abgelegt hatte. Aber es kümmerte mich nicht, ob dem so war oder nicht. Die Fotos, die ich gesehen hatte, hatten mir den Magen umgedreht, aber ich weiß nicht, ob ich sie aus moralischen Gründen ablehnte. Der Junge, der auf ihnen posiert hatte, war dafür bezahlt worden und zweifellos hatte er gewusst, was er tat. Ich wollte Huysendahl nicht die Hand geben und ich würde ihn nie als meinen Saufkumpanen auswählen, aber ich vermutete, dass er in Albany nicht viel schlimmer sein würde als irgendein anderer Hurensohn, der es auf den Posten abgesehen hatte.

Kapitel 18

Es war gegen drei, als ich Huysendahls Büro verließ. Ich überlegte mir, Guzik anzurufen, um herauszufinden, wie sie mit Beverly Ethridge vorankamen, aber ich beschloss, mir die Münze zu sparen. Ich wollte nicht mit ihm sprechen und es war mir eigentlich ziemlich egal, wie sie vorankamen. Ich spazierte eine Zeitlang herum und begab mich schließlich an eine Imbisstheke in der Warren Street. Ich hatte keinen Appetit, aber es war schon eine Weile her, dass ich etwas gegessen hatte, und mein Magen fing an, mir mitzuteilen, dass ich ihn misshandelte. Ich aß ein paar Sandwiches und trank Kaffee.

Ich lief weiter herum. Ich wollte zu der Bank gehen, in der ich das Material zu Henry Prager verstaut hatte, aber es war bereits zu spät, sie hatten schon geschlossen. Ich beschloss, am nächsten Morgen hinzugehen, damit ich die Sachen vernichten konnte. Prager konnte es nicht mehr schaden, aber da war noch seine Tochter, und ich würde mich besser fühlen, wenn das Zeug, das ich von Schnipser geerbt hatte, nicht mehr existierte.

Etwas später nahm ich die U-Bahn und fuhr zum Columbus Circle. Es gab eine Nachricht für mich an der Rezeption meines Hotels. Anita hatte angerufen und wollte, dass ich zurückrief.

Ich ging nach oben und adressierte einen einfachen weißen Umschlag an Boys Town. Ich steckte Huysendahls Scheck hinein, klebte eine Briefmarke auf den Umschlag und warf ihn in einem gewaltigen Anflug von Vertrauen in den Postschacht des Hotels. Zurück auf meinem Zimmer zählte ich das Geld, das ich dem Marlboro-Mann abgenommen hatte. Es waren zweihundertachtzig Dollar. Irgendeine Kirche würde sich über achtundzwanzig

Dollar freuen können, aber im Augenblick war mir nicht danach, eine aufzusuchen. Mir war eigentlich nach gar nichts.

Es war vorüber. Es gab nichts mehr zu tun und alles, was ich fühlte, war Leere. Falls Beverly Ethridge jemals vor Gericht landen würde, würde ich wahrscheinlich aussagen müssen, aber das würde frühestens in ein paar Monaten sein, wenn überhaupt, und die Aussicht, als Zeuge vorgeladen zu werden, bereitete mir keine Sorgen. Ich hatte in der Vergangenheit oft genug als Zeuge ausgesagt. Es gab nichts mehr zu tun. Huysendahl stand es frei, Gouverneur zu werden oder auch nicht, es hing von den Launen der Politbosse und der breiten Öffentlichkeit ab. Beverly Ethridge stand mit dem Rücken zur Wand und Henry Prager würde in den nächsten Tagen bestattet werden. Der sich bewegende Finger hatte geschrieben und Prager hatte sich selbst ausgelöscht, und meine Rolle in seinem Leben war ebenso vorüber wie sein Leben. Er war eine weitere Person, für die ich eine bedeutungslose Kerze anzünden konnte, das war alles.

Ich rief Anita an.

»Danke für die Postanweisung«, sagte sie. »Ich weiß es zu schätzen.«

»Ich würde gern sagen, dass es dort, von wo es herkommt, noch mehr gibt«, sagte ich. »Aber dem ist nicht so.«

»Ist alles in Ordnung?«

»Klar. Warum?«

»Du hörst dich anders an. Ich weiß nicht genau wie, aber irgendwie anders.«

»Es war eine lange Woche.«

Es gab eine Pause. Unsere Gespräche sind normalerweise von Pausen geprägt. Dann sagte sie: »Die Jungs wollten wissen, ob du sie zu einem Basketballspiel mitnehmen willst.«

»In Boston?«

»Wie bitte?«

»Die Knicks sind raus. Sie wurden vor ein paar Tagen von den Celtics abgeschlachtet. Das war der Höhepunkt meiner Woche.«

»Die Nets«, sagte sie.

»Oh.«

»Ich denke, sie sind in der Finalrunde. Gegen Utah oder so.«

»Oh.« Ich vergesse immer, dass es in New York noch eine zweite Basketballmannschaft gibt. Ich weiß nicht, warum. Ich war mit meinen Söhnen bereits im Nassau Coliseum, um die Nets spielen zu sehen, und trotzdem vergesse ich, dass sie existieren. »Wann spielen sie?«

»Es gibt ein Heimspiel am Samstagabend.«

»Welcher Tag ist heute?«

»Ist das dein Ernst?«

»Hör zu, ich kauf mir bei nächster Gelegenheit eine Uhr mit Datumsanzeige. Was ist heute?«

»Donnerstag.«

»Wird vermutlich schwer sein, Karten zu bekommen.«

»Oh, es ist ausverkauft. Sie meinten, dass du vielleicht jemanden kennst.«

Ich dachte an Huysendahl. Er konnte wahrscheinlich problemlos Karten besorgen. Er hätte es wahrscheinlich auch genossen, meine Jungs zu treffen. Natürlich gab es auch genug andere Leute, die kurzfristig Karten besorgen konnten und denen es nichts ausmachen würde, mir einen Gefallen zu erweisen.

Ich sagte: »Ich weiß nicht. Es ist ein bisschen kurzfristig.« Aber was ich dachte, war, dass ich meine Söhne nicht sehen wollte, nicht schon in zwei Tagen, und ich wusste nicht warum. Ich fragte mich auch, ob sie wirklich mit mir zu dem Spiel gehen wollten oder ob sie einfach nur gehen wollten und wussten, dass ich irgendwie an Karten herankommen würde.

Ich fragte, ob es noch weitere Heimspiele geben würde.

»Donnerstag. Aber am Freitag haben sie Schule.«

»Das wäre aber sehr viel einfacher als Samstag.«

»Nun, ich fände es nicht gut, wenn sie lange weggehen, wenn sie am nächsten Tag in die Schule müssen.«

»Ich könnte vermutlich Karten für das Donnerstag-Spiel bekommen.«

»Nun–«

»Ich kann wahrscheinlich keine Karten für Samstag bekommen, aber bestimmt welche für Donnerstag. Es ist auch später in der Finalserie, also ist es ein wichtigeres Spiel.«

»Ach, so willst du das also machen. Wenn ich nein sage, weil am nächsten Tag Schule ist, bin ich die Böse.«

»Ich denke, ich werde jetzt auflegen.«

»Nein, tu das nicht. In Ordnung, Donnerstag ist okay. Rufst du an, wenn du Karten bekommen kannst?«

Ich sagte, dass ich das tun würde.

Es war seltsam – ich wollte betrunken sein, sehnte mich aber nicht sonderlich nach einem Drink. Ich saß eine Zeitlang auf meinem Zimmer, dann ging ich hinüber in den Park und nahm auf einer Bank Platz. Zwei Jugendliche schlenderten ziemlich zielgerichtet zu einer anderen Bank in meiner Nähe. Sie setzten sich und zündeten sich Zigaretten an, und dann bemerkte mich einer von ihnen und stieß heimlich seinen Kumpel an, der vorsichtig in meine Richtung blickte. Sie standen auf und gingen weg, wobei sie von Zeit zu Zeit einen Blick zurück warfen, um sich zu vergewissern, dass ich ihnen nicht folgte. Ich blieb, wo ich war. Ich vermutete, dass der eine dem anderen gerade Drogen verkaufen wollte und sie einen Blick auf mich geworfen und entschieden hatten, ihr Geschäft nicht unter den Augen von jemandem, der aussah wie ein Polizist, abwickeln zu wollen.

Ich weiß nicht, wie lange ich dort saß. Ein paar Stunden lang, vermute ich. Von Zeit zu Zeit wurde ich von Bettlern angesprochen. Manchmal trug ich meinen Teil zur nächsten Flasche süßen Weins bei. Manchmal sagte ich dem Schnorrer, dass er sich verziehen sollte.

Als ich den Park verließ und hinüber zur 9th Avenue ging, war St. Paul's bereits geschlossen. Das Untergeschoss wurde jedoch gerade geöffnet. Es war zu spät zu beten, aber genau die richtige Zeit, um Bingo zu spielen.

Armstrong's hatte jedoch offen. Es war eine lange, trockene Nacht und ein ebensolcher Tag gewesen. Ich sagte, sie könnten sich den Kaffee sparen.

*　　*　　*

Die nächsten vierzig Stunden oder so sind ziemlich verschwommen. Ich weiß nicht, wie lange ich im Armstrong's blieb oder wo ich danach hinging. Irgendwann am Freitagmorgen wachte ich allein in einem Zimmer in einem Hotel auf Höhe der Vierziger Straßen auf, ein schmutziges Zimmer in der Art von Hotel, in die die Straßenmädchen vom Times Square ihre Freier bringen. Ich konnte mich nicht an eine Frau erinnern und ich hatte noch all mein Geld, also sah es so aus, als hätte ich allein eingecheckt. Auf der Kommode stand eine Halbliterflasche Whiskey, die noch zu einem Drittel voll war. Ich leerte sie, verließ das Hotel und trank weiter. Ab und zu kehrte die Wirklichkeit zurück, nur um wieder zu verblassen, und irgendwann in dieser Nacht musste ich entschieden haben, dass ich genug hatte, denn es gelang mir, den Weg zurück in mein Hotel zu finden.

Am Samstagmorgen wurde ich vom Telefon geweckt. Es schien sehr lange zu klingeln, bis ich mich endlich aufraffen konnte, danach zu greifen. Es gelang mir, es vom kleinen Nachttisch auf den Boden zu stoßen, und als ich es schließlich geschafft hatte, den Hörer zu packen und ihn an mein Ohr zu führen, war ich schon fast bei Bewusstsein.

Es war Guzik.

»Du bist schwer zu finden«, sagte er. »Ich hab seit gestern versucht, dich zu erreichen. Hast du meine Nachrichten nicht bekommen?«

»Ich hab nicht an der Rezeption nachgefragt.«

»Ich muss mit dir reden.«

»Worüber?«

»Wenn wir uns sehen. Ich werde in zehn Minuten bei dir sein.«

Ich sagte ihm, dass er mir eine halbe Stunde geben sollte. Er sagte, er würde mich in der Lobby treffen. Ich antwortete ihm, das ginge in Ordnung.

Ich stellte mich unter die Dusche, erst heiß, dann kalt. Ich schluckte ein paar Aspirin und trank viel Wasser. Ich hatte einen Kater, den ich mir auch redlich verdient hatte, aber davon abgesehen fühlte ich mich relativ gut. Das Trinken hatte mich gereinigt. Ich würde weiter Henry Pragers Tod mit mir herumschleppen müssen – man kann solche Lasten nicht völlig abschütteln –, aber es war mir gelungen, etwas von der Schuld zu ertränken, und sie war nicht mehr so erdrückend, wie sie es gewesen war.

Ich nahm die Kleidungsstücke, die ich getragen hatte, knüllte sie zusammen und stopfte sie in den Schrank. Irgendwann würde ich entscheiden müssen, ob sie in der Reinigung wiederhergestellt werden konnten, aber in diesem Moment wollte ich nicht einmal daran denken. Ich rasierte mich, zog frische Kleidung an und trank noch zwei Glas Leitungswasser. Das Aspirin hatte die Kopfschmerzen verschwinden lassen, aber ich war von zu vielen Stunden ernsthaften Trinkens ausgetrocknet. Jede Zelle in meinem Körper verspürte einen unstillbaren Durst.

Ich ging in die Lobby hinunter, bevor er eintraf. Auf meine Nachfrage an der Rezeption erfuhr ich, dass er viermal angerufen hatte. Es gab keine anderen Nachrichten und keine Post, die wichtig gewesen wäre. Ich las gerade einen der unwichtigen Briefe – eine Versicherung würde mir völlig umsonst ein Notizbuch mit Ledereinband zukommen lassen, wenn ich ihnen mein Geburtsdatum verriet –, als Guzik hereinkam. Er trug einen gut geschnittenen Anzug; man musste sehr genau hinsehen, um zu bemerken, dass er eine Waffe trug.

Er kam zu mir und setzte sich auf einen Stuhl neben mich. Er sagte mir noch einmal, dass ich schwer zu finden war. »Wollte mit dir reden, nachdem ich mit der Ethridge gesprochen hatte«, sagte er. »Mein Gott, die ist eine Nummer, oder? Schaltet die Klasse ein und aus. In einem Augenblick möchte man nicht glauben, dass sie jemals eine Nutte war, und im nächsten kann man nicht glauben, dass sie jemals irgendwas anderes gemacht hat.«

»Sie ist ungewöhnlich, ja.«

»Mhm. Sie wird außerdem heute irgendwann freigelassen.«

»Sie hat eine Kaution gestellt? Ich dachte, man würde sie des vorsätzlichen Mordes bezichtigen.«

»Keine Kaution. Sie wird wegen gar nichts bezichtigt, Matt. Wir haben nichts gegen sie in der Hand.«

Ich blickte ihn an. Ich spürte, wie sich die Muskeln in meinen Unterarmen anspannten. Ich sagte: »Wie viel musste sie dafür zahlen?«

»Ich hab doch gesagt, keine Kaution. Wir–«

»Was hat es sie gekostet, sich von der Mordanklage freizukaufen? Ich hab oft gehört, dass man sich von Mord reinwaschen kann, wenn man genug Geld hat. Hab es nie persönlich mitbekommen, aber davon gehört, und–«

Er stand kurz davor zuzuschlagen, und ich hoffte bei Gott, dass er es tun würde, denn ich wollte einen Vorwand, ihn durch die Wand zu prügeln. An seinem Hals trat eine Sehne hervor und seine Augen verengten sich zu Schlitzen. Dann entspannte er sich plötzlich und sein Gesicht erlangte die natürliche Farbe zurück.

Es sagte: »Nun, du würdest so etwas vermuten müssen, oder?«

»Und?«

Er schüttelte den Kopf. »Nichts gegen sie in der Hand«, wiederholte er. »Das ist, was ich versuche, dir zu erklären.«

»Was ist mit Schnipser Jablon?«

»Sie hat ihn nicht getötet.«

»Ihr Schlägertyp hat es getan. Ihr Zuhälter, was auch immer zum Teufel er war. Lundgren.«

»Ausgeschlossen.«

»Was zum Teufel?«

»Ausgeschlossen«, sagte Guzik. »Er war in Kalifornien. In einer Stadt namens Santa Paula, auf halbem Weg zwischen L.A. und Santa Barbara.«

»Er ist hierhergeflogen und zurückgeflogen.«

»Ausgeschlossen. Er war in der Stadt ein paar Wochen vor dem Tag, an dem wir Schnipser aus dem Fluss gezogen haben. Er blieb in der Stadt bis ein paar Tage danach, und niemand wird sein Alibi erschüttern können. Er hat dreißig Tage im Stadtgefängnis von Santa Paula abgesessen. Sie haben ihn wegen Körperverletzung verhaftet und ihn auf öffentliche Trunkenheit plädieren lassen. Er hat die gesamten dreißig Tage abgesessen. Es ist völlig unmöglich, dass er in New York war, als Schnipser draufgegangen ist.«

Ich starrte ihn an.

»Also hatte sie vielleicht noch einen Freund«, fuhr er fort. »Wir dachten an diese Möglichkeit. Wir hätten versuchen können, ihn aufzutreiben. Aber würde es überhaupt einen Sinn ergeben? Würde sie Schnipser von dem einen umbringen lassen und dann einen anderen auf dich hetzen? Nein, es ergibt keinen Sinn.«

»Was ist mit dem Angriff auf mich?«

»Was soll damit sein?« Er zuckte mit den Schultern. »Vielleicht hat sie ihn dazu angestachelt. Vielleicht auch nicht. Sie schwört, dass sie es nicht getan hat. Ihre Geschichte ist, dass sie ihn angerufen und um Rat gebeten hat, als du sie unter Druck gesetzt hast. Und er kam hergeflogen, um zu sehen, ob er ihr helfen kann. Sie behauptet, dass sie ihm gesagt hat, er solle nicht handgreiflich werden, dass sie dachte, dich kaufen zu können. Das ist ihre Version, aber was will man auch anderes von ihr erwarten? Vielleicht wollte sie, dass er dich umbringt, vielleicht auch nicht, aber wie kann man daraus eine Anklage stricken? Lundgren ist tot und niemand sonst hat Informationen, die sie eindeutig belasten würden. Es gibt keine Beweise dafür, dass sie mit dem Angriff auf dich in Verbindung steht. Wir können nachweisen, dass sie Lundgren gekannt hat, und wir können nachweisen, dass sie ein Motiv gehabt hat, dir den Tod zu wünschen. Aber es gibt keinerlei Beweise für Beihilfe oder Verabredung zum Mord. Es gibt nichts, aufgrund dessen eine Grand Jury eine Anklage gutheißen würde. Es gibt nicht einmal etwas, aufgrund dessen irgendjemand im Büro des Bezirksstaatsanwalts die Sache überhaupt ernst nehmen würde.«

»Ist ausgeschlossen, dass etwas mit den Unterlagen in Santa Paula nicht stimmt?«

»Ausgeschlossen. Schnipser müsste einen Monat im Fluss gewesen sein, und das war er nicht.«

»Nein. Zehn Tage, bevor seine Leiche gefunden wurde, war er noch am Leben. Ich hab mit telefoniert. Ich verstehe es nicht. Sie muss einen anderen Komplizen gehabt haben.«

»Vielleicht. Der Lügendetektor behauptet aber das Gegenteil.«

»Sie hat sich einverstanden erklärt, sich einem Test zu unterziehen?«

»Wir haben sie nicht gefragt. Sie hat es verlangt. Damit ist ihr Kopf absolut aus der Schlinge, soweit es den Schnipser betrifft. Was den Angriff auf dich anbelangt, ist die Angelegenheit weniger eindeutig. Der Spezialist, der den Test durchgeführt hat, hat gesagt, dass sie etwas Stress gezeigt hat. Seine Vermutung war, dass sie wusste und auch nicht wusste, dass Lundgren versuchen würde, dich umzubringen. Etwa, dass sie es vermutet hat, sie aber nicht darüber gesprochen haben und sie in der Lage war zu verhindern, daran zu denken.«

»Diese Tests liegen nicht immer einhundert Prozent richtig.«

»Sie kommen der Wahrheit ziemlich nahe, Matt. Manchmal scheint es, als ob eine Person schuldig ist, wenn sie es doch nicht ist, vor allem wenn der Typ, der die Maschine bedient, nicht wirklich weiß, was er tut. Aber wenn die Maschine sagt, dass jemand unschuldig ist, ist das ziemlich sicher auch so. Ich denke, dass man sie vor Gericht zulassen sollte.«

Ich war selbst auch immer dieser Ansicht gewesen. Ich saß da und ließ mir alles durch den Kopf gehen, bis es Sinn ergab. Es dauerte seine Zeit. Währenddessen fuhr Guzik damit fort, über das Verhör von Beverly Ethridge zu reden, wobei er seinen Bericht mit Bemerkungen, was er alles gerne mit ihr anstellen würde, würzte. Ich schenkte ihm keine große Aufmerksamkeit.

Ich sagte: »Das mit dem Wagen war er nicht. Das hätte ich erkennen sollen.«

»Wieso?«

»Der Wagen«, sagte ich. »Ich hab dir gesagt, dass es eines Abends ein Fahrer auf mich abgesehen hatte. Am gleichen Abend, als ich Lundgren zum ersten Mal bemerkt habe, und die Stelle war dieselbe, an der er sich mit dem Messer auf mich gestürzt hat. Deshalb musste ich denken, dass es beide Male derselbe Mann war.«

»Du hast den Fahrer nicht gesehen?«

»Nein. Ich habe vermutet, dass es Lundgren war, weil er mich an diesem Abend verfolgt hatte, und ich dachte, dass er mir eine Falle gestellt hatte.

Aber so kann es nicht gewesen sein. Das wäre nicht sein Stil gewesen. Er hat sein Messer zu sehr gemocht.«

»Wer war es dann?«

»Schnipser hat gesagt, dass ihn jemand auf dem Bürgersteig überfahren wollte. Die gleiche Methode.«

»Wer?«

»Und die Stimme am Telefon. Dann gab es keine Anrufe mehr.«

»Ich kann dir nicht folgen, Matt.«

Ich blickte ihn an. »Ich versuche, das Puzzle zusammenzufügen. Das ist alles. Jemand hat Schnipser umgebracht.«

»Die Frage ist, wer.«

Ich nickte. »Das ist die Frage«, sagte ich.

»Eine der anderen Personen, zu denen er dir Material gegeben hat?«

»Sie scheiden alle aus«, sagte ich. »Vielleicht waren mehr Leute hinter ihm her, als er mir erzählt hat. Vielleicht hat er jemand Neuen erpresst, nachdem er mir den Umschlag gegeben hatte. Zum Teufel, vielleicht hat ihn jemand wegen seines Geldes überfallen, zu fest zugeschlagen, ist in Panik geraten und hat ihn in den Fluss geworfen.«

»So was kommt vor.«

»Klar kommt das vor.«

»Denkst du, wir werden jemals herausfinden, wer ihn auf dem Gewissen hat?«

Ich schüttelte den Kopf. »Denkst du?«

»Nein«, sagte Guzik. »Ich denke nicht, dass wir das tun werden.«

Kapitel 19

Ich war noch nie zuvor in diesem Gebäude gewesen. Es gab zwei Portiers, die gleichzeitig Dienst hatten, und auch der Aufzug wurde von einem Angestellten bedient. Die Portiers vergewisserten sich, dass ich erwartet wurde, dann brachte mich der Aufzugführer in Windeseile achtzehn Stockwerke nach oben und zeigte mir die Tür, nach der ich suchte. Er bewegte sich nicht vom Fleck, bis ich geklingelt hatte und hereingelassen worden war.

Das Apartment selbst war ebenso beeindruckend wie der Rest des Gebäudes. Es gab eine Treppe, die ein Stockwerk höher führte. Ein Dienstmädchen mit olivfarbener Haut führte mich in ein großes Arbeitszimmer mit eichengetäfelten Wänden und einem Kamin. Etwa die Hälfte der Bücher in den Regalen war in Leder gebunden. Es war ein sehr gemütlicher Raum in einem sehr geräumigen Apartment. Das Apartment hatte fast zweihunderttausend Dollar gekostet und die monatlichen Betriebskosten beliefen sich auf ungefähr fünfzehnhundert Dollar.

Wenn man reich genug ist, kann man fast alles kaufen, was man will.

»Er wird gleich bei Ihnen sein«, sagte das Dienstmädchen. »Er hat gesagt, Sie sollen sich bedienen.«

Sie deutete auf eine Anrichte neben dem Kamin. Es gab Eis in einem Silbereimer und mehrere Dutzend Flaschen. Ich setzte mich in einen roten Ledersessel und wartete auf ihn.

Ich musste nicht sehr lange warten. Er betrat das Zimmer. Er trug eine weiße Flanellhose und einen karierten Blazer. Seine Füße steckten in Lederpantoffeln.

»Nun, nun«, sagte er. Er lächelte, um zu zeigen, wie aufrichtig erfreut er war, mich zu sehen. »Sie werden etwas trinken, hoffe ich.«

»Im Moment nicht.«

»Es ist auch für mich ein bisschen früh, um ehrlich zu sein. Es hat sich am Telefon so angehört, als ob es sehr dringend wäre, Mr. Scudder. Ich vermute, dass Sie es sich anders überlegt haben und doch für mich arbeiten möchten.«

»Nein.«

»Ich hatte den Eindruck–«

»Ich wollte nur hereingelassen werden.«

Er runzelte die Stirn. »Ich bin mir nicht sicher, ob ich verstehe.«

»Ich bin mir auch nicht sicher, ob Sie verstehen oder nicht, Mr. Huysendahl. Ich denke, es wäre besser, wenn Sie die Tür schließen.«

»Mir gefällt Ihr Ton nicht.«

»Ihnen wird gar nichts von dem gefallen, was ich Ihnen zu sagen habe«, sagte ich. »Es wird Ihnen noch weniger gefallen, wenn die Tür offen ist. Ich denke, Sie sollten sie schließen.«

Er wollte etwas sagen, vielleicht eine weitere Bemerkung über meinen Tonfall und wie wenig er sich darüber freute, aber stattdessen schloss er die Tür.

»Setzen Sie sich, Mr. Huysendahl.«

Er war daran gewöhnt, Befehle zu erteilen, nicht daran, welche erteilt zu bekommen, und ich dachte, dass er sich darüber aufregen würde. Aber er setzte sich und sein maskenhaftes Gesicht konnte nicht völlig verbergen, dass ihm klar war, worum es ging. Ich hätte es auch so gewusst, weil es keinen anderen Weg gab, wie die Puzzleteile zusammenpassten, aber sein Gesicht bestätigte meine Überzeugung.

»Werden Sie mir sagen, worum es eigentlich geht?«

»Oh, ich werde es Ihnen sagen. Aber ich denke, dass Sie es bereits wissen. Oder etwa nicht?«

»Ganz gewiss nicht.«

Ich blickte über seine Schulter auf ein Ölgemälde, auf dem der Vorfahr von irgendjemandem abgebildet war. Vielleicht war es einer seiner eigenen Vorfahren. Ich konnte jedoch keine Familienähnlichkeit feststellen.

Ich sagte: »Sie haben Schnipser Jablon getötet.«

»Sie haben den Verstand verloren.«

»Nein.«

»Sie haben bereits herausgefunden, wer Jablon getötet hat. Das haben Sie mir vorgestern gesagt.«

»Ich lag falsch.«

»Ich weiß nicht, worauf Sie hinauswollen, Scudder–«

»Am Mittwochabend hat ein Mann versucht, mich umzubringen«, sagte ich. »Darüber wissen Sie Bescheid. Ich habe angenommen, dass es derselbe Mann war, der Schnipser umgebracht hat, und es ist mir gelungen, ihn mit einem der anderen Opfer Schnipsers in Verbindung zu bringen. Also dachte ich, dass Sie nichts damit zu tun haben. Aber es hat sich herausgestellt, dass er Schnipser nicht umgebracht haben kann, weil er sich zu dieser Zeit auf der anderen Seite des Landes befand. Sein Alibi für Schnipsers Tod könnte nicht stichfester sein. Er befand sich zu der fraglichen Zeit im Gefängnis.«

Ich blickte ihn an. Er war nun geduldig und hörte mir mit dem gleichen aufmerksamen und starren Blick zu, mit dem er mich am Donnerstagnachmittag angesehen hatte, als ich ihm gesagt hatte, dass er aus dem Schneider sei.

Ich sagte: »Ich hätte wissen sollen, dass er nicht der Einzige war, dass mehr als eines von Schnipsers Opfern sich entschlossen hatte, sich zu wehren. Der Mann, der versucht hat, mich zu töten, war ein Einzelgänger. Er liebte es, mit einem Messer zu hantieren. Aber ich war bereits zuvor von einem oder mehreren Männern mit einem Wagen angegriffen worden, einem gestohlenen Wagen. Und ein paar Minuten nach jenem Angriff hatte ich einen Anruf von einem älteren Mann mit New Yorker Akzent erhalten. Der Mann hatte mich zuvor schon einmal angerufen. Es ergab keinen Sinn, dass der Messerstecher mit einem Partner zusammenarbeitete. Also musste jemand anderes hinter dem Versuch mit dem Wagen stecken und jemand anderes war auch dafür verantwortlich, dass Schnipser einen Schlag auf den Kopf bekommen hatte und im Fluss gelandet war.«

»Das bedeutet nicht, dass ich irgendetwas damit zu tun hatte.«

»Ich denke doch. Sobald man den Mann mit dem Messer ausklammert, ist offensichtlich, dass die ganze Zeit über alles auf Sie hindeutete. Der Messerstecher war ein Amateur, aber die anderen Elemente der Operation waren alle ziemlich professionell. Ein Wagen, der in einem anderen Stadtviertel gestohlen und von einem sehr guten Fahrer gesteuert wurde. Männer, die gut genug waren, Schnipser zu finden, wenn er nicht gefunden werden wollte. Sie hatten das Geld, derartige Fachmänner anzuheuern. Und Sie hatten die Verbindungen.«

»Das ist Unsinn.«

»Nein«, sagte ich. »Ich habe darüber nachgedacht. Eine Sache, die mich verwirrt hat, war Ihre Reaktion, als ich Sie zum ersten Mal in Ihrem Büro aufsuchte. Sie wussten nicht, dass Schnipser tot war, bis ich Ihnen den Artikel in der Zeitung zeigte. Ich hätte Sie fast von der Liste gestrichen, weil ich nicht glauben konnte, dass Sie Ihre Reaktion so gut vortäuschen konnten. Aber natürlich war es nicht vorgetäuscht. Sie hatten wirklich nicht gewusst, dass er tot war, oder?«

»Natürlich nicht.« Er zog die Schultern zurück. »Und ich denke, das beweist ziemlich gut, dass ich nichts mit seinem Tod zu tun habe.«

Ich schüttelte den Kopf. »Das bedeutet nur, dass Sie noch nichts davon wussten. Und Sie waren verdutzt wegen der Erkenntnis, dass Schnipser zwar tot war, die ganze Sache aber mit seinem Tod doch kein Ende gefunden hatte. Ich hatte nicht nur die Beweise gegen Sie in der Hand, ich wusste auch, welche Verbindung zwischen Ihnen und Schnipser bestanden hatte und dass Sie ein möglicher Verdächtiger im Zusammenhang mit seinem Tod waren. Natürlich hat Sie das etwas aus der Fassung gebracht.«

»Sie können nichts beweisen. Sie können behaupten, dass ich jemanden beauftragt habe, Schnipser zu töten. Das habe ich nicht, und ich kann schwören, dass ich es nicht getan habe, aber es ist kaum etwas, dass ich meinerseits beweisen kann. Worauf es jedoch ankommt, ist, dass ich nicht verpflichtet bin, etwas zu beweisen, oder?«

»Nein.«

»Und Sie können mir vorwerfen, was auch immer Sie wollen, aber Sie haben keine Beweise dafür, oder?«

»Nein, ich habe keine.«

»Dann möchten Sie mir jetzt bitte sagen, weshalb Sie heute Nachmittag hierhergekommen sind, Mr. Scudder.«

»Ich habe keine Beweise. Das ist richtig. Aber ich habe etwas anderes, Mr. Huysendahl.«

»So?«

»Ich habe diese Fotos.«

Er riss den Mund auf. »Sie haben mir versichert–«

»Dass ich sie verbrannt habe.«

»Ja.«

»Ich hatte die Absicht. Es war einfacher, Ihnen zu sagen, dass ich es bereits getan hatte. Seitdem hatte ich viel zu tun und bin nicht dazu gekommen. Und dann habe ich heute Morgen herausgefunden, dass der Mann mit dem Messer nicht Schnipsers Mörder war. Also habe ich über einige Dinge, die mir bereits bekannt waren, nachgedacht und mir wurde klar, dass Sie dahinterstecken mussten. Also ist es ein Glück, dass ich die Fotos noch nicht verbrannt habe, oder?«

Er erhob sich langsam. »Ich denke, ich werde nun doch einen Drink nehmen«, sagte er.

»Nur zu.«

»Werden Sie mir Gesellschaft leisten?«

»Nein.«

Er gab Eiswürfel in ein hohes Glas, schüttete Scotch darüber, fügte Sodawasser aus einem Siphon hinzu. Er nahm sich Zeit, den Drink zu machen, dann ging er zum Kamin und ließ einen Ellbogen auf dem Sims aus polierter Eiche ruhen. Er nahm ein paar kleine Schlucke von seinem Drink, bevor er sich wieder zu mir umdrehte.

»Also befinden wir uns wieder am Anfang«, sagte er. »Und Sie haben sich entschlossen, mich zu erpressen.«

»Nein.«

»Warum ist es dann so ein Glück für Sie, dass Sie die Fotos nicht verbrannt haben?«

»Weil es das Einzige ist, was ich gegen Sie in der Hand habe.«

»Und was werden Sie damit tun?«

»Nichts.«

»Dann–«

»Es geht darum, was Sie tun werden, Mr. Huysendahl.«

»Und was werde ich tun?«

»Sie werden nicht als Gouverneur kandidieren.«

Er starrte mich an. Ich wollte nicht wirklich in seine Augen blicken, aber ich zwang mich dazu. Er versuchte nicht länger, sein Gesicht wie eine Maske wirken zu lassen, und es gelang mir zu beobachten, wie er einen Gedanken nach dem anderen durchspielte und erkannte, dass sie nirgendwohin führten.

»Sie haben das zu Ende gedacht, Scudder.«

»Ja.«

»Ausführlich, vermute ich.«

»Ja.«

»Und es gibt nichts, das Sie wollen, oder? Geld, Macht, die Dinge, die die meisten Menschen wollen? Es würde mir nichts nützen, einen weiteren Scheck an Boys Town zu schicken?«

»Nein.«

Er nickte. Er nestelte mit einem Finger an der Spitze seines Kinns. Er sagte: »Ich weiß nicht, wer Jablon umgebracht hat.«

»Davon bin ich ausgegangen.«

»Ich habe nicht befohlen, ihn umzubringen.«

»Der Befehl geht auf Sie zurück. So oder so sind Sie der Mann an der Spitze.«

»Vermutlich.«

Ich blickte ihn an.

»Ich würde es vorziehen, es nicht zu glauben«, sagte er. »Als Sie mir kürzlich sagten, dass Sie den Mann gefunden haben, der Jablon umgebracht hat, war ich überaus erleichtert. Nicht, weil ich befürchtete, dass der Mord irgendwie mit mir in Verbindung gebracht werden könnte, dass irgendeine Spur zu mir zurückführen würde. Sondern weil ich ehrlich nicht weiß, ob ich auf irgendeine Weise für seinen Tod verantwortlich bin.«

»Sie haben es nicht direkt befohlen.«

»Nein, natürlich nicht. Ich wollte nicht, dass der Mann umgebracht wird.«

»Aber jemand in Ihrer Organisation–«

Er seufzte tief. »Es scheint, als hätte jemand beschlossen, die Angelegenheit selbst in die Hand zu nehmen. Ich ... ich habe mehreren Personen anvertraut, dass ich erpresst werde. Es schien, als wäre es möglich, das Material zurückzubekommen, ohne auf Jablons Forderungen einzugehen. Noch wichtiger, es war notwendig, einen Weg zu finden, auf dem Jablons Schweigen dauerhaft erkauft werden konnte. Das Problem mit Erpressungen ist, dass man nie aufhört zu zahlen. Das Spiel kann in alle Ewigkeit weitergehen, es gibt keine Kontrolle.«

»Also hat jemand versucht, Schnipser mit einem Wagen Angst einzujagen.«

»So scheint es.«

»Und als das nicht funktioniert hat, hat jemand jemanden angeheuert, der jemanden anheuerte, ihn zu töten.«

»Vermutlich. Sie können das nicht beweisen. Was vielleicht noch wichtiger ist, ich kann es nicht beweisen.«

»Aber Sie waren die ganze Zeit über davon überzeugt, oder? Weil Sie mich gewarnt haben, dass eine einmalige Zahlung alles sein würde, was ich bekommen würde. Und wenn ich noch einmal versuchen würde, Sie anzuzapfen, würden Sie mich umbringen lassen.«

»Habe ich das wirklich gesagt?«

»Ich denke, dass Sie sich daran erinnern, es gesagt zu haben, Mr.

Huysendahl. Ich hätte zu der Zeit die Bedeutung darin erkennen sollen. Sie haben an Mord als eine Waffe in Ihrem Arsenal gedacht. Weil Sie bereits einmal davon Gebrauch gemacht hatten.«

»Ich habe niemals auch nur einen Augenblick lang gewollt, dass Jablon stirbt.«

Ich stand auf. Ich sagte: »Kürzlich habe ich über Thomas Becket gelesen. Er stand einem der englischen Könige sehr nahe. Einem von den Heinrichen; ich glaube, es war Heinrich II.«

»Ich denke, dass ich die Parallele sehen kann.«

»Kennen Sie die Geschichte? Als er zum Erzbischof von Canterbury ernannt wurde, hörte er auf, Heinrichs Freund zu sein, und spielte das Spiel, wie es ihm sein Gewissen befahl. Das hat Heinrich missfallen, und er ließ das ein paar seiner Untergebenen wissen. ›Oh, wenn mich nur jemand von diesem aufrührerischen Priester befreien würde!‹«

»Aber er hatte nie gewollt, dass Becket ermordet wird.«

»Das war seine Version«, stimmte ich zu. »Seine Untergebenen waren der Ansicht, dass Heinrich Beckets Todesurteil ausgesprochen hatte. Heinrich hat das überhaupt nicht so gesehen, er hatte nur laut gedacht, und er war sehr bestürzt, als er erfuhr, dass Becket tot war. Oder zumindest gab er vor, sehr bestürzt zu sein. Er lebt nicht mehr, also können wir ihn nicht befragen.«

»Und Sie sind der Ansicht, dass Heinrich die Verantwortung trug.«

»Ich möchte sagen, dass ich ihn nicht zum Gouverneur von New York wählen würde.«

Er trank seinen Drink aus. Er stellte das Glas auf die Anrichte und setzte sich wieder in seinen Sessel, wo er die Beine übereinander schlug.

Er sagte: »Wenn ich als Gouverneur kandidiere–«

»Dann bekommt jede größere Zeitung im Bundesstaat einen kompletten Satz dieser Fotos. Solange Sie Ihre Kandidatur nicht verkünden, bleiben die Fotos, wo sie sind.«

»Und wo sind sie?«

»An einem sehr sicheren Ort.«

»Und ich habe keine Wahl?«

»Nein.«

»Keine andere Option?«

»Keine.«

»Ich könnte in der Lage sein herauszufinden, wer für Jablons Tod verantwortlich ist.«

»Vielleicht könnten Sie das. Es ist auch möglich, dass Sie es nicht können. Aber was würde das nützen? Es handelt sich bestimmt um einen Profi, und es würde keinen Beweis geben, der ihn mit Ihnen oder Jablon in Verbindung bringt, ganz zu schweigen von etwas, das dafür sorgen würde, dass er vor Gericht landet. Und Sie könnten nichts mit ihm anstellen, ohne sich selbst zu entblößen.«

»Sie machen das alles sehr schwer, Scudder.«

»Ich mache es sehr einfach. Alles, was Sie tun müssen, ist vergessen, dass Sie Gouverneur werden wollen.«

»Ich würde ein vorzüglicher Gouverneur sein. Wenn Ihnen so viel an historischen Parallelen liegt, sollten Sie noch ein bisschen mehr über Heinrich II. nachdenken. Er wird als einer der besseren Monarchen Englands betrachtet.«

»Das entzieht sich meiner Kenntnis.«

»Meiner nicht.« Er erzählte mir ein paar Dinge über Heinrich. Soweit ich das sehen konnte, wusste er einiges zu dem Thema. Vielleicht war es interessant. Ich schenkte ihm nicht viel Aufmerksamkeit. Dann fing er wieder damit an, was für ein guter Gouverneur er sein würde und wie viel er für die Bürger des Staates erreichen würde.

Ich schnitt ihm das Wort ab. Ich sagte: »Sie haben eine Menge Pläne, aber das bedeutet gar nichts. Sie wären kein guter Gouverneur. Sie werden kein Gouverneur werden, weil ich es nicht zulassen werde, aber Sie wären kein guter, weil Sie fähig sind, Leute für sich arbeiten zu lassen, die fähig sind, andere zu ermorden. Das genügt, um Sie zu disqualifizieren.«

»Ich könnte diese Leute entlassen.«

»Ich könnte nicht wissen, ob Sie das tun oder nicht. Und die einzelnen Personen sind gar nicht so wichtig.«

»Ich verstehe.« Er seufzte noch einmal. »Er war kein sonderlich guter Mensch, müssen Sie wissen. Ich versuche nicht, seine Ermordung zu rechtfertigen, wenn ich das sage. Er war ein Kleingauner und ein schäbiger Erpresser. Er hat mich zuerst hereingelegt, indem er eine persönliche Schwäche von mir ausgenutzt hat, und dann hat er versucht, mich zu schröpfen.«

»Er war kein sonderlich guter Mensch«, stimmte ich zu.

»Und trotzdem ist seine Ermordung für Sie wichtig.«

»Ich habe etwas gegen Mord.«

»Dann glauben Sie, dass das menschliche Leben heilig ist.«

»Ich bin mir nicht sicher, dass ich denke, dass irgendetwas heilig ist. Das ist eine sehr komplizierte Frage. Ich selbst habe Menschen das Leben genommen. Vor ein paar Tagen habe ich einen Mann getötet. Kurz davor habe ich zum Tod eines anderen Mannes beigetragen. Mein Beitrag war unbeabsichtigt. Besser gefühlt habe ich mich deshalb aber nicht. Ich weiß nicht, ob das menschliche Leben heilig ist. Ich habe einfach etwas gegen Mord. Und Sie sind gerade dabei, mit einem Mord davonzukommen, und das missfällt mir, und es gibt nur eine Sache, die ich in diesem Zusammenhang tun kann. Ich will Sie nicht töten, ich will Sie nicht bloßstellen, ich will nichts von all dem tun. Ich habe genug davon, eine inkompetente Version von Gott abzugeben. Alles, was ich tun werde, ist, Sie aus Albany fernzuhalten.«

»Bedeutet das nicht, Gott zu spielen?«

»Ich denke nicht.«

»Sie sagen, dass das menschliche Leben heilig ist. Nicht in diesen Worten, aber das scheint Ihre Ansicht zu sein. Was ist mit meinem Leben, Scudder? Seit einigen Jahren gibt es nur eine Sache, die für mich wichtig ist, und Sie maßen sich an, mir zu sagen, dass ich sie nicht haben kann.«

Ich blickte mich im Arbeitszimmer um. Die Porträts, die Einrichtung, die Anrichte. »Es scheint mir, als ob Sie es auch so ziemlich gut haben«, sagte ich.

»Ich habe materielle Besitztümer. Ich kann sie mir leisten.«

»Genießen Sie sie.«

»Gibt es keinen Weg, wie ich Sie kaufen kann? Sind Sie wirklich so abgrundtief unbestechlich?«

»Ich bin wahrscheinlich bestechlich, nach den meisten Regeln. Aber Sie können mich nicht kaufen, Mr. Huysendahl.«

Ich wartete darauf, dass er etwas sagte. Ein paar Minuten vergingen, und er blieb einfach dort, wo er war, stumm, mit abwesendem Blick. Ich fand selbst den Weg nach draußen.

Kapitel 20

Diesmal erreichte ich St. Paul's, bevor sie schlossen. Ich stopfte den Zehnten von dem, was ich Lundgren abgenommen hatte, in die Almosenbüchse. Dann zündete ich ein paar Kerzen an für verschiedene Tote, die mir in den Sinn kamen. Ich saß eine Zeitlang da und beobachtete, wie die Leute der Reihe nach im Beichtstuhl verschwanden. Und ich kam zu dem Schluss, dass ich sie beneidete, aber nicht genug, um etwas dagegen zu tun.

Ich ging über die Straße ins Armstrong's und aß einen Teller Bohnen mit Wurst, danach genehmigte ich mir einen Drink und eine Tasse Kaffee. Es war jetzt vorbei, es war alles vorbei, und ich konnte wieder normal trinken, niemals betrunken werden, niemals völlig nüchtern sein. Gelegentlich nickte ich Leuten zu, und einige von ihnen nickten zurück. Es war Samstag, also hatte Trina frei, aber Larry erfüllte die Aufgabe, mir mehr Kaffee und Bourbon zu bringen, wenn meine Tasse leer war, fast ebenso gut.

Die meiste Zeit über ließ ich meine Gedanken einfach schweifen, aber manchmal ertappte ich mich dabei, wie ich über das nachdachte, was passiert war, seit Schnipser hereinspaziert war und mir den Umschlag gegeben hatte. Es hätte wahrscheinlich Wege gegeben, es besser anzugehen. Wenn ich am Anfang etwas nachgehakt und mich mehr dafür interessiert hätte, wäre ich vielleicht sogar in der Lage gewesen, Schnipsers Tod zu verhindern. Aber es war vorüber und ich war damit fertig, und ich hatte sogar noch etwas von seinem Geld übrig nach dem, was ich Anita, den Kirchen und verschiedenen Barkeepern gegeben hatte. Ich konnte mich jetzt entspannen.

»Ist der Platz noch frei?«

Ich hatte sie nicht bemerkt, als sie hereingekommen war. Ich blickte hoch und da war sie. Sie setzte sich mir gegenüber und holte eine Packung Zigaretten aus der Tasche. Sie schüttelte eine Zigarette aus der Packung und zündete sie an.

Ich sagte: »Sie tragen den weißen Hosenanzug.«

»Damit Sie in der Lage sind, mich zu erkennen. Es ist Ihnen wirklich gelungen, mein Leben auf den Kopf zu stellen, Matt.«

»Ich vermute, das stimmt. Man wird Sie nicht anklagen, oder?«

»Die haben nichts gegen mich in der Hand. Johnny hat nichts von Schnipsers Existenz gewusst. Wenn das nur mein größtes Problem wäre.«

»Sie haben andere Probleme?«

»Auf gewisse Weise bin ich gerade eines losgeworden. Es hat mich jedoch eine Menge gekostet, ihn loszuwerden.«

»Ihren Ehemann?«

Sie nickte. »Er hat ohne größeres Zögern entschieden, dass ich ein Luxus bin, den er sich in Zukunft vorenthalten will. Er will sich scheiden lassen. Und ich werde keinen Unterhalt bekommen, denn wenn ich ihm Schwierigkeiten bereite, wird er mir zehn Mal so viele bereiten, und ich denke, dass er das wahrscheinlich wirklich tun würde. Nicht, dass nicht ohnehin schon genug Scheiße in den Zeitungen stand.«

»Ich bin nicht auf dem Laufenden, was Zeitungen betrifft.«

»Da haben Sie ein paar nette Sachen verpasst.« Sie zog an der Zigarette und ließ eine Rauchwolke aus ihrem Mund entweichen. »Sie trinken wirklich nur in den besten Läden, oder? Ich hab Sie in Ihrem Hotel gesucht, aber dort waren Sie nicht, deshalb war ich dann im Polly's Cage, und dort hat man mir gesagt, dass Sie häufig hierher kommen würden. Ich kann mir nicht vorstellen, warum.«

»Es passt zu mir.«

Sie neigte den Kopf, studierte mich. »Wissen Sie was? Das stimmt. Laden Sie mich auf einen Drink ein?«

»Klar.«

Ich erregte Larrys Aufmerksamkeit und sie bestellte ein Glas Wein. »Er wird wahrscheinlich nicht so toll sein«, sagte sie, »aber zumindest ist es schwer für den Barkeeper, ihn zu verhunzen.« Als ihr der Wein gebracht wurde, hob sie das Glas in meine Richtung und ich erwiderte die Geste mit meiner Tasse. »Zum Wohl«, sagte sie.

»Zum Wohl.«

»Ich wollte nicht, dass er Sie tötet, Matt.«

»Ich auch nicht.«

»Ich meine es ernst. Alles, was ich wollte, war Zeit. Ich hätte es selbst erledigt, auf die eine oder andere Weise. Ich hab Johnny nicht angerufen, müssen Sie wissen. Woher hätte ich wissen sollen, wo ich ihn erreichen kann? Er hat mich angerufen, nachdem man ihn aus dem Gefängnis entlassen hatte. Er wollte, dass ich ihm Geld schicke. Er bat ab und zu um welches, wenn er in der Klemme steckte. Ich fühlte mich schuldig, weil ich damals als Kronzeugin ausgesagt habe, auch wenn es seine Idee gewesen war. Aber als ich mit ihm am Telefon sprach, konnte ich mich einfach nicht davon abhalten, ihm zu sagen, dass ich in Schwierigkeiten stecke, und das war ein Fehler. Er hat mehr Probleme bereitet, als ich jemals ohne ihn gehabt hätte.«

»Warum hatte er so eine Macht über Sie?«

»Ich weiß es nicht. Aber er hat sie schon immer gehabt.«

»Sie haben mich ihm vorgeführt. An dem Abend im Polly's.«

»Er wollte einen Blick auf Sie werfen.«

»Den hat er bekommen. Dann hab ich ein Treffen mit Ihnen für Mittwoch vereinbart. Das Witzige daran war, dass ich Ihnen sagen wollte, dass Sie aus dem Schneider sind. Ich dachte, dass ich bereits wusste, wer der Mörder war, und ich wollte Ihnen sagen, dass die Erpressungsgeschichte aus und vorbei ist. Stattdessen haben Sie das Treffen einen Tag hinausgezögert und ihn auf mich angesetzt.«

»Er sollte mit Ihnen reden. Ihnen Angst einjagen, Zeit schinden, etwas in der Art.«

»Er hat das nicht so gesehen. Sie müssen geahnt haben, dass er versuchen würde, was er versucht hat.«

Sie zögerte einen Augenblick lang, dann ließ sie die Schultern hängen. »Ich wusste, dass es möglich war. Er war . . . Er besaß eine gewisse Wildheit.« Ihr Gesicht hellte sich auf und etwas tanzte in ihren Augen. »Vielleicht haben Sie mir einen Gefallen getan«, sagte sie. »Vielleicht bin ich ohne ihn besser dran.«

»Sehr viel besser, als Sie ahnen.«

»Was meinen Sie damit?«

»Ich meine, dass es einen sehr guten Grund gab, weshalb er mich töten wollte. Es ist nur eine Vermutung, aber ich mag meine Vermutungen. Sie wären zufrieden gewesen, wenn Sie mich hätten hinhalten können, bis Sie zu Geld kommen. Und das wäre der Fall gewesen, sobald Kermit auf das Kapital seiner Erbschaft zugreifen kann. Aber Lundgren konnte sich nicht leisten, dass ich mitmischte, weder jetzt noch später. Denn er hatte große Pläne mit Ihnen.«

»Was meinen Sie damit?«

»Kommen Sie nicht darauf? Er hat Ihnen wahrscheinlich gesagt, dass Sie sich von Ethridge scheiden lassen sollten, wenn der erst einmal genug Geld hätte, damit es sich lohnt.«

»Woher wissen Sie das?«

»Wie ich gesagt habe, nur eine Vermutung. Aber ich denke nicht, dass es auf diese Weise abgelaufen wäre. Er hätte alles gewollt. Er hätte gewartet, bis Ihr Ehemann an das Geld gekommen war, und dann hätte er sich die Zeit genommen, es richtig einzufädeln, und plötzlich wären Sie eine sehr reiche Witwe gewesen.«

»Oh mein Gott.«

»Dann hätten Sie wieder geheiratet und Ihr neuer Name wäre Beverly Lundgren gewesen. Und was denken Sie, wie lange es gedauert hätte, bis er eine neue Kerbe an seinem Messer gehabt hätte?«

»Mein Gott!«

»Natürlich ist das alles nur eine Vermutung.«

»Nein.« Sie zitterte, und urplötzlich verlor ihr Gesicht eine Menge seines Schliffs und sie sah wieder aus wie das Mädchen, das sie schon seit sehr langer Zeit nicht mehr gewesen war. »Er hätte es genau so gemacht«, sagte sie. »Es ist mehr als eine Vermutung. Es ist genau so, wie er es gemacht hätte.«

»Noch ein Glas Wein?«

»Nein.« Sie legte die Hand auf meine. »Ich war darauf vorbereitet, böse auf Sie zu sein, weil Sie mein Leben ruiniert haben. Vielleicht ist das nicht alles, was Sie gemacht haben. Vielleicht haben Sie es gerettet.«

»Das werden wir niemals wissen, oder?«

»Nein.« Sie drückte die Zigarette aus. Sie sagte: »Nun, was werde ich nun tun? Ich hatte angefangen, mich an ein Leben des Müßiggangs zu gewöhnen, Matt. Ich denke, dass ich es mit einer gewissen Begabung geführt habe.«

»Daran besteht kein Zweifel.«

»Und jetzt muss ich plötzlich einen Weg finden, mir meinen Lebensunterhalt zu verdienen.«

»Dir wird schon was einfallen, Beverly.«

Ihre Augen blickten in meine. Sie sagte: »Das ist das erste Mal, dass du mich beim Vornamen genannt hast, weißt du das?«

»Ich weiß.«

Wir saßen eine Zeitlang da und blickten einander an. Sie griff nach einer Zigarette, überlegte es sich anders und schob sie in die Packung zurück. »Nun, was sagt man dazu«, sagte sie.

Ich sagte nichts.

»Ich dachte, ich hätte keine Wirkung auf dich. Ich hab angefangen, mir Sorgen zu machen, dass es mit mir bergab geht. Können wir irgendwo anders hingehen? Ich befürchte, mein Zuhause ist nicht mehr mein Zuhause.«

»Es gibt mein Hotel.«

»Du schleppst mich nur in die besten Läden«, sagte sie. Sie erhob sich und nahm ihre Tasche. »Lass uns gehen. Jetzt sofort.«

An meine deutschen Leser: Ich hoffe, dass Sie Gefallen an diesem Matthew-Scudder-Roman gefunden haben. Wenn Sie über zukünftige Veröffentlichungen meiner Bücher auf Deutsch informiert werden möchten, schicken Sie einfach eine E-Mail mit dem Betreff "German mailing list" an lawbloc@gmail.com. (Ich versende auch einen Newsletter auf Englisch und würde Sie mit Freude auch auf diese Liste setzen; falls gewünscht, fügen Sie einfach "English also" hinzu.)

Blättern Sie um für einen Bonus:
Kapitel 1 des ersten Romans der Matthew-Scudder-Reihe

DIE SÜNDEN DER VÄTER

DIE SÜNDEN DER VÄTER

Kapitel 1

Er war ein stattlicher Mann, etwa so groß wie ich, aber mit etwas mehr Fleisch auf den ausladenden Knochen. Seine geschwungenen und markanten Augenbrauen waren noch schwarz. Das Haar hingegen war eisengrau und glatt nach hinten gekämmt, was seinem gewaltigen Schädel ein löwenartiges Aussehen verlieh. Er hatte eine Brille getragen, die nun auf dem Eichentisch zwischen uns lag. Seine dunklen braunen Augen suchten auf meinem Gesicht nach geheimen Botschaften. Falls er welche fand, ließ sich das in den Augen nicht erkennen. Seine Gesichtszüge waren streng gemeißelt – eine Adlernase, ein voller Mund, ein zerklüftetes Kinn –, aber der Gesamteindruck des Gesichts war der einer unbeschriebenen Steintafel, die nur darauf wartete, dass jemand Gebote in sie einritzte.

Er sagte: »Ich weiß nicht viel über Sie, Scudder.«

Ich wusste einiges über ihn. Er hieß Cale Hanniford, war Mitte fünfzig. Er lebte oben in Utica, wo er einen Medikamentengroßhandel leitete und Immobilien besaß. Sein Lincoln stammte aus dem Vorjahr und parkte draußen am Bordstein. Er hatte eine Ehefrau, die in einem Zimmer im Carlyle Hotel auf ihn wartete.

Er hatte eine Tochter, die in einem kalten Stahlschubfach im städtischen Leichenschauhaus lag.

»Es gibt nicht viel zu wissen«, sagte ich. »Ich war mal Polizist.«

»Ein hervorragender sogar, laut Lieutenant Koehler.«

Ich zuckte mit den Schultern.

»Und jetzt sind sie Privatdetektiv.«

»Nein.«

»Ich dachte–«

»Privatdetektive haben eine Lizenz. Sie zapfen Telefone an und beschatten Menschen. Sie füllen Formulare aus, bewahren Unterlagen auf und so weiter. Ich mache solche Sachen nicht. Manchmal tue ich Leuten einen Gefallen. Und sie geben mir Geschenke.«

»Ich verstehe.«

Ich nahm einen Schluck Kaffee. Ich trank Kaffee, der mit Bourbon aufgepeppt war. Hanniford hatte ein Glas Dewar's mit Wasser vor sich stehen, schien sich aber nicht sonderlich dafür zu interessieren. Wir befanden uns im Amstrong's, einer anständigen Kneipe mit dunklen Holzwänden und einer Decke aus gestanztem Blech. Es war zwei Uhr nachmittags am zweiten Dienstag im Januar und wir hatten das Lokal so ziemlich für uns alleine. Ein paar Krankenschwestern aus dem Roosevelt Hospital kümmerten sich um ihre Biere am anderen Ende des Tresens und ein junger Typ mit der Andeutung eines Barts aß einen Hamburger an einem der Fenstertische.

Er sagte: »Es fällt mir schwer, Ihnen zu erklären, was Sie für mich tun sollen, Scudder.«

»Ich bin mir nicht sicher, ob es irgendetwas gibt, das ich für Sie tun könnte. Ihre Tochter ist tot. Daran kann ich nichts ändern. Der Typ, der sie getötet hat, wurde an Ort und Stelle verhaftet. Nach dem, was ich in der Zeitung gelesen habe, könnte es auch dann nicht eindeutiger sein, wenn jemand den Mord gefilmt hätte.« Sein Gesicht verdunkelte sich; er sah jetzt diesen Film, das Schneiden des Messers. Ich fuhr schnell fort: »Man hat ihn aufgegriffen, ihn verhaftet und ihn in das Tombs gesteckt. Das war am Donnerstag, nicht wahr?« Er nickte. »Und am Samstagmorgen fand man ihn aufgeknüpft in seiner Zelle. Fall abgeschlossen.«

»Ist das ihre Ansicht? Dass der Fall abgeschlossen ist?«

»Vom polizeilichen Standpunkt aus betrachtet, ja.«

»Das ist nicht das, was ich gemeint habe. Natürlich muss die Polizei das so sehen. Man hat den Mörder gefasst und er hat sich der Bestrafung entzogen.« Er beugte sich vor. »Aber es gibt Dinge, die ich wissen muss.«

»Zum Beispiel?«

»Ich will wissen, warum sie umgebracht wurde. Ich will wissen, wer sie war. Ich hatte seit drei Jahren keinen richtigen Kontakt mehr mit Wendy. Herrgott, ich war mir nicht einmal sicher, dass sie überhaupt in New York lebt.« Seine Augen wichen meinem Blick aus. »Es heißt, sie wäre ohne Job gewesen. Keine ersichtliche Einnahmequelle. Ich habe das Gebäude gesehen, in dem sie gewohnt hat. Ich wollte in ihr Apartment hochgehen, aber ich konnte es nicht. Die Miete betrug fast vierhundert Dollar im Monat. Was schließen Sie daraus?«

»Dass es einen Mann gab, der ihre Miete bezahlt hat.«

»Sie hat sich das Apartment mit diesem Vanderpoel geteilt. Dem Kerl, der sie umgebracht hat. Er hat für einen Antiquitätenimporteur gearbeitet. Er hat so um die hundertfünfundzwanzig Dollar in der Woche verdient. Wenn ein Mann sie als seine Geliebte ausgehalten hat, hätte er doch nicht zugelassen, dass Vanderpoel bei ihr wohnt, oder?« Er atmete tief ein. »Ich denke, es ist ziemlich offensichtlich, dass sie eine Prostituierte war. Die Polizei hat mir das nicht in diesen Worten mitgeteilt. Man war taktvoll. Die Zeitungen waren etwas weniger taktvoll.«

So wie sie es normalerweise sind. Und der Fall war genau von der Art, mit der sich die Zeitungen gerne beschäftigen. Das Mädchen war attraktiv, der Mord hatte sich im Village ereignet und er ließ sich mit Sex in Verbindung bringen. Außerdem war Richard Vanderpoel mit ihrem Blut beschmiert, als man ihn auf der Straße schnappte. Kein Lokalredakteur, der sein Geld wert war, würde sich so etwas entgehen lassen.

Er sagte: »Scudder? Verstehen Sie, warum der Fall für mich nicht abgeschlossen ist?«

»Ich vermute, ja.« Ich zwang mich dazu, ihm tief in die dunklen Augen zu blicken. »Der Mord war für Sie wie eine Tür, die begann, sich zu öffnen. Nun müssen Sie wissen, was sich in dem Raum dahinter befindet.«

»Dann verstehen Sie mich.«

Das tat ich. Und ich wünschte, es wäre nicht so gewesen. Ich hatte den Job nicht gewollt. Ich arbeite so unregelmäßig wie möglich. Es bestand zu dem Zeitpunkt keine Notwendigkeit für mich zu arbeiten. Ich brauche nicht viel Geld. Mein Zimmer ist billig, meine täglichen Ausgaben sind niedrig. Zudem hatte ich keinen Grund, eine Abneigung gegen den Mann zu hegen. Es fiel mir schon immer leichter, Geld von Männern zu nehmen, gegen die ich eine Abneigung habe.

»Lieutenant Koehler hat nicht verstanden, was ich will. Ich bin ziemlich sicher, dass er mir Ihre Nummer nur gab, um mich auf höfliche Weise loszuwerden.« Das war nicht der einzige Grund, aber ich ließ es unkommentiert. »Aber ich muss diese Dinge wirklich wissen. Wer war sie? Was ist aus ihr geworden? Und warum würde jemand sie umbringen wollen?«

Warum will überhaupt jemand jemanden umbringen? Jeden Tag kommt es zu vier oder fünf Morden in New York. Während einer heißen Woche im letzten Sommer stieg die Zahl auf dreiundfünfzig. Menschen töten ihre Freunde, ihre Verwandten, ihre Geliebten. Ein Mann auf Long Island führte seinen älteren Kindern Karate vor, indem er seine zweijährige Tochter in Stücke hieb. Warum tun die Menschen solche Dinge?

Kain sagte, dass er nicht Abels Hüter sei. Waren das die beiden einzigen Möglichkeiten, Hüter oder Mörder?

»Werden Sie für mich arbeiten, Scudder?« Er brachte ein kleines Lächeln zustande. »Lassen Sie es mich anders ausdrücken. Werden Sie mir den Gefallen tun? Und es wäre wirklich ein Gefallen.«

»Ich frage mich, ob das stimmt.«

»Was wollen Sie damit sagen?«

»Diese offene Tür. Vielleicht gibt es Dinge dahinter, die Sie nicht sehen möchten.«

»Dessen bin ich mir bewusst.«

»Und deshalb müssen Sie da hineinblicken.«

»Das ist richtig.«

Ich trank meinen Kaffee aus. Ich stellte die Tasse auf den Tisch und atmete tief ein. »Ja«, sagte ich. »Ich werde einen Versuch wagen.«

Er lehnte sich in seinen Stuhl zurück, brachte eine Packung Zigaretten zum Vorschein und zündete sich eine an. Es war seine erste, seit er hereingekommen war. Manche Menschen greifen zu Zigaretten, wenn sie unter Anspannung stehen, andere, wenn die Spannung nachlässt. Er war nun lockerer und sah aus, als ob er der Ansicht wäre, etwas vollbracht zu haben.

Vor mir stand eine neue Kaffeetasse und ich füllte ein paar Seiten in meinem Notizbuch. Hanniford nippte noch immer an seinem ersten Drink. Er erzählte mir eine Menge Sachen, die ich niemals über seine Tochter hätte wissen müssen. Aber alles, was er sagte, konnte sich als wichtig erweisen, und es war unmöglich zu erraten, was es sein würde. Ich hatte vor langer Zeit gelernt, mir alles anzuhören, was ein Mann zu sagen hatte.

Also erfuhr ich, dass Wendy ein Einzelkind gewesen war, dass sie auf der Highschool gute Noten gehabt hatte, dass sie bei ihren Klassenkameraden beliebt gewesen, aber nicht viel mit Jungs ausgegangen war. Ich war dabei, mir ein Bild des Mädchens zu machen; ein Bild, das noch nicht ganz scharf war. Irgendwann würde ich es mit dem einer Hure, die man aufgeschlitzt in einem Apartment im Village gefunden hatte, in Einklang bringen müssen.

Das Bild begann zu verschwimmen, als sie nach Indiana ging, um dort das College zu besuchen. Das war offenbar der Zeitpunkt, zu dem sie begann, sich zu entfremden. Sie studierte im Hauptfach Englisch, als Nebenfach Politik. Ein paar Monate, bevor sie ihren Abschluss machen sollte, packte sie ihre Koffer und verschwand.

»Das College hat uns kontaktiert. Ich machte mir große Sorgen, weil sie etwas Derartiges noch nie zuvor getan hatte. Ich wusste nicht, was wir tun sollten. Dann erhielten wir eine Postkarte. Sie befand sich in New York, hatte einen Job, es gab ein paar Dinge, die sie auf die Reihe bekommen müsste. Ein paar Monate später erhielten wir eine weitere Karte, diesmal aus Miami. Ich wusste nicht, ob sie dort hingezogen war oder nur Urlaub machte.«

Und dann kam nichts mehr, bis eines Tages das Telefon klingelte und sie erfuhren, dass Wendy tot war. Sie war siebzehn, als sie die Highschool abschloss, einundzwanzig, als sie das College schmiss, vierundzwanzig, als

Richard Vanderpoel sie aufschlitzte. Sie sollte nicht älter werden.

Er fing an, mir Sachen zu erzählen, die ich später noch einmal detaillierter von Koehler erfahren würde. Namen, Adressen, Daten, Uhrzeiten. Ich ließ ihn reden. Etwas ließ mir keine Ruhe und ich gestattete, dass es in meinem Bewusstsein sein Unwesen trieb.

Er sagte: »Der Kerl, der sie umgebracht hat. Richard Vanderpoel. Er war jünger als sie. Er war erst zwanzig.« Er runzelte die Stirn, als er sich an etwas erinnerte. »Als ich hörte, was passiert war, wollte ich den Kerl umbringen. Ich wollte ihn mit meinen eigenen Händen töten.« Bei dem Gedanken daran ballte er die Hände zu Fäusten, dann öffnete er sie langsam wieder. »Aber nachdem er Selbstmord begangen hatte, ich weiß nicht recht, da ging etwas in mir vor. Mir wurde klar, dass auch er ein Opfer war. Sein Vater ist Pfarrer.«

»Ja, das ist mir bekannt.«

»Eine Kirche irgendwo in Brooklyn. Ich verspürte plötzlich den Impuls, mit dem Mann zu sprechen. Ich weiß nicht, was ich ihm sagen wollte. Was auch immer es war, nach kurzem Nachdenken wurde mir klar, dass ich dieses Gespräch niemals führen könnte. Und doch–«

»Sie wollten mehr über den Jungen erfahren. Um mehr über Ihre Tochter herauszufinden.« Er nickte.

Ich sagte: »Wissen Sie, was ein Phantombild ist, Mr. Hanniford? Sie haben vermutlich schon welche in der Zeitung gesehen. Wenn die Polizei einen Augenzeugen hat, benützen sie ein Set von Folien mit Gesichtsmerkmalen, um das komplette Gesicht eines Verdächtigen zusammenzusetzen. ›War die Nase so? Oder war sie eher so? Größer? Breiter? Was ist mit den Ohren? Welche dieser Ohren entsprechen ihm am ehesten?‹ Und so weiter, bis die Merkmale ein Gesicht ergeben.«

»Ja, ich weiß, wie das funktioniert.«

»Dann haben Sie wahrscheinlich auch schon wirkliche Fotos der Verdächtigen neben den Phantombildern gesehen. Es scheint nie eine wirkliche Ähnlichkeit zu geben, vor allem nicht für das ungeschulte Auge. Aber es gibt eine faktische Übereinstimmung und einem geschulten

Polizisten ist sie sehr oft von großem Nutzen. Verstehen Sie, worauf ich hinauswill? Sie wollen Fotos von Ihrer Tochter und dem Kerl, der sie getötet hat. Ich bin nicht dazu in der Lage, Ihnen welche zu geben. Niemand kann das. Ich kann genug Fakten und Eindrücke ans Tageslicht bringen, um Phantombilder für Sie zusammenzusetzen, aber das Ergebnis wird vielleicht dem, was Sie wirklich wollen, nicht allzu ähnlich sein.«

»Ich verstehe.«

»Und Sie wollen trotzdem, dass ich mich der Sache annehme?«

»Ja. Auf jeden Fall.«

»Ich bin wahrscheinlich teurer als diese großen Detektivbüros. Die würden für Sie auf Stundenbasis oder für eine Tagespauschale arbeiten. Zuzüglich Spesen. Ich nehme einen gewissen Geldbetrag und decke davon meine Ausgaben. Ich mag keine Aufzeichnungen machen. Ich mag auch keine Berichte schreiben oder in regelmäßigen Abständen mit meinen Klienten Kontakt aufnehmen, obwohl es nichts mitzuteilen gibt, nur damit meine Auftraggeber glücklich sind.«

»Wieviel Geld wollen Sie?«

Ich weiß nie, wie ich den Preis festlegen soll. Wie berechnet man einen Wert für seine Zeit, wenn sie nur einen persönlichen Wert besitzt? Und wenn man sein Leben bewusst umgestaltet hat, um möglichst wenig mit dem Leben anderer Menschen in Berührung zu kommen, wieviel verlangt man dann von einem Mann, der einen dazu zwingt, im Leben anderer herumzuschnüffeln?

»Ich möchte jetzt zweitausend Dollar von Ihnen. Ich weiß nicht, wieviel Zeit es in Anspruch nehmen wird oder wann Sie entscheiden werden, dass Sie genug von diesem dunklen Raum gesehen haben. Vielleicht werde ich nach einiger Zeit, oder wenn die Sache abgeschlossen ist, mehr Geld von Ihnen verlangen. Natürlich bleibt Ihnen immer die Möglichkeit, mir nichts zu geben.«

Er lächelte unvermittelt. »Sie sind ein sehr außergewöhnlicher Geschäftsmann.«

»Vermutlich.«

»Ich musste noch nie einen Detektiv mit etwas beauftragen, also weiß ich nicht wirklich, wie das normalerweise abläuft. Haben Sie etwas gegen einen Scheck?«

Ich erklärte ihm, dass ein Scheck in Ordnung ginge, und während er ihn ausstellte, wurde mir klar, was mich vorhin beschäftigt hatte. Ich sagte: »Sie haben nach Wendys Verschwinden vom College keinen Detektiv engagiert?«

»Nein.« Er blickte hoch. »Es hat nicht lange gedauert, bis wir die erste der beiden Postkarten erhielten. Ich hatte mir natürlich überlegt, einen Detektiv zu beauftragen, aber als wir wussten, dass es ihr gut ging, verwarf ich den Gedanken.«

»Aber Sie wussten immer noch nicht, wo sie war und wie sie lebte.«

»Nein.« Er senkte die Augen. »Damit hängt es natürlich zusammen. Das ist der Grund, warum ich jetzt damit beschäftigt bin, den leeren Stall abzusperren.« Seine Augen suchten wieder die meinigen und ich sah etwas in ihnen, von dem ich mich abwenden wollte, aber nicht konnte. »Ich muss wissen, wie sehr ich mir selbst die Schuld geben muss.«

Dachte er wirklich, dass er darauf jemals eine Antwort bekommen würde? Oh, er konnte für sich eine Antwort finden, aber es würde nicht die richtige Antwort sein. Es gibt nie eine richtige Antwort auf diese unausweichliche Frage.

Er war mit dem Ausstellen des Schecks fertig und reichte ihn mir. Er hatte das Feld für meinen Namen frei gelassen. Er sagte mir, er vermute, ich wolle nicht, dass er meinen Namen eintrage. Ich antwortete ihm, dass es kein Problem darstelle, wenn der Scheck auf mich ausgestellt wäre. Er nahm noch einmal die Kappe von seinem Füllfederhalter und schrieb *Matthew Scudder* auf die entsprechende Linie. Ich faltete den Scheck und steckte ihn in meine Brieftasche.

Ich sagte: »Mr. Hanniford, es gibt etwas, das Sie weggelassen haben. Sie denken nicht, dass es wirklich wichtig ist, aber es könnte es doch sein, und Sie denken auch, dass es das sein könnte.«

»Woher wissen Sie das?«

»Instinkt, vermutlich. Ich habe viele Jahre damit verbracht, Leute zu beobachten, die sich entscheiden mussten, wie nahe sie der Wahrheit kommen wollen. Es gibt nichts, dass Sie mir erzählen *müssen*, aber–«

»Oh, es ist irrelevant, Scudder. Ich hab es nicht erwähnt, weil ich dachte, es gehört nicht hierher, aber – ach, zum Teufel. Wendy ist nicht meine leibliche Tochter.«

»Sie war adoptiert?«

»Ich habe sie adoptiert. Meine Frau ist Wendys Mutter. Wendys Vater starb, bevor sie geboren wurde. Er war ein Marine, er starb bei der Landung bei Incheon.« Er wandte wieder den Blick ab. »Ich habe Wendys Mutter drei Jahre später geheiratet. Ich habe Wendy von Anfang an so geliebt wie eine leibliche Tochter. Und als ich erfahren habe, dass ich selbst . . . nicht in der Lage bin, Kinder zu zeugen, war ich noch dankbarer für ihre Existenz. Nun? Ist das wichtig?«

»Ich weiß es nicht«, sagte ich. »Wahrscheinlich nicht.« Aber natürlich war es wichtig für mich. Dadurch wusste ich mehr über die Last der Schuld, die Hanniford auf sich geladen hatte.

»Sie sind nicht verheiratet, oder, Scudder?«

»Geschieden.«

»Haben Sie Kinder?«

Ich nickte. Er wollte etwas sagen, verzichtete dann aber darauf. Ich begann darauf zu warten, dass er sich verabschiedete. Er sagte: »Sie müssen ein sehr guter Polizist gewesen sein.«

»Ich war kein schlechter. Ich hatte die Instinkte eines Cops und ich lernte, wie man sich zu verhalten hat. Daraus bestehen mindestens neunzig Prozent des Jobs.«

»Wie lange waren Sie bei der Polizei?«

»Fünfzehn Jahre. Fast sechzehn.«

»Gibt es kein Ruhestandsgeld, wenn man zwanzig Jahre bleibt?«

»Das ist richtig.«

Er verzichtete darauf, die Frage zu stellen, und das war seltsamerweise noch irritierender, als wenn er es getan hätte.

Ich sagte: »Ich habe meinen Glauben verloren.«

»Wie ein Priester?«

»So ungefähr, ja. Nicht ganz genau, denn es kommt gar nicht so selten vor, dass ein Cop seinen Glauben verliert und trotzdem weiter bei der Polizei bleibt. Es gibt auch welche, die nie einen hatten. Es lief darauf hinaus, dass mir klar wurde, dass ich kein Cop mehr sein wollte.« Oder Ehemann. Oder Vater. Oder produktives Mitglied der Gesellschaft.

»Die allgegenwärtige Korruption in der Abteilung? Deshalb?«

»Nein, nein.« Die Korruption hatte mich nie gestört. Es wäre mir schwergefallen, meine Familie ohne sie zu ernähren. »Nein, es war etwas anderes.«

»Ich verstehe.«

»Wirklich? Zum Teufel, es ist kein Geheimnis. Es war eines Nachts im Sommer. Nach Dienstschluss war ich in einer Bar in Washington Heights, in der Cops auf Kosten des Hauses trinken durften. Zwei Typen überfielen die Bar. Auf dem Weg nach draußen erschossen sie den Barkeeper. Ich folgte ihnen auf die Straße. Ich erschoss einen der beiden und traf den anderen im Oberschenkel. Er wird nie wieder richtig laufen können.«

»Ich verstehe.«

»Nein, ich denke, das tun Sie nicht. Es war nicht das erste Mal, dass ich jemanden getötet hatte. Ich war froh, einen erwischt zu haben, und traurig, dass der andere es überleben würde.«

»Dann–«

»Eine meiner Kugeln ging daneben und wurde zu einem Querschläger. Sie traf ein siebenjähriges Mädchen ins Auge. Durch das Abprallen hatte die Kugel an Geschwindigkeit verloren. Ein paar Zentimeter höher und sie wäre wahrscheinlich von ihrer Stirn abgeprallt. Sie hätte eine hässliche Narbe hinterlassen, aber das wäre auch schon alles gewesen. So gab es jedoch nur weiches Gewebe und die Kugel drang direkt in ihr Gehirn ein. Man hat mir gesagt, dass sie auf der Stelle tot war.« Ich blickte auf meine Hände. Das Zittern war kaum wahrnehmbar. Ich nahm meine Tasse und trank sie aus. Ich sagte: »Die Frage der Schuld stellte sich nicht. Um genau zu sein, habe ich sogar eine Belobigung erhalten. Dann habe ich den Dienst quittiert. Ich wollte einfach kein Cop mehr sein.«

Ich saß noch ein paar Minuten still, nachdem er gegangen war. Dann machte ich Trina auf mich aufmerksam und sie brachte mir eine weitere Tasse Kaffee mit Schuss. »Dein Freund ist kein sonderlich großer Trinker.«

Ich stimmte ihr zu. Irgendetwas an meinem Tonfall musste sie alarmiert haben, denn sie setzte sich auf Hannifords Platz und legte ihre Hand einen Moment lang auf meine.

»Gibt's Probleme, Matt?«

»Nicht wirklich. Es gibt Dinge, die ich tun muss und lieber nicht tun würde.«

»Du würdest lieber hier sitzen und dich betrinken.«

Ich grinste sie an. »Wann hast du mich jemals betrunken gesehen?«

»Niemals. Und ich hab dich noch niemals gesehen, wenn du nicht getrunken hast.«

»Das ist ein netter Mittelweg.«

»Ist aber bestimmt nicht gut für dich, oder?«

Ich wünschte, sie würde meine Hand noch einmal berühren. Ihre Finger waren lang und feingliedrig, ihre Berührung kühl. »Nichts ist gut für irgendjemanden «, sagte ich.

»Kaffee und Alkohol. Eine sehr seltsame Mischung.«

»Ist das so?«

»Alk, um dich betrunken zu machen, und Kaffee, damit du nüchtern bleibst.«

Ich schüttelte den Kopf. »Kaffee hat noch nie jemanden nüchtern gemacht. Er hält einen nur wach. Wenn man einem Betrunkenen jede Menge Kaffee einflößt, bekommt man es mit einem hellwachen Betrunkenen zu tun.«

»Und das bist du, Süßer? Ein hellwacher Betrunkener?«

»Ich bin keins von beidem«, erklärte ich ihr. »Deshalb trinke ich weiter. «

Kurz nach vier ging ich zu meiner Bank. Ich zahlte fünfhundert Dollar auf mein Konto ein und steckte den Rest von Hannifords Geld in bar ein. Es war mein erster Besuch bei der Bank seit dem Jahreswechsel, weshalb sie auch Zinsen in meinem Sparbuch gutschrieben. Eine Maschine rechnete alles im Handumdrehen aus. Die Summe, um die es sich drehte, war kaum hoch genug, um zu rechtfertigen, dass die Maschine damit Zeit vergeudet hatte.

Ich ging die 57th Street zurück zur 9th Avenue, dann Richtung Norden vorbei am Armstrong's und dem Krankenhaus zur St. Paul's Church. Gerade ging eine Messe zu Ende und ich wartete draußen, bis ein paar Dutzend Menschen aus der Kirche herausgekommen waren. Die meisten von ihnen waren Frauen mittleren Alters. Dann ging ich hinein und steckte vier Fünfzig-Dollar-Scheine in die Almosenbüchse.

Ich zahle meinen Zehnten. Ich weiß nicht warum. Es ist mir zur Gewohnheit geworden, ebenso wie ich die Gewohnheit angenommen habe, Kirchen aufzusuchen. Ich fing damit an, kurz nachdem ich in mein Hotel eingezogen war.

Ich mag Kirchen. Ich mag es, dort zu sitzen, wenn ich über Dinge nachdenken muss. Ich nahm ungefähr in der Mitte des Seitenschiffs Platz. Ich vermute, ich saß dort etwa zwanzig Minuten, vielleicht auch ein bisschen länger.

Zweitausend Dollar von Cale Hanniford an mich, zweihundert Dollar von mir in die Almosenbüchse von St. Paul's. Ich weiß nicht, was sie mit dem Geld machen. Vielleicht wird es für Essen und Kleidung für arme Familien ausgegeben. Vielleicht kaufen sie damit Luxuslimousinen für den Klerus. Es ist mir egal, was sie damit tun.

Die Katholiken bekommen mehr von meinem Geld als alle anderen. Nicht, weil ich sie besonders mögen würde, sondern weil sie längere Öffnungszeiten haben. Die meisten protestantischen Kirchen sind unter der Woche geschlossen.

Es gibt noch einen großen Pluspunkt für die Katholiken. Man kann dort Kerzen anzünden. Auf meinem Weg nach draußen zündete ich drei an: eine für Wendy Hanniford, die niemals ihren fünfundzwanzigsten Geburtstag feiern würde, und eine für Richard Vanderpoel, der niemals seinen einundzwanzigsten feiern würde. Und, natürlich, eine für Estrellita Rivera, die niemals ihren achten feiern würde.

Über den Autor

Lawrence Block schreibt seit einem halben Jahrhundert preisgekrönte Kriminalromane und Spannungsliteratur. Seine zuletzt erschienenen Romane sind *The Burglar Who Counted the Spoons*, in dem Bernie Rhodenbarr im Mittelpunkt steht, *Hit Me* mit dem Briefmarkensammler und Auftragsmörder Keller sowie *A Drop of the Hard Stuff* mit Matthew Scudder. 2014 wurde Scudder von Liam Neeson in der Verfilmung *Ruhet in Frieden – A Walk Among the Tombstones* brillant auf der Leinwand verkörpert wurde. Auch andere Romane Blocks wurden verfilmt, allerdings mit geringerem Erfolg.

Block erhielt auch für seine Bücher für Autoren große Anerkennung, darunter Klassiker wie *Telling Lies for Fun & Profit* und *Write for Your Life*. Zuletzt hat er mit *The Crime of Our Lives* eine Sammlung von Aufsätzen über das Genre des Kriminalromans und dessen Vertreter veröffentlicht.

Neben seinen Prosawerken hat Block auch Drehbücher für die Fernsehserie *Tilt* und den Film *My Blueberry Nights* von Wong Kar-wai geschrieben. Block soll ein zurückhaltender und bescheidener Mann sein, auch wenn man das aufgrund dieser autobiographischen Skizze keinesfalls erwarten würde.

Email: lawbloc@gmail.com
Twitter: @LawrenceBlock
Facebook: lawrence.block
Homepage: lawrenceblock.com

ÜBER DEN ÜBERSETZER:

Stefan Mommertz arbeitete nach dem Studium für einen Fachzeitschriften-verlag in München. Seit 2004 lebt er in Ungarn.

stefanmommertz.wordpress.com

www.ingramcontent.com/pod-product-compliance
Lightning Source LLC
Chambersburg PA
CBHW051658260626
47170CB00004B/1560